古代禮制風俗漫談3

史蘇苑等◉著

出版說明

為什麼宋版書最好？為什麼彌勒佛總是掛著布袋？「潤筆」一詞從何而來？為什麼新婚夫婦必須共飲交杯酒？您知道嗎？

中國是世界四大文化古國之一，文化的根已深深植於人們的食衣住行與娛樂當中，只是因爲時代久遠，它們的許多原始意義與精神已漸漸爲人們所淡忘。所以我們知道今年是屬十二生肖的哪一年，以干支如何紀年，但卻很少有人去追究中國人爲何，或何時開始以干支紀年？小孩閒來無事，以踢毽子玩耍，更少有人會去追究毽子的來源爲何？

生活中的小事，我們可以「行而不知」，但是當我們翻開古代文史著作，面對古人古事，許多枝節卻不是我們能夠忽視的。如果我們不知「鐵券」是什麼，讀《水滸》時就不會明白它爲何能提供柴進如此大的權力、勢力；如果我們不知「結髮」的婚儀爲何，如何能算是充分了解杜甫

「結髮爲君婦，席不暖君床。」這句詩呢？所以文化知識看似枝節末流，但卻是研讀古籍時不可或缺的一環。

經由大陸多位學者的努力，參考許多出土古物和現有資料，針對許多瑣碎的問題追根究底，並提供完整的資料，編成這套《古代禮制風俗漫談》，不但可作研讀古籍時的參考，更適合作消遣小品閱讀，無形中可增加許多小知識，一舉數得。

編輯部

目錄

國・天下・國號

／史蘇苑

一、春秋戰國以來「國」和「天下」概念的發展

中國歷史進入春秋戰國時代，《詩經》中所說的那種「溥天之下，莫非王土，率土之濱，莫非王臣」和「禮樂征伐自天子出」的局面已經不復存在了。一些諸侯大國實質上都成了獨立的王國。周天子只保留了一個「天下共主」的空名。它的實際疆域，在戰國時代比起各大諸侯國來要小得多。它只據有今沿隴海鐵路，東到鞏縣，西到洛陽，北到河邊，南到龍門，達於登封、宜陽兩縣邊界地方。基於這一情況，反映在當時各派學者的著作中，便出現了「天下」和「國」兩個涵義不同的概念。在儒、道、墨、法等家的著作中都是把兩者明白區別開的。《論語・堯曰》中記孔子的話說「興滅國，繼絕世，舉逸民，天下之民歸心焉」；《孟子・梁惠王上》「晉國天下莫强焉」；《荀子・議兵》「用千里之國，必將有四海之聽」；道家《莊子・盜跖》中有「此夫魯國之巧

僞人孔丘非邪？……擅生是非，以迷天下之主」；《墨子．尚同下》中記墨子言「尚同之爲說也，尚用之天子，可以治天下矣；中用之諸侯，可以治其國矣」；早期法家著作《商君書．開塞》「明王之治天下也……明君之治國也」；集法家思想大成的韓非子在《初見秦》中說「秦國之號令賞罰，地形利害，天下莫如也」。大致可以看到，他們所說的國就是指的諸侯的政權，如漢代趙岐注《孟子．離婁下》中說：「國謂諸侯之國。」天下據《禮記．曲禮》鄭注：「謂外及四海也。」即是天下包括著所有諸侯之國，任何一諸侯國都只是天下的一部分。直到秦始皇十年，李斯在《諫逐客書》中，仍是把秦國和天下分而稱之的。可見，到了漢文帝時，賈誼在《治安策》中就把天下和中國渾爲一體了。如他說：「欲天下之治安，莫若衆建諸侯而少其力……今天下之勢，方病大瘇。」這個天下不很淸楚地就是指的當時已經統一了的中國嗎？

唐、宋時期，「國」和「天下」，一般地仍是一回事。韓愈在《後二十九日復上宰相書》中所說的「今天下一君，四海一國」，是多麼明確的把兩者等同起來了啊！王安石在《本朝百年無事札子》中說的：「臣前蒙陛下問及本朝所以享國百年，天下無事之故……中國之人，安逸蓄息，……募天下驍雄橫猾以爲兵……。」也是把中國和天下作爲同義詞而交互使用的。至明，如方孝孺在《深慮論》中說的：「慮天下者，常圖其所難，而忽其所易……當秦之世，而滅諸侯，一天下。」這裏同是一個天下，而內涵卻大不相同，前一天下，應是指的王朝，後一天下，顯係指的中國。

縱觀上面所舉的從漢至明的漫長的年代裏，「天下」和「國」的界限是很不夠明確的，之所以出現這一情況和歷史的發展分不開，這乃是秦漢以來中國大一統局面的產物。由於統一的中央集權的封建大帝國基本上包括了人們習慣上所說的「天下」，存在決定認識，從而便使得一些人自覺和不自覺地把「天下」和「國」混同起來了。

到了清朝初葉，隨著滿族入主中原，民族矛盾急劇發展，一些漢族的思想家、史學家基於封建的民族觀，對於「國」和「天下」又認眞分辨起來了。特別是顧炎武，他根據當時自己的理論水平，對「天下」和「國家」又作出了認眞的區分。他在《日知錄・正始》中說：「有亡國，有亡天下，亡國與亡天下奚辨？曰易姓改號謂之亡國。仁義充塞，而至於率獸食人，人將相食，謂之亡天下。」顧炎武心目中的「國」，實相當於今天所說的王朝，「天下」大致相當於中國。根據他自己提出的這一界說，他在一系列的文章中，都是把「國」和「天下」區別開的。至乾、嘉之際，史學家章學誠也是把兩者加以區別的。他曾說：「有天下之史，有一國之史……衞、府、縣志，一國之史也；綜紀一朝，天下之史也。」（《文史通義・外篇・州縣請立志科議》）不過，章氏文中的「國」又是指的地方，「天下」又是指的王朝或國家了。這應是由於到他那時，清王朝已統治了百十年，一般人的民族思想已不再像清初那麼强烈的關係。

時至近代，人們對於國家和王朝的認識又向前進了一大步。如梁啓超在《少年中國》中說：「夫所謂唐、虞、夏、商、周、秦、漢、魏、晋、宋、齊、梁、陳、隋、唐、宋、元、明、清者，則皆朝名耳。朝也者，一家之私產也。國也者，人民之公產也。」（唐、虞尚在氏族社會時期，當另作別論。）梁氏是著名資產階級學者，他比封建學者顧炎武對這個問題的認識顯然已深刻得多。對中國和王朝首先作出科學辨析的則是范文瀾，他說：「從歷史記載看來……秦以後，中國擴大爲當時國境內各族所共稱的祖國。所以中國這一名詞的涵義就是祖國，朝代則是統治階級在各個不同時期所建立的國家的稱號。中國爲各族統治階級和被統治階級所共有，但以大多數居民和勞動人民爲主體，朝代則爲某一族（主要是漢族）統治階級所獨有，以君主（或皇帝）和他們的朝廷（政府）爲首領。朝代有興有亡，一個替代一個，中國本身則總是存在著並且發展著。」這一段話正確揭示出了「國」、「朝代」和中國的不同實質，對於我們今天理解朝代、國和「天下」都有一定指導意義。

二、國號的由來

國號很早就有了。《史記·五帝本紀》：「自黃帝至舜、禹，皆同姓而異其國號。」在奴隸制和封建制時代，國號就是王朝（朝代）之號，亦即政權之號。我國古代，誰取得王朝政權，就叫誰「得國」，執掌政權就叫「享國」，失掉王朝帝位就叫「失國」。此種國號的由來，綜合考察古代的歷史，可以看到大致有四種情況：

㈠根據發跡的地名以定國號

不論是周代以前的由後人追記的國號，或是周、秦以來由王朝開創者所定的國號，都有這種情況。如《史記·五帝本紀》的《集解》中說：「堯號陶唐。」蓋因其先後相繼受封於陶（今山東定陶縣陶丘）唐（今河北唐縣境）而來。《史記·殷本紀》：「殷契……封於商。」《正義》引《括地志》：「商州東八十里商洛縣，本商邑，古之商國。」周的國號，也是來自其始祖活動過的周原。《詩·大雅·綿》：「周原膴膴，菫荼如飴。」《史記·周本紀》的《正義》也說：「太王（古公亶父）所居周原，因號曰周。」

秦、漢以下歷朝國號，很大部分也是這樣的。如秦朝因其始祖住過秦地而起。《史記·秦本紀》：「孝王曰：『朕分其土為附庸，邑之秦。』」《集解》：「今天水隴西秦亭也。」漢是因其創建人劉邦曾受項羽封為漢王，活動在巴、蜀、漢中一帶而來。宋是因其創建人趙匡胤在後周時曾為宋州（今河南商丘）節度使而來。

㈡根據所封爵名以定國號

這一種情況是和第一種情況緊密相連的。因為雖然這種國號直接來自創建人的爵名，而這種爵名卻又往往和某一地名相一致。如晋朝的國號，據《資治通鑑》卷七九《晋紀》云：「司馬氏，河內溫縣人，宣王懿得魏政，傳景王師，至文王昭，始封晋公。以溫縣本晋地，故以為國號。」隋的國號也係來自創建人楊堅稱帝前曾承襲父楊忠的隨國公之爵。按隨，原為地名，在今湖北隨縣南。及楊堅稱帝，因隨字從辵，訓走，徵兆國家政權不穩定，遂改隨為隋。

(三)根據發跡地的特產以定國號

屬於這一種情況的例子有遼、金等。按契丹人耶律阿保機所建王朝名遼，遼意爲鑌鐵，因耶律阿保機的發跡地產鑌鐵，即用以爲號，取其堅也，乃象徵國家政權如鐵之堅。金的國號由來有二說：《金史．地理志》認定這是因爲其國都附近的按出虎河（今阿什河）產金；另一種是《金史．太祖紀》的說法，謂太祖完顏阿骨打認爲：「遼以賓鐵爲號，取其堅也。賓鐵雖堅，終亦變壞，唯金不變不壞……於是國號大金。」

(四)根據讖語或文義以定國號

南朝齊的國號就是來自讖語。《南齊書》卷二八《崔祖思傳》云：「宋朝初議封太祖（蕭道成）爲梁公，祖思啓太祖曰：『讖書云：金刀利刃齊刈之，今宜稱齊，實應天命。從之。』」元朝的國號則係源於文義。蒙古族皇帝忽必烈於至元八年，採納漢族官僚劉秉忠的建議，取《易》中的「大哉乾元」之義由蒙古改稱爲元。對於前兩類國號，元代人徒丹公履已指出說：「稱爲秦爲漢者，蓋從初起之地名；曰隋曰唐者，又即始封之爵邑。是皆徇百姓見聞之狃習，要一時經制之權宜。」（《國朝文類》卷九《建國號詔》）綜合四種情況，吳晗概括說：「歷史上的朝代稱號，都有其特殊的意義。大體上可以分作四類，第一類用初起的地名，如秦漢；第二類用所封的爵邑，如隋、唐；第三類用當地的物產，如遼（鑌鐵）、金；第四類用文字的含義，如大眞、大元。大明應該屬於第四類。」（《朱元璋傳》第一四一頁）晗按：金宣宗貞祐三年（西元一二一五年）宣撫蒲鮮萬奴據遼東自立，稱天王，國號大眞。吳晗又說：「至『大明』之國號，則私見以爲出於韓氏父子之『明王』，明王出於《大小明王出世經》。《大小明王出世經》爲明教經典，明之國號實出於明教。」（《讀史札記・明教與大明帝國・吳元年與明之國號》）

三、有關國號的幾個具體問題

㈠每一王朝（朝代）國號的數目問題

一個朝代一般只有一個國號，間或也有少數朝代有兩個國號。如商常常又稱殷，又稱殷商或商殷（實則只應稱商）；三國時代劉備所建的漢，史書又稱爲蜀，習慣上也稱蜀漢；十六國中由劉淵所建的漢，後又改號趙（史稱前趙）；元朝先稱蒙古，後改號元；淸朝先稱金（史稱後金），後改號淸……等等。

㈡相同國號的區分問題

我國歷史上常有幾個朝代使用同一國號者。像周、秦、漢、魏、晋、唐等都是。如周，據不完全統計，就有先秦時姬氏所建的幾個周；南北朝時代宇文覺所建的周（史稱北周）；唐代武則天所建的周（史稱武周）；五代郭威所建的周（史稱後周）。此外，尚有元末張士誠所建的周（西元一三五三年建），清吳三桂所建的周（清康熙十二年吳三桂反清，自稱周王，十七年在衡陽稱帝）。如秦，即有周代的嬴秦，十六國時代苻堅所建的秦（史稱前秦或苻秦），姚長所建的秦（史稱後秦或姚秦），乞伏國仁所建的秦（史稱西秦），隋末薛舉所建的秦（西元六一七年建），唐德宗建中四年，涇原節度使朱泚叛唐，進占長安，自稱大秦皇帝。諸如這類多次重複的國號，就需要附加文字以示區別，否則便無從分辨了。這種附加的文字，有姓氏（如曹、元等），有時序（如前、後），有方位（如東、西、南、北）。凡在國號前加的前、後、南、北、東、西以及姓氏等，一般都是後世史家為了區別相同國號而追稱的。

㈢用京都之名以代表國號問題

最常見的是用西京代表西漢，用東京代表東漢。例唐人權德輿《兩漢辯亡論》：「亡西京者張禹，亡東京者胡廣。」（《唐文粹》卷三四）明人王世貞《藝苑卮言》：「西京之文實，東京之文弱。」

㈣國號前附加「有」、「大」、「皇」諸字問題

史書上每每有在國號前面加上「有」或「大」或「皇」諸字的情況。關於加「有」字者如《尚書．召誥》中有「我不可不監於有夏，亦不可不監於有殷」之句。此後歷代沿用不斷。唐貞觀

十一年魏徵上唐太宗疏中說：「昔在有隋，統一寰宇。」（《貞觀政要》卷一《君道》）宋人李綱在《議國是》中云：「天佑有宋，必將有主。」（《梁溪先生文集》卷五八）梁啓超在《清代學術概論》的《自序》中云：「有清二百餘年之學術，倒卷而繅演之。」關於加「大」者如班固《兩都賦序》：「蓋奏御者千有餘篇，而後大漢之文章炳焉與三代同風。」唐代有《大唐開元禮》、《大唐西域記》，明代有《大明會典》、《大明日曆》，清代有《大清一統志》、《大清畿輔先哲傳》等書。關於加「皇」字者如《皇元征緬錄》、《皇明大政記》、《皇清奏議》等書。「有」字並無什麼實際內容，只是用在名詞之前的語首助詞，一般是後來加上去的。「大」字爲一美稱，表示「廣大」、「偉大」，多爲本朝人的稱謂。「皇」也是大的意思，《尚書・湯誥》有「惟皇上帝」之語。至於這幾個字開始使用的時間，明人羅欣所輯著的《物原》中說：「自軒轅稱國號，始加有字，曰有熊是也；至漢武帝稱國號，改加大字，曰大漢是也；及元人稱國號，又加以皇字，曰皇元是也。」而另一明人朱國禎則在《湧幢小品》卷二《國號》中又說：「國號加大字，始於胡元。我朝因之，蓋返左衽之舊，自合如此，且亦別於小明王也。其言大漢、大唐、大宋者，乃臣子及外夷尊稱之詞。近見新安刻《歷元考》一書，於漢、唐、宋及司馬晋，皆加大字，失其初矣。唐碑有稱巨唐者，巨即大也。宋曰皇宋，亦大也。劉越石表亦云天祚大晋。」朱氏和羅氏的說法略有出入。但大體上說，三字使用的時間順序，應爲「有」字最先，「大」字居次，「皇」字較晚。至於所說黃帝號有熊氏，自係後人所追稱。

㈤國號的字數問題

一個國號究有多少字？一般說只有一個字（不帶國號上所加的「有」「大」「皇」諸字）。但也有極個別例外。如北宋慶曆七年（西元一〇四七年），宣毅軍小校王則領導貝州士兵起義，建立政權，國號安陽。又上面所提到的大眞，都爲二字。這種國號雖無代表性，卻有獨特性。不過均係曇花一現的局部性政權，故影響甚小，多被史家所忽略。

年號的起源與變遷

／史蘇苑

年號，是我們閱讀或講授中國古代歷史的時候隨時可以遇上或說到的。在中國的長期封建時代裏，有著數以百計的年號。近代史學家梁啓超在《中國史叙論・紀年》中說過：「今試於數千年君主之年號，任擧其一以質諸學者，雖最淹博者亦不能具對也。」（《飲冰室合集・飲冰室文集之六》）的確，我們今天重來論述這一問題，仍是需要費一番工夫的。弄清這個問題，雖然並沒有多少理論上的意義，但卻還有一定的使用上的價值。這是因爲它和標明時代、分析事件、評價人物以及衡量制度等都是有其一定關係的。對於這個問題，且分爲下面幾個部分加以闡述。

一、年號的開始及其意義

西漢文帝和武帝以前，一個帝王，不論時間多久，都是既不改元，又無年號，一元到底，概稱爲某某王或某某帝的某某年，如周武王元年、漢高祖二年等。中國歷史上的正式改元，是從漢文帝開始的，正式年號是從漢武帝開始的。清代史學家趙翼在《陔餘叢考》卷二十五《年號重襲》中說：「年號紀元自漢武始，上至朝廷，下至里社，書契記載，無不便之，誠千古不易之良法也。」從漢武帝的第一個年號建元起，到清末帝溥儀的宣統止，年號一直延續不絕。一般地說，不管是什麼人，只要一旦建立起政權，所謂正統王朝也罷，一方「僭竊」也罷，農民起義也罷，或是少數民族也罷，有了國號，同時也就必然有了年號。國號是政權的名稱。年號是時代的標誌。有時縱然仍是一個皇帝在位期間，其政治經濟諸方面都並沒有什麼發展變化的新氣象，但他也每每喜歡更換一下年號，以表示自己又開始了一個新的歷史階段，甚至這時他的統治已經是每況愈下，日益走向下坡路了。這種更新年號成了一種政治慣例，它不過是對於一個王朝的盛衰和一個帝王的強弱並不起任何實質性作用的一種自我精神安慰方式而已。

二、中國歷史上總共有多少年號

兩千年來的封建時代裏，中國究竟總共有多少年號，這是一個很難作出精確答案的問題。唐代封演的《古今年號錄》是我國最早的一部年號專著，其中尚沒有年號的總數。五代十國時期，後蜀杜光庭，作《古今類聚年號圖》（一名《年號類聚》），才記錄了從漢武帝建元元年（西元前一四〇年）起，到後蜀乾德元年（西元九一九年）止，一千零五十九年中的一百八十九個君的四百零七個年號，內含重出者六十個。南宋光宗紹熙五年（西元一一九四年），侯望又進五卷《古今年號錄》，說自漢武帝建立年號到這一年，合「正」、「僞」年號總計爲八百三十八（《歷代紀元編》跋中又作八百八十三）。可惜《古今年號錄》和《古今類聚年號圖》均已亡佚。所幸南宋王應麟根據封演、杜光庭等人著作撰成的《歷代年號》在《玉海》中保存了下來，這要算是一種非常寶貴的年號資料了。根據梁啓超在《新史學・論紀年》一文中說：「以齊氏《紀元編》所載年號，合正統僭僞計之，不下千餘，即專以史家所謂正統者論，計自漢孝武建元以迄今光緒，二千年間，而爲年號者，三百十有六。」（《飲冰室合集・飲冰室文集之九》）

三、一個皇帝有幾個年號

一個皇帝有幾個年號，這沒有一定的制度。有只有一個年號者，有幾個以至十幾個年號者，也有幾個皇帝共同使用一個年號者，更有個別皇帝壓根沒有年號。漢武帝在位五十四年，有十一個年號。唐高宗在位三十四年，有十四個年號。武則天從西元六九〇年正式建立周政權、稱皇帝，到西元七〇五年遜位，十五年也用了十四個年號，基本上是一年一個年號。五代後漢的高祖和隱帝，兩代共同使用了「乾祐」一個年號。後周從太祖開始使用顯德之號，到世宗，再到恭帝，一直沿襲了下來。到底幾年更換一次年號，這也毫無規律。只有宋代歐陽修歸納出了從北宋開國到他作《歸田錄》時，是九年一改年號。他說：「國朝百有餘年，年號無過九年者。開寶九年改爲太平興國；太平興國九年改爲雍熙；大中祥符九年改爲天禧；慶曆九年改爲皇祐；嘉祐九年改爲治平；惟天聖盡九年，而十年改爲明道。」

到了明、清兩朝，情況又有了新的較大變化。這就是在這兩朝中，除了個別皇帝由於特殊原因而用了兩個年號外，其他所有皇帝，不問在位時間長短，都是只有一個年號。像清聖祖愛新覺羅・玄燁，在位六十一年，清高宗愛新覺羅・弘歷，在位六十年，是中國歷史上在位時間最長的兩個皇帝，但也只分別有著康熙和乾隆的年號。獨有明英宗，因他在正統十四年被也先俘於土木堡，於代宗景泰七年（西元一四五六年）復位，改次年爲天順元年，算是有了兩個年號。總之，明、清兩代，一帝一號，成了一個定型化了的年號制度。一生使用一個以上年號的皇帝，其年號的更改也同樣沒有定制，沒有成規。有一年一改者，有幾年一改者。歷史上於一年之內幾度改號者如西晉惠帝，他僅在甲子一年（西元三〇四年）就四易其號。正月用永安，七月改建武，十月復用永安，十二月更改永興。

四、一個年號有幾個字

如問一個年號有幾個字？答案是：歷史上的年號，百分之九十以上是兩個字，如漢元鼎，晉太康，隋開皇，唐貞觀，宋建隆，明永樂，等等。也有很少數是三個字、四個字以至六個字的。三字年號一般認爲是從王莽的「始建國」開始。始建國元年爲西元九年。之後，南朝梁武帝有「中大通」、「中大同」之號。少數民族政權的南詔王閣羅鳳也有「贊普鍾」之號。四字年號的開始時間問題便比較複雜了，至少有三種說法：

㈠**始於西漢武帝說**：多數人認爲漢武帝的十一個年號中的「征和」「後元」爲兩個年號。如趙翼在《歷代正史編年名號》中就是這樣看的。但也有人認爲「征和後元」四字合在一起才是一個年號。

㈡**始於西漢哀帝說**：宋代人宋祁、清代人齊召南等均認爲西漢哀帝的年號中的「太初元將」是一個四字年號。

㈢**始於東漢光武帝說**：《後漢書》中的《光武帝紀》和《明帝紀》中都是既有「建武」，又有「中元」，看來顯然是兩個二字年號。可是《後漢書・東夷傳》中卻又出現了「建武中元二年」字樣。宋庠的《紀年通譜》中認爲「建武中元」四字實指一個年號。清趙翼也同於宋庠的意見。但司馬光等所作的《資治通鑑》中則只取了「中元」二字。

以上三種四字年號開始時間，都有一定的根據，很難統一起來。因此，最無分歧意見的穩妥說法，應是從北魏太武帝的年號「太平眞君」開始。到唐代武則天稱帝以後，她就一連用了「天册萬歲」、「萬歲登封」、「萬歲通天」三個四字年號。其後，北宋有太宗的「太平興國」，眞宗的「大中祥符」，徽宗的「建中靖國」。明熹宗天啓二年（西元一六二二年）徐鴻儒起義，自稱中興福烈帝，也有「大成（乘）興勝」的四字年號。少數民族的帝王中，除了二字、三字、四字年號外，還有六字年號，如西夏惠宗即有「天賜禮盛國慶」（一作「天賜國慶」）、「天安禮定」和「大安」三種字數的年號。南詔王法舜也有「貞明承智大同」的六字年號。

五、年號的重複使用問題

年號的重複使用，是歷代常見的、有時也是可笑的現象。這一現象又是怎樣產生的呢？我們知道，年號都是在位皇帝本人擬制或審定的。都是用的「正大光明、吉祥如意」的美好字樣。漢字雖然不少，但此類字樣畢竟也有個限度。年代久了，再加上一些皇帝和大臣，不學無術，缺乏歷史知識，於是便不時在年號重複問題上出現笑柄。關於這一情況，明代人焦竑在《焦氏筆乘》卷八《紀年》中首先指出說：「紀年之號，必擇前代所未有，及正大光明之字，少有疑似，即不用矣。……有因時事而用好字者，如國朝天順之類是也；有用先朝字者，如唐德宗以建中、興元之亂，追思太宗貞觀、明皇開元爲不可及也，合爲貞元以法象之。……若永樂乃宋方臘及南唐『賊』張遇賢所僭年號，而正德亦西夏僭國年號，當時廷臣更無一人記憶，何也？此即劉豫之母諡慈憲，宋理宗生母亦謚慈憲之類歟？」明人朱國禎在《湧幢小品》卷二《年號》中也說：「國朝年號永樂，乃張重華王則僞建；天順乃元出帝舊號。前則兵後匆匆，後則事起倉促，不暇詳考。」清代學者對此繼續有所評論，袁枚說：「自明代以來，《四書大全》束縛天下，而博雅者少，故永樂一號，重複者四，竟無一人言之者。晋涼州之張重華，唐太宗時蒲城之李子和，後五代之張遇賢，宋之方臘，皆改元永樂，皆小『賊』也。他若正德者，西夏乾順之改號也；天順者，金叛將楊安兒、元泰定帝太子阿速吉八之號也；天啓者，元魏元法僧、梁永嘉王蕭莊、唐末南詔豐祐之號也。皆重複三四代而稱之也。」（《青照堂叢書．摘纂隨園史論》）趙翼在《陔餘叢考．年號重襲》中說：「歷世既久，而所取吉祥字止有此數，稍不詳考，未有不至重襲者。」由於皇帝大臣們缺乏歷史知識而致年號重襲前朝之例，宋太祖的襲用「乾德」一事最爲典型，最具有說明作用。當他初立乾德之號時，猶沾沾自喜，以爲此號「自古所未有」。後來他偶然看到宮女的一面鏡子，背著「乾德四年」字樣，便吃驚地忙問大臣竇儀（一說陶穀，又說盧多遜）是怎麼回事，竇儀回答說：「這是（前）蜀少主（王衍）之號。」一經查詢，鏡子果係從四川而來，這使此一將軍出身的大宋開國皇帝不禁慨嘆說：「宰相須用讀書人。」此外，清人鍾淵映在《歷代建元考．總論．慕容氏三主同號》中，又指出年號相同的另一個原因說：「後燕中宗盛改元建平，與西燕慕容瑤，南燕世宗德同。蓋當時疆宇阻隔，不相通問，因至重複爾。」根據以上所述，可以歸納出年號重複的原因大致有四：㈠吉利字數所限；㈡歷史知識欠缺；㈢有意追摹前代；㈣地理條件限制。

歷史上年號的重複是大量的。清人梁章鉅的《浪跡三談》卷二《元號相同》中說：「《隨園隨筆》載年號雷同者，建武有七，中興有六，建元有六，建平有八，天成有六，永和有五，應天有五，太平有五。建興、建初、正始俱有四，建始、天祐、乾德、光天、天興、天正俱有三。其餘元康、元和、中元、永和、貞觀、天寶俱有二，又指不勝屈矣。按隨園所列，尚多未備。如永興有六相同，甘露、永康、永安、建元、建平皆五相同，永平、太和、太安皆四相同。嘉平、龍興、元興、永寧、大寧、太定、太安皆三相同。其二相同者，如天禧、天德……諸號，眞指不勝屈矣。」其實，梁章鉅自己寫得仍不夠完備。據我們今天粗略統計，如太平就有十次使用，天成就有十一次使用等等。

至於年號重複的情況，大致上不外四種：

㈠漢族「正統」王朝的後代襲用前代者。如漢武帝先有了建元之號，後來晉惠帝、南朝齊高祖也都有此號。

㈡少數民族王朝和外國皇帝襲用漢族王朝者。漢武帝先有太初之號，後來十六國時代的前秦苻登、西秦乞伏乾歸、南涼禿發烏孤等也都有此號；唐太宗年號爲貞觀，西夏崇宗和日本清和天皇立當唐宣宗十三年（西元八五八年）也均有貞觀之號。

㈢叛亂或地方割據政權的年號彼此重複者。如唐代史思明所建燕政權，號應天，朱泚建立秦政權時，也號應天；前蜀王建號光天，南漢劉汾也有光天之號。

㈣漢族正統王朝襲用割據或農民起義政權年號者。隋末梁師都建立梁政權時，號永隆。隨後唐高宗也有永隆之號。金代山東紅襖軍起義領袖楊安兒有天順之號，明英宗也有天順之號。爲什麼會出現這一情況呢？趙翼是這樣解釋的：「蓋前代正統紀年，載在史策，易於稽核。至僭竊之號則散見於他書，非如正史編年之可考，遂不覺暗合，而不自知其陋耳。」（《陔餘叢考·年號重襲》）

六、其他幾個有關年號的問題

除了以上五項外，尚有幾個有關年號的問題需要加以說明，這就是：

㈠個別皇帝沒有年號

這一情況雖然是非常個別的，但也確是歷史上曾經存在過的。《浪跡三談・紀號之變》中說：「年號自漢武帝始，前此惟紀年而已，嗣後皆仍之。惟北魏廢帝恭帝，周閔帝，金末帝，元明宗、寧宗無年號。」按西魏的廢帝元欽和恭帝元廓，各在位三年，都確實沒有年號。《歷代建元考・總論》中說：「西魏二主，廢帝、恭帝俱不改元。時初行周禮，去年號。」北周閔帝也確實沒有年號。金末帝是沿用哀宗的天興之號，也可以說沒有年號。元明宗自己也無單獨的年號。元寧宗是承用了文宗的至順之號。

㈡爲避廟諱而改了年號

此種情況也不少。如唐中宗名李顯，唐玄宗名李隆基。爲了避二人的廟諱，唐人凡是說到高宗的顯慶年號時，多改稱爲明慶；凡是說到高宗的永隆年號時，多改稱爲永崇。西夏趙元昊，以父名德明，便改稱宋仁宗的明道之號爲顯道。連宋朝政治家范仲淹致書元昊時，爲了表示尊重元昊，也曾改寫後唐明宗為顯宗。這乃是採取相近之義的字以代替所避諱之字的一種作法。

㈢改元而不改號

什麼叫元？《說文解字》上說：「元，始也。」即標誌著一個新的時期的開端。中國歷史上什麼時候開始有帝王改元之事？趙翼在《陔餘叢考》卷二五《改元》中說：「古者天子諸侯皆終身一元年，無所謂改元者。《史記》秦惠文王十四年，更為元年，此實後世改元之始。」在年號已經開始以後，歷史上也還有一種只改元而不改號的情況，如東漢光武帝在建武三十二年仍用該號之際卻改稱為中元；梁武帝在仍用大通之號時，卻改為中大通元年。

㈣用年號之名以名地方

歷史上用年號之名以命名府、州、縣者也頗不乏其例。以年號名府者如唐之興元（德宗年號）、宋之紹興（高宗年號）等；以年號名州者，如宋之太平、興國（太宗年號）等；以年號名縣者，如唐之寶應（肅宗年號）、宋之崇寧（徽宗年號）等。如果遇到這種年號和地名完全相同的情況時，就需要注意加以辨明，否則就會影響到對於史書和史實的理解。

㈤年號合書從省問題

唐代以前，不管一個皇帝共有幾個年號，都是完整寫出來，並無兩個年號各取一字而合稱之事。到宋代才出現了合書從省的作法。清人錢大昕在《十駕齋養新錄》卷七《年號連書從省》中說：「宋人稱本朝年號，多割取一字，或舉上一字，政宣、建紹、乾淳是也。或舉下一字，祐聖、泰禧是也。或錯舉上下各一字，熙豐是也。明代亦有洪永、化治、嘉隆、隆萬、天崇之稱，皆起於時文家。」政宣就是由宋徽宗的年號政和與宣和各省去下面一字連書而成。泰禧就是南宋寧宗的年號嘉泰和開禧各省去前面一個字連書而成。到了明代又有了新的發展，如洪永係取明太祖的年號洪武和成祖的年號永樂第一字連書而成。明代的此種連書從省，實爲時文家（即制藝文或八股文家）的一種習慣。至清代仍有此種稱呼，如說乾、嘉時期，就是指的清高宗乾隆和清仁宗嘉慶兩朝時期。

㈥一年內有兩個以上年號的處理方式問題

歷史上常有在一年之內有兩個以上的年號。如果碰到這種情況，古代史家是怎麼辦的呢？宋代以前一般是據實而書，他們就對前幾個月寫一個年號，而對換年號後的後幾個月另寫一個年號。到司馬光作《資治通鑑》時，他認爲這樣太不便於掌握了，就乾脆一律只寫後一個年號。這樣確乎是比較簡單易記了，但是卻未免削足適履，和實際情況有出入了。清代大學者顧炎武就不贊成這樣做。他在《日知錄》卷一九《史書一年兩號》中便認爲：「紀年之法，從古爲正，不以一年兩號三號爲嫌。」

「禪讓」及其歷史變幻

／姚嵎冰

一

商代以前是神話和傳說的時代，屬於那個時代的人物和制度有許多備受後世的讚頌，「帝位」的「禪讓」是很突出的一項。據說，堯在位年久，向「四嶽」咨詢繼任人選，「四嶽」推舉舜。舜的美德經受了種種考驗，堯把「帝位」傳給了他。這就是「禪讓」。舜晚年同樣選賢傳位，被推舉的是禹。

禹是「禪讓」制度下一個無比崇高的形象。他勞身焦思，胼手胝足，薄衣食，卑宮室，居外十三年，三過家門而不入，治平了滔天洪水，發展了農業生產。他的事跡（是傳說，也是神話）使得「禪讓」制度極度增光，穿越了歷史的障礙，幾千年來成爲中華民族道德觀念中的一個典範。然而，正是這樣一位充滿獻身精神的聖者，卻標誌著「禪位」制度的終結。禹的兒子啓開創了「家天下」的新局面，建立了夏代奴隸制王朝。

「禪讓」制度不能持久不變，引起了後人的嘆息。但是，歷史的邏輯本應該是那樣的。「禪讓」是歷史的投影，不是憑空的虛構。它反映了原始社會中部落聯盟推舉領袖的方式。部落聯盟是原始社會發展到一定階段的人類組織形式，它通過某種會議方式產生自己的領袖，商量重大的事情。領袖出於推舉，權位不講私相授受，這是當時政治生活的特色。不過部落聯盟並不是超塵撥俗的存在，它包含著社會矛盾和衝突；它的領袖的產生誠然具有原始社會的民主性質，但是也必然糾結著矛盾，伴隨著可能很激烈的鬥爭。傳說材料偶爾也透露出這樣的消息。以堯舜之間的傳承爲例，有的傳說竟根本推翻了「禪讓」一說，說是：「舜囚堯，復偃塞丹朱（丹朱，堯之子），使不與父相見也。」（《史記．五帝本紀．正義》引《括地志》轉引《竹書》）我們不必過分渲染這樣互相抵牾的現象，但是，從這裏看到歷史的複雜性，避免把「禪讓」這類傳說想像得過分純粹，卻是應該的。

社會生產日漸發展，私有財產日漸積累，氏族貴族的權力日漸強大，部落聯盟向著奴隸制國家過渡，「禪讓」制度也就爲氏族貴族——國王的世襲統治所取代。這就是發生在禹和啓父子相承的年代的歷史大轉折。這個轉折的內在動力是生產的發展和社會的前進，任何力量都不能加以阻止。傳說禹晚年曾經把權力交給臯陶；臯陶死得早，禹又傳位給臯陶之子伯益。但是情況起了變化。一說是「禹子啓賢，天下屬意焉。……諸侯皆去益而朝啓，……於是啓遂即天子之位」（《史記．夏本紀》）。另一說否認了這種和平的過渡，說道：「益干啓位，啓殺之。」（《晉書・束晳傳》引《竹書紀年》）啓掌權後，西方的有扈氏部落不服，「啓與有扈戰於甘之野」。啓臨陣斷然宣布：「今予唯恭行天之罰！」（《尚書・夏書・甘誓》）一場大戰，啓滅了有扈氏。爲了改變父輩實行的制度，啓是何等堅決、無情。他以上天的名義討伐了敵對勢力，爲建立奴隸制王朝完成了自己的歷史使命。

二

春秋戰國之際，早已消逝了的「禪讓」制度出現在「百家爭鳴」的論辯中，成爲發揮政治學說有用的歷史資料。墨家提倡「尚賢」，直接鼓吹「禪讓」。儒家「祖述堯舜」，也對「禪讓」大加宣揚。不管各家學派眞正的政治主張是什麼，總之「禪讓」制度這一渺茫的歷史陳跡經過了加工製作，塗上了理想化的油彩。堯、舜、禹的品德和業績，「天下爲公，選賢與能，講信修睦」的「大同世界」，代表了社會政治的最高境界。從諸侯紛爭的亂世中回顧往昔，那眞是「失去的樂園」了。

從此以後，「禪讓」一詞反覆出現，而且從傳說進入現實政治領域，變幻出光怪陸離的景象。

首先載入史册的是戰國末年燕國的一次「禪讓」試驗。燕王子噲在說客慫恿下，想得到讓賢的美名，居然把王位讓給寵臣子之。子之殺了反對他的燕太子，國內大亂，齊國乘機伐燕，噲和子之都被殺，燕國幾乎覆滅。在縱橫捭闔的戰國史上，這一插曲似乎太缺乏聲色，沒有留下影響，只是傳爲笑柄而已。

到漢代，「禪讓」發揮了特殊的魅力，跟重大政治事件聯繫起來了。

這裏需要補叙一些歷史背景。

在缺乏科學知識的古代，人們相信上天是世間事物的最高主宰，把蒼穹中的天文現象以至周圍的自然現象看作上天意志的表示：上天造出「禎祥」、「災異」，國家就將有治亂興衰，世間就將有吉凶禍福。這種「天人感應」的觀念，很長時間內實際上是普遍的信仰。儒家的經典之一《中庸》說：「國家將興，必有禎祥；國家將亡，必有妖孽。」古代史籍有許多關於天象的描述，對於日蝕、彗星、隕星等等十分重視，相當程度上是受這種觀念支配的。

周代思想家探索宇宙的奧秘，用「陰陽」解釋事物的變化消長，用「五行」（木、火、土、金、水）解釋萬物的本質。戰國晚期，鄒衍把陰陽、五行學說附會到社會歷史領域，糅合了天人感應觀念，編造出朝代帝王興替的一套規律。據說，帝王興替要按照「五行相勝」（水勝火，火勝金，金勝木，木勝土，土勝水）的法則進行的。周而復始，循環不息。而每一興替，上天一定傳達某種特殊的訊息——「符命」：「黃帝之時，天先見大螾大螻。……及禹之時，天先見草木秋冬不殺。……及湯之時，天先見金刃生於水。……及文王之時，天先見火赤烏銜丹書集於周社。」（據《呂氏春秋·應同篇》）這就是「諸子百家」之一的陰陽家發明的「五德終始」的理論。漢代的儒生們接過戰國陰陽家的理論，加以修改、變化，更進一步把「禎祥」、「災異」編織進去，給當時的政治生活掛上了神秘的帷幕。

西漢的國勢在武帝、昭帝時期發展到了頂峯，社會矛盾也在這個時期從深處暴露出來，騷亂的種子在各地萌發，統治階級尋求著安邦定國的策略。在各種方案中，「禪讓」作爲一種根本辦法不斷被提了出來。

漢昭帝元鳳三年（西元前七八年），據說各地奇跡迭出：泰山有巨石直立起來，數千隻白鳥飛集其下；皇家的上林苑中早已枯死倒地的大柳樹起立復生，如此等等。符節令眭弘聯繫這些說法，推論《春秋》經義，上書建言「求賢人禪帝位，……以順天命」。不料結果是，眭弘以「妄設妖言惑衆，大逆不道」之罪「伏誅」（《漢書》本傳）。十八年之後的宣帝神爵二年（西元前六〇年），司隸校尉蓋寬饒上書指斥朝政，援引韓氏《易傳》，論述「五帝官天下，三王家天下，家以傳子，官以傳賢」。結果又是，蓋寬饒獲罪「指意欲求禪，大逆不道」，臨下獄前「引佩刀自剄北闕下」（《漢書》本傳）。

問題很清楚，儘管「禎祥」和「災異」在當時受到極度迷信，儘管儒家經典已經定於「獨尊」地位，然而推斷帝位必須「禪讓」，漢家天子是決不能容忍的。

但是「禪讓」畢竟不失爲古來的美談，人們不能忘記它。果然，不久王莽就把它運用成功了。

王莽是在西漢豪强迫切需要一個强有力的政治代表來穩定他們的階級統治的時候應運而起的人物。《漢書・王莽傳》詳細記載了王莽權力增長的過程，刻意描述了這一過程的時代特徵和個人性格特徵。王莽以外戚、新都侯拜爲大司馬，再拜爲太傅，賜號「安漢公」，又賜號「宰衡」，一手操縱了西漢朝廷。他擴張權力的最後兩個步驟是：

稱「假皇帝」、「攝皇帝」——漢平帝十四歲夭亡（不久有人聲討王莽「毒殺平帝」），王莽排斥皇族中可能嗣位的幾十人，從宣帝玄孫中挑選兩歲的嬰兒繼承帝位，稱「孺子嬰」。幾乎同時，據奏武功地方井中掘出白石，「有丹書著石，文曰：告安漢公莽爲皇帝」。於是王莽「攝行皇帝之事」，行祭禮時自稱「假皇帝」，令臣民稱他「攝皇帝」。

稱「眞皇帝」——各地「符命」接踵而至。齊郡臨淄一亭長夢見神人傳達天公旨意：「攝皇帝當爲眞。」巴郡發現石牛，扶風發現石上有文字，都運到長安未央宮前殿，王莽親臨察看，忽然狂風大作，吹來銅符帛圖，文曰：「天告帝符，獻者封侯。承天命，用神令。」於是王莽「畏天命」，把「攝皇帝」的「攝」字省去。隨後，有人在黃昏時候身穿黃色衣裳，把兩個銅櫃送到漢高祖的廟裏，櫃上分別標出「天帝行璽金櫃圖」、「赤帝行璽邦傳予黃帝金策書」，內裝圖書上寫明王莽應當是「眞天子」。這裏作一點解釋：「五德終始」的理論當時經過了修訂，「五行相勝」說之外的「五行相生」說（木生火，火生土，土生金，金生水，水生木）被奉爲帝王興替的法則。從遠古的炎帝、帝堯到漢高祖劉邦據說得「火德」，從黃帝、帝舜到當時的王莽據說得「土德」，「火生土」，因此炎帝傳黃帝，帝堯傳帝舜，劉邦的天下應該傳給王莽。這就是那兩個銅櫃所表明的意思。按照如此明白無誤的「符命」，「莽至高廟拜受金櫃神禪」，「御王冠，即眞天子位，定有天下之號曰新」。「禪讓」的鬧劇最後演完，劉姓漢朝改成了王姓新朝。

這個「禪讓」故事，對於闡述歷史，對於評說王莽功罪，本來都無關緊要；它引起我們談論興趣的，只是因爲傳說中的一段古史，在這裏變幻成爲一種政治手法——「禪讓」其名，攘奪其實，其間多少反映了歷史文化的背景；而且自從王莽創造了這種手法以後，改朝換代的鬥爭每每以「禪讓」爲美麗的裝飾。中國封建統治階級的政治經驗中，這是很有諷刺意味的一條。

趙翼《廿二史劄記》卷七有《禪代》一題，敘述了魏、晉、南北朝、隋、唐、五代連續不斷「假禪讓爲攘奪」的史跡：魏曹丕、晉司馬炎、南朝宋劉裕、齊蕭道成、梁蕭衍、陳陳霸先、北齊高洋、北周宇文覺、隋楊堅、唐李淵、後梁朱溫，他們在殺伐篡奪之餘，都仿效了「受禪」的典禮，眞可謂衣鉢相傳。這套衣鉢最後傳到了二十世紀的袁世凱手裏。辛亥革命以後，由於革命陣營的軟弱，袁世凱操縱了局勢。他利用清朝存亡問題跟革命陣營周旋，又利用革命形勢迫使清皇室讓位，實現他竊國的陰謀。西元一九一二年二月，清帝發表退位詔書，宣告「將統治權公諸全國，……即由袁世凱以全權組織臨時共和政府，與民軍協商統一辦法」。西元一九一五年底，袁世凱搬演帝制醜劇，北京故宮裏的清室小朝廷以咨文表示：「……推戴今大總統（指袁）爲中華帝國大皇帝，……凡我皇室，極表贊成。」袁世凱備齊了繡金龍袍、珍珠冕旒，登極祭天的大典籌辦就緒。但是，四面楚歌驚破了他「受禪」的迷夢，他縮了回去，不得不以「本大總統」的名義發表申令，撤銷「承認帝位之案」。歷史不再容許重複那一類諷刺了。

中國古代的「共和」是怎麼回事

／張習孔

我國古代的「共和」係「共和行政」的簡稱，這是我國西周晚期的一次重大歷史事件。

西周王朝經文、武時期的創建，到成、康時期趨於穩定，在這前後近百年間，是奴隸制發展的極盛時期。但存在於這個社會內部的各種矛盾也在不斷增長，從昭、穆兩代開始，各種矛盾的發展日趨尖銳；到懿王時，內外矛盾交織並乘，周王朝開始走上衰敗的道路。到了西周王朝的第十代君主——厲王（名胡）時，已發展到了一個轉折點。厲王是個貪婪暴戾的統治者，他不斷對外用兵，王畿內井田制度日益弛壞，國家財用不足，在危機日益嚴重的情況下，他聽信「好專利而不知大難」的榮夷公等人的諂言，橫征暴斂，實行獨占山林川澤的所謂「專利」政策，殘酷剝削壓迫人民，激起了以平民爲主體的「國人」的極大不滿，《逸周書》說：「下民胥怨，財力單（殫）竭，手足靡措。」厲王不但不思改悔，反而採取高壓手段，使衞巫監謗，「以告，則殺之」。於是，「國人莫敢言，道路以目」（《國語．周語上》）。周王卿士（執政大臣）召（邵）穆公（虎）規諫厲王說：「防民之口，甚於防川，水壅而潰，傷人必多，民亦如之。」（《史記・周本紀》）但厲王不聽，矛盾愈來愈尖銳。到了西元前八四一年，終於爆發了國人暴動。據西周銅器銘文記載，參加這次暴動的，除國人外，還有低級貴族和下級官吏等。國人打進王宮，厲王從鎬京倉皇出奔，逃到汾水旁的彘邑（今山西霍縣）。厲王的太子靜也逃進邵公家中躲藏起來。

國人驅逐厲王後，周王缺位，朝政由誰來主持呢？因而出現了歷史上所謂的「共和行政」時期。關於「共和行政」，史書上有三種不同記載：一爲周、召二公共同執政。此說出自《史記・周本紀》：「召公、周公二相行政，號曰『共和』。」二爲貴族共伯和代行王政。此說見於《史記・周本紀》索隱引《古本竹書紀年》：「共伯和干王位。」（《漢書・古今人表注》：共，國；伯，爵；和，其名。）《史記・周本紀・正義》引《魯連子》：「共伯名和，好行仁義，王奔於彘，諸侯奉和以行天子之事，因名共和。」又《呂氏春秋・開春論》：「共伯和修其行，好賢仁，而海內皆以來爲稽矣，周厲之難，天子曠絕，而天下皆來謂矣。」清徐文靖《竹書統箋》亦云：「共伯名和，好行仁義，諸侯賢之。周厲王無道，國人作難，王奔於彘，諸侯奉和以行天子事，號曰共和。」三爲貴族大臣會議代行王政。《史記・齊世家》：「王室亂，大臣行政，號曰共和。」《晋世家》所記同。又《史記・周本紀・正義》引韋昭曰：「彘之亂，公卿相與和而修政事，號曰共和也。」共和元年，就是西元前八四一年，這是我國歷史有確切紀年的開始，《史記・十二諸侯年表》即始於是年。共和十四年，厲王死於彘，諸侯歸政於太子靜，是爲周宣王。「共和行政」前後歷時十四年，至此宣告結束。

以上三種記載不同，其中共伯和攝政說出自《竹書紀年》，且多見於先秦諸文獻，如就史料的原始性而論，先秦人的說法當比漢人說法更爲可信。然而，司馬遷撰《史記》，博採羣書，對史事的選擇還是相當審愼的，其說未必無據。至於第三說，則爲周召二相共同輔政之擴大，亦甚有可能。因此，三說皆可成立，並存之可也。但無論那一種說法，我國歷史上的這次「共和行政」，與近代的「共和」都是截然不同的。

古代皇帝有多少稱謂

／龔延明

朱仲玉撰文《中國古代皇帝有那幾種稱謂？》精闢地闡釋了「九五之尊」、「陛下」等皇帝別名的來龍去脈，給人以啓廸，讀後大受教益。只是由於問答式文章形式的限制，該文未及就「中國古代皇帝有那幾種稱謂？」這個問題，放開解答，因而不免產生猶有未盡之感。今就筆者所知，略作補叙。

「皇帝」作爲中國封建國家元首的正式稱號，始於建立秦王朝的嬴政，迄至清朝末代皇帝，均沿用不廢。然而在不同場合使用的皇帝別名，卻爲數不少。除了史籍中常見的「陛下」稱呼以外，還可以列舉出幾十個，諸如：

天子　《漢書．史丹傳》：「元帝被疾，不親政事，留好音樂。……天子自監軒檻上，隤銅丸以擿鼓。」

上　《資治通鑑》卷一二八《宋紀》十：「孝建元年春，正月，己亥朔，上祀南郊，改元，大赦。」

縣官　《史記·絳侯周勃世家》：「庸知其盜買縣官器，怒而上變告子，事連汙條侯。」《索隱》：「縣官謂天子也。」

官家　《泊宅編》卷一：「東坡既就逮下御史獄，一日，曹太皇詔上曰：『官家何事數日不懌？』」《香祖筆記》卷九：「宋太宗問『官家』之義。鎬以三皇官天下、五帝家天下爲對。太宗善之。」

大家、天家　《建炎以來繫年要錄》卷二〇：「金人陷天長軍，上得詢報，即介冑走馬出門，……過市，市人指之曰：『大家去也！』俄有宮人自大內星散而出……。」蔡邕《獨斷》上：「親近侍從稱曰大家，百官小吏稱曰天家。……天子無外，以天下爲家，故稱天家也。」

六龍　李白《上皇西巡南京歌十首》之四：「誰道君王行路難？六龍西幸萬人歡。」《南宋館閣錄》卷首《李燾序》：「六龍駐蹕臨安。」《初學記》卷一《天部·日》：「日乘車駕以六龍。」

大行　《能改齋漫錄》卷二《事始》：「大行之稱，古來人君之亡，未有謚號，皆以大行稱之，往而不返之義也。」《續資治通鑑長編》卷一七：「開寶九年冬十月癸丑，上崩於萬歲殿。……乙卯，內出大行遺留物，賜近臣有差。」

國家　《後漢書·竇憲傳》：「章帝大怒，召憲切責：『今貴主尚見枉奪，何況小民哉！國家棄憲如孤雛腐鼠耳。』」《漢書·陳湯傳》：「國家與公卿議大策，非凡所見，事必不從。」

飛龍　《憲退錄》卷五：「南漢劉岩自制『龑』字爲名，蓋取飛龍在天之意云。」

官里、天　《雲麓漫鈔》卷三：「蔡邕《獨斷》：『漢百戶小吏稱天子曰大家。』晋曰天。唐人多曰天家，又云官。今人（按：指宋人）曰官家，禁中又相語曰官里。官家之義，蓋取五帝官天下、三王家天下。唐明皇自稱『三郎』，何耶？」

乘輿、車駕、駕　《獨斷》上：「乘輿出於《律》。《律》云『敢盜乘輿服御物』，謂天子所服、食者也。天子至尊，不敢渫瀆言之，故托之乘輿，乘猶載也，輿猶車也，或謂之車駕。」《繫年要錄》卷二〇：「建炎三年二月壬子，金人陷天長軍，上得詗報，即介冑走馬出門。堂吏呼曰：『駕行矣！』」

至尊　《鐵圍山叢談》卷一：「國朝禁中稱乘輿及后妃多因唐人典故，謂至尊爲官家，謂后爲聖人。」《武林舊事》卷一《恭謝》：「惟有至尊渾不戴，盡將春色賜羣臣。」

人主、聖人、聖　《繫年要錄》卷一四：「建炎二年三月丙戌，宗澤恐豪傑解體，是日，上疏言：『臣聞人主中天下而立，定四海之民，恭惟太祖皇帝……以今京師爲天下中，故創業垂統，欲傳之億萬世。太宗、眞宗、仁宗、英宗、神宗、哲廟，列世聖人，傳以相授，皆以京師爲本根之地。』」

陵　呂叔湘《筆記文選讀．癸辛雜識》：「健啖注：阜陵，宋孝宗。舊時習以陵寢之名爲帝皇之別稱。如宋仁宗稱昭陵，神宗稱裕陵，徽宗稱祐陵，高宗稱思陵，孝宗稱阜陵。此亦文言中人名別稱之一種方式。」

廟、祖　《桯史》卷十一《王荊公》：「王荊公相熙寧，神祖（神宗）虛心以聽。」《鐵圍山叢談》卷三：「王舒公介甫被遇神廟（指神宗）。」《元城語錄》卷上：「先生與僕論變法之初。僕曰：『神廟必欲變法何也？』先生曰：『神廟即位，富於春秋，時見兩蕃不服及朝廷州縣多舒緩不振及漢唐全盛時，上意改革法度。獨金陵（指王安石）揣知上意，遂以仁廟（指宋仁宗）為不治之朝。神廟一旦得之，以為千載會遇。』」

此外，皇帝的別名還有「皇上」、「袞」、「袞職」、「萬歲」等等，也有以年號作為皇帝別稱者，諸如永樂（明成祖朱棣）、崇禎（明思宗朱由檢）、康熙（清聖祖愛新覺羅．玄燁）、乾隆（清高宗愛新覺羅．弘曆）、光緒（清德宗愛新覺羅．載湉）等。

囿於筆者學識，未能博採眾籍，詳列皇帝別名之全部；然而，即便從上列二十餘個皇帝別名，也可窺見中國古代皇帝別稱有多麼豐富。

皇太子・皇太孫・皇太弟・皇太叔

／張萬起

皇太子，又稱皇儲、儲貳、儲副、儲君。在封建時代，皇太子是國家皇位的法定繼承人。皇帝一旦駕崩，太子即可即位稱帝，成爲新的封建統治者。因此皇太子的廢立，是封建國家的一件大事。圍繞著立皇太子的鬥爭，就是爭奪皇位的鬥爭。這種鬥爭常常是你死我活，十分激烈。例如唐初高祖李淵立長子建成爲皇太子，但秦王李世民在唐王朝打天下的統一戰爭中，屢立奇功，勢力日大，虎視眈眈，覬覦皇位。太子建成感到秦王對他的皇儲地位構成了越來越嚴重的威脅，爲了保住儲君之位，與秦王李世民展開了激烈的爭奪。最後，李世民帶領軍隊殺死了太子建成和弟弟齊王元吉，發動了有名的玄武門之變。這一行動嚇得高祖李淵不僅立即宣布李世民爲皇太子，而且自己也讓出皇帝寶座，去當太上皇了。這是用武力奪取皇位的例子。

皇太子，一般總是立嫡長子。嫡長子廢棄或死亡，可以立其次。例如唐朝第三個皇帝高宗李治，就是唐太宗第九子。但歷史上有皇太子廢棄或死亡，而直接立皇太子之子爲「皇太孫」的。例如晉惠帝時，愍懷太子遹廢死，而詔立其子臧爲皇太孫。齊武帝時，文惠太子長懋病卒，詔立其子昭業爲皇太孫。這都是在皇太子不在的情況下立其子皇太孫的。唐代則有皇太子在而立太子之子爲皇太孫的。例如高宗永淳元年，因爲皇太子生了兒子，高宗一高興之下，詔命「立皇孫重照爲皇太孫」。吏部郎中王方慶諫曰：「按周禮，有嫡子無嫡孫。漢、魏已來，皇太子在，不立太孫，但封王耳。」高宗曰：「自我作古，可乎？」（《舊唐書・高宗紀》）於是一個剛過滿月的嬰兒，就被立爲「皇太孫」了。高宗這樣做的目的，當然是想讓李家天下世代傳下去。

「皇太子」、「皇太孫」外，我國歷史上尚有「皇太弟」、「皇太叔」，他們也是儲君，具有繼承皇位的權力，是合法的繼承人。議立皇太弟事，可以舉出下面數例：①《北齊書・上洛王思宗傳》：「初，孝昭之誅楊愔等，謂武成云：『事成以爾爲皇太弟。』及踐祚，乃使武成在鄴主兵，立子百年爲皇太子，武成甚不平。」②據《舊唐書》卷六四《李元吉傳》載，太子建成在與秦王李世民爭奪皇位的鬥爭中，曾對其弟齊王元吉許願：「正位以後，以汝爲太弟。」③《舊唐書》卷七《睿宗紀》載：「神龍元年，以誅張易之昆弟功，進號安國相王……其年立爲皇太弟，固辭不受。」睿宗是中宗之弟，故中宗立之爲皇太弟。④《舊唐書》卷一四三《朱滔傳》載，唐代宗、德宗時代，割據的軍閥朱泚，僭稱帝號，也立其弟滔爲皇太弟。

以上所舉，皇太弟並未成爲眞正繼承人。其中有的人雖然也做了皇帝，但不是以「皇太弟」的名義即位的。在唐代，眞正以「皇太弟」身分即位當了皇帝的是唐武宗和唐昭宗。據《舊唐書》卷一七下《文宗紀》載：「開成五年春正月，詔立親弟穎王瀍爲皇太弟，權勾當軍國事」。又卷一八上《武宗紀》：「文宗崩，宣遺詔：皇太弟宜於柩前即皇帝位。」穎王瀍，即後來即位的唐武宗。武宗繼位，立即殺死了文宗太子成美。皇位讓皇太弟繼承，而不讓皇太子繼承，這當然是政治鬥爭的需要。另一以「皇太弟」身分即位的是唐昭宗。僖宗、昭宗均爲唐懿宗子。但僖宗做了十來年皇帝，二十七歲就死了。死前，「宣制立弟壽王傑爲皇太弟，勾當軍國事」。僖宗崩，昭宗即於柩前即位。

有趣的是唐代有叔叔做侄子的接班人登基做皇帝的。例如唐宣宗即以「皇太叔」身分繼承皇位。據《舊唐書》卷一八下《宣宗紀》：「武宗疾篤，遺詔立爲皇太叔，權勾當軍國政事。」又《武宗紀》云：「是月二十三日，宣遺詔以皇太叔光王柩前即位。」按唐宣宗乃憲宗子，而武宗是憲宗孫，故武宗立宣宗爲「皇太叔」。

在封建專制時代，立皇儲當然沒有婦女的份。但是皇儲的地位，也確實使一些夢想嘗嘗當皇帝滋味的婦女垂涎。例如唐中宗愛女安樂公主就「嘗私請廢節愍太子，立己爲皇太女」。中宗以問宰相魏元忠，元忠堅決反對（《舊唐書・魏元忠傳》）。安樂公主氣憤地說：「元忠，山東木強，烏足論國事？阿武子尚爲天子，天子女有不可乎？」（《新唐書・安樂公主傳》）意思是說：「魏元忠是個木頭腦瓜子，不足以和他討論國家大事！阿武的兒子能作天子，皇帝的女兒爲什麼不可以作皇太女？」此事雖然沒有辦成，但卻激起了節愍太子率兵殺武三思，要求中宗廢韋后事件。安樂公主終因驕橫放縱，在唐玄宗發動的奪權事變中，和韋皇后一起被殺了。「皇太女」沒有當成，反倒丟了自己的性命。

古代宗廟制度簡說

／張　慶

宗廟，是古代社會天子、諸侯祭祀祖宗的場所。宗廟之設，對保持以家族為中心的宗法制度和鞏固貴族的世襲統治起到了很大作用，所以歷代的統治階級都極力維護宗廟制度，並將宗廟與社稷並列，以為王室或國家的代稱。《過秦論》中「一夫作難而七廟隳」，以宗廟的毀滅來表示秦朝的覆亡便是一個例證。

然而為什麼稱秦朝的宗廟為「七廟」呢？要解答這個問題，就要了解一點有關古代宗廟制度的常識。

周朝以前，天子的宗廟為「五廟」。焦循在《羣經宮室圖》中說：「蓋五廟之制，自虞至周，自天子至附庸皆同。」可知即天子「五廟」之制一直沿襲到周朝。所謂「五廟」即指考廟、王考廟、皇考廟、顯考廟、太祖廟。《禮記・曲禮下》：「生曰父，死曰考。」父死後，將其神主（又稱祧主，即牌位）奉祀於廟，即謂考廟，亦稱禰廟。王考廟為祖父廟，皇考廟為曾祖父廟，顯考廟為高祖父廟。以上四廟合稱為「四親廟」。太祖廟又稱太廟，奉祀的是始封之君。始祖以下、四親廟以上各代祖先的神主則陪祀於太祖廟中。可是到了周朝中期，隨著世系的延續，周文王、周武王已不復屬考、王考、皇考、顯考四親，按制不當再在昭穆廟中受祀。鑑於周文王、周武王為周朝建立了煌煌功業，「有德之王，則為祖宗，其廟不可毀」（《尚書．孔安國傳》），故又增設了文武二世室廟，並將文武以下、四親廟以上諸祖先神主藏於二世室中，這樣便成為「七廟」，即如《禮記．王制》所言，「天子七廟，三昭三穆，與太祖之廟而七」。「七廟」的布局，也是極有講究的。根據古時的宗法制度，始祖以下逐代遞相排列為昭、穆二輩，昭居左，穆居右，太祖廟居中，左為三昭，即武世室、顯考廟、王考廟，右為三穆，即文世室、皇考廟、考廟，中間為庭，與太祖廟相對為「都宮門」。按照天子「七廟」、諸侯「五廟」、大夫「三廟」之制，秦朝的宗廟應為「七廟」。

先秦的宗廟祭祀活動甚多，有「月祭」、「四時之祭」和「殷祭」等。「月祭」於每月初一舉行，名之曰「朝廟」。「朝廟」又與「告（舊讀ㄍㄨ）朔」、「視朔」的禮儀有聯繫。按古代的制度，周天子於每年的夏秋之際向各國諸侯頒發曆書。曆書主要寫明來年有無閏月，每月的朔日（即初一）是那一天。諸侯將曆書藏於太廟。每逢月朔，便宰殺一隻羊親臨告祭宗廟，稱為「告朔」；然後戴著皮弁（一種用白鹿皮做的帽子）在太廟聽治政事，稱為「視朔」；「視朔」畢再祭於諸廟，謂之「月祭」。由此可知，「告朔」、「視朔」、「月祭」這三項活動是在同一天之內連續完成的。不過到了後來，國君就不再親臨宗廟「告朔」和聽政了，只是到時候宰殺一隻羊做做樣子，所以《論語》上記載「子貢欲去告朔之餼羊」，認為那是形式，然而孔子站在維護禮法的立場上卻不以爲然，對子貢說：「賜也，爾愛其羊，我愛其禮。」「四時之祭」的名稱不同，按照《禮記・王制》的說法，「春曰礿，夏曰禘，秋曰嘗，冬曰烝。但這是夏、殷兩代的祭名，到了周代就改爲「春曰祠，夏曰礿」了。「殷祭」是規模盛大的宗廟祭禮，包括每五年舉行一次的宗廟大祭（亦稱爲禘祭）和每三年舉行一次的合諸祖神主的大合祭（稱爲祫祭）。上述這些祭祀活動都有一套繁瑣的儀節，一般要由精通禮儀的「相」來擔任贊禮和司儀的工作。「相」即儐相，卿、大夫擔任贊禮工作叫「大相」，士擔任贊禮工作叫「小相」。公西華所說的「宗廟之事，如會同，端章甫，願爲小相焉」，即指此。「子入太廟，每事問。」（《論語・八佾》）即使像孔子這樣博學多智的人，對宗廟祭祀的儀節還有不懂之處，足見祭祀儀禮的繁複，無怪乎要將「禮」（包括各種儀節）列爲「六藝」之一，並要人們「學而時習之」了。

根據《左傳》、《禮記》等書的記載，天子及諸侯外出或遇有會盟、出師攻伐等大事，行前都要祭告禰廟，或者一併祭告太祖廟，並派遣祝史祭告其餘的宗廟；返回，又需親自祭告於廟，這叫做「告廟」。《佐傳・桓公二年》的傳文說：「凡公行，告於宗廟；反行，飲至、舍（置也）爵、策勛焉，禮也」。意謂凡國君出行，應祭告於廟；回來，還要祭告於廟，並宴請羣臣，飲酒，記功，這是合乎當時禮制的。班固在《白虎通・巡狩》中說：「王者出，必告廟何？孝子出辭反面，事死如事生。」可見，「告廟」之禮乃是封建倫常觀念的一個具體體現。史籍中有關「告廟」的記載甚多，如《舊唐書・李勣傳》：「與太宗俱服金甲，乘戎輅，告捷於太廟。」又如歐陽修《伶官傳序》：「莊公受而藏之（指三矢）於廟，其後用兵，則遣從事以一少牢（《儀禮・少牢饋食禮》賈公彥疏引舊說：「羊豕曰少牢。」）告廟。」「系燕父子以組，函梁君臣之首，入於太廟，還矢先王，而告以成功。」這些事例反映了國君出師征伐前以及打了勝仗後都要舉行「告廟」儀式的事實。

過去，歷代帝王都「視天下爲莫大之產業」，妄想「傳之子孫，受享無窮」。出於維護其「家天下」的目的，他們自然要把體現宗法統治的宗廟制度視爲「命根子」而抓住不放。在統治階級看來，宗廟不啻是王權統治的精神支柱，國家權力的重要標誌。

統治階級對於宗廟的尊崇也反映在宮室的營建上。諸侯營建宮室，要首先營建宗廟，即《禮記·曲禮上》所謂「宗廟爲先，廐庫爲次，居室爲後」。宗廟與社稷一般要按照左宗右社的制度建在王宮的前面。即使到了明清，也依然沿襲這個舊制。今北京故宮前居於左方的勞動人民文化宮就是明清的太廟，而居於右方的中山公園便是明清的社稷壇。

從《馮諼客孟嘗君》的故事裏，我們也可以看出在統治階級的心目中宗廟是何等重要、何等神聖。馮諼曾爲孟嘗君出了三個高明的主意，其一便是告誡孟嘗君：「願請先王之祭器，立宗廟於薛。」在宗廟落成之後，馮諼便對孟嘗君說：「三窟已就，君姑高枕爲樂矣。」爲什麼「立宗廟於薛」就可以高枕爲樂了呢？這道理是顯而易見的：孟嘗君與齊王是同宗，齊國的宗廟立在薛，即便是以後齊王再對孟嘗君產生疑忌，也不便奪其封地；再說宗廟是國家命運之所繫，如薛地遭受攻擊，齊王定會竭盡全力加以保護，這就保障了孟嘗君封地的安全。

古代的宗廟還有一個附屬建築，稱爲「亡國之社」。周滅殷以後，認爲殷紂無道，自取滅亡，是罪有應得，然而殷的社稷無罪，殷人宗廟的祖先無罪，於是便在周人宗廟的南牆外仿建一座「亳社」（殷人建都於亳，故稱殷社爲「亳社」），並將殷人宗廟中的神主移置「亳社」中。「亳社」雖一仍其舊稱，但實際上卻是一座極其簡陋的亭臺建築。《公羊傳》說：「亡國之社蓋掩之，掩其上而柴其下。」所謂「掩其上」，就是在四根亭柱上加一個屋頂，所謂「柴其下」，就是在下邊圍一圈柵欄。而且就其所處的位置看，也僅是宗廟外的一個屏蔽建築。戰勝國的統治者這樣做，其用意也是顯而易見的，即告誡國人要居安思危，引以爲鑑，以免重蹈其國亡廟毀的覆轍。

謚法的產生和謚號的種類

／汪受寬

在我國古代，有地位的人死了以後，往往得到一個特殊的稱號，如漢朝皇帝劉徹稱孝武皇帝，宋朝大臣司馬光稱文正公等。這種稱號就是謚號。而關於給謚的規定，就是謚法。

謚法和其他關於禮的規定一樣，是中國古代社會上層建築的重要組成部分。統治階級重視謚法，主要有兩個目的。

其一是「別尊卑」，維護封建等級制度。歷代王朝賜謚資格都有很高的要求，除了帝王將相后妃，其他人只有建立了特殊功勛或有節義行爲，才可能得謚。而且，謚號本身又有許多區別。這樣，是否得到謚號和得到什麽樣的謚號，都成了區別尊卑貴賤的標誌。

其二是「懲惡勸善」，維護封建禮教。

謚號是根據死者的生平事跡，評定褒貶，給予的稱號。以封建禮法爲標準，人的行爲有善美，有醜惡。謚字也分美、平、惡三類。從而謚號就有褒、憐、貶三類。如果一個人一生爲善或建有功勳，就授予昭、敬、恭、莊、襄、烈等美謚；如果一個人的行爲違背禮義，就給予暴、醜、煬、戾、蕩、昏等惡諡；如果一個人登位夭折或志向未申，就給予懷、悼、哀、隱、閔等表示憐憫的平論。這樣的蓋棺論定，既是對亡靈的安慰或譴責，更是對後死者的教訓和對社會風尚的引導。唐朝人王彥威說：「古之聖王立諡法之意，所以彰善惡，垂勸戒，使一字之褒寵，逾紱冕之賜，片言之貶辱，過市朝之刑，此邦家之禮典，而陛下勸懲之大柄也。」（《于頔諡議》，見《文苑英華》卷八四一）當然，除王朝給諡外，還存在有鄉黨門生親屬的私諡，私諡爲了表示對死者的崇敬和懷念，是人們寄託哀思的一種方式。

對諡法的產生，古代有黃帝作諡和周公制諡兩種說法。後者更有影響。現在看來，兩種說法都是儒家崇古之風的產物。近人王國維在研究西周金文時，發現多例周成王、周穆王活著時就被人稱成王、穆王的材料。諡號應該死後才有，既然他們活著的時候就有此稱呼，那這就不是諡號。所以，王國維認爲，諡法的產生，是周恭王、周懿王以後的事。當然，諡法的產生有個漸變的過程，在周穆王及其以前，天子、諸侯生前就有尊號，是時人給他們的美稱。《穆天子傳》上說道：周穆王的美人盛姬死後，穆王極爲悲痛，下令以皇后禮安葬，並給盛姬諡爲哀淑人。這一記載如果可靠的話，可能是歷史上最早的諡號了。以後，周王、諸侯死後避諱其名，循此例而另起美稱，諡法就正式產生了。這些人活著的時候稱本名，稱尊號，死了以後稱諡號，不再稱名，所以諡法又叫作易名禮或更名典。

諡法剛產生時，賜諡權完全掌握在周王朝手裏，周天子有諡，諸侯並不全部賜諡。春秋以後，周室衰微，諡法的壟斷也被破壞。諸侯的諡號多由其子弟大臣議定，一般卿大夫甚至貴夫人也有謚號，還出現了私謚。

秦始皇統一六國以後，爲了禁止後人的議論批評，下令廢除謚法。規定皇帝的名稱按世代計數，稱始皇帝、二世皇帝，直至萬世皇帝。

西漢初年，恢復了謚法。自漢到晋，謚法規定逐漸嚴密。南北朝時，各民族政權的建立，給謚法增添了新的內容，以至到唐、宋，謚法發展到鼎盛的階段。元代以後，中國封建社會進入後期，隨著封建地主階級的日趨沒落，謚法也走上窮途末路，其最明顯的表現是賜謚的無濫和基本取消惡謚。西元一九一一年的辛亥革命推翻了最後一個封建王朝，作爲封建上層建築的謚法也隨之廢止，雖然民國時仍有私謚，對社會已經沒有什麼影響了。

古代的謚法，有王朝賜謚和私謚兩大類。其中王朝賜謚最爲重要，其賜謚對象，有帝王、后妃、百官和其他人。

皇帝是至高無上的，所以皇帝的謚號一般由禮官議定，在繼位皇帝參加下，由最尊大臣在圜丘祭天儀式上稱天給謚。唐朝以後，帝后的謚號還刻成璽印，稱爲謚寶，隨葬於陵墓之中。謚號有美有惡，但歷代皇帝多爲美謚，只有大權旁落或亡國廢殺之君才有可能加以惡謚。皇帝謚號，本來都爲一字或二字，與大臣無異。從唐朝開始，爲了表現帝王的特殊地位，其謚號開始加長。天寶十三載，唐玄宗李隆基給他的列祖列宗一律改爲七字謚，如李世民，初謚「文皇帝」，改爲「文武大聖大廣孝皇帝」。此例一開，從此不可收拾。唐宣宗謚號十八字，宋神宗謚號二十字，明太祖謚號二十一字，淸世祖、淸高宗謚號竟各二十三字。當然，謚號再長，要害的還是最末一字，如清高宗（乾隆）謚號是「法天隆運至誠先覺體元立極敷文奮武欽明孝慈神聖純皇帝」，簡稱就是「純皇帝」。唐以前，史書上習慣於稱帝王的謚號，如漢景帝、隋文帝等。唐以後，謚號太長，有時又無法用一兩個字予以簡稱，於是一般不再稱謚號，而稱廟號，如唐太宗、明成祖等。

有些沒有當過皇帝的人也被加上皇帝的謚號，這就稱爲追尊。追尊皇帝一般有三類。一類是追尊遠祖，如唐高宗認爲李耼是李氏始祖，追尊其爲「太上元元皇帝」。一類是開國皇帝追尊其父祖，如曹丕建魏，追尊曹操爲「武皇帝」。一類是藩王承繼大統後，追尊自己的父祖，如東漢桓帝以章帝曾孫得爲皇帝，就追尊其祖父爲孝穆皇帝，父親爲孝崇皇帝。開國皇帝追尊父祖，本來只追尊二代、三代，從十六國前趙劉曜開始追尊四代，北魏拓跋珪竟追尊其二十八代祖宗爲皇帝。

皇后的謚號，本來都跟隨帝謚。如劉邦謚高皇帝，呂雉就稱高皇后。漢皇帝上臺後，追念其曾祖母衛子夫的厄運，謚爲思后，以後后妃開始有謚。在史書上，后妃的謚號多由兩部分組成，即在后妃謚前冠以帝謚，如晉武帝皇后楊氏，稱武元皇后。自漢至清，后妃之謚由一、二字逐漸發展到四字以至六字，清那拉氏的謚號最長，是「孝欽慈禧端佑康頤昭豫莊誠壽恭仁獻崇熙顯皇后」，十九個字。后妃的謚號，由禮官議定，在宗廟賜謚。爲表示后妃與在位皇帝的輩份，其謚號前還可加「太」或「太皇太」等字樣。

諸王、公主從西漢就有謚號。其謚號之前，一般冠以所封郡國名稱，以加區別。如唐高祖的女兒封邑平陽縣，謚號稱「平陽昭公主」。

封建王朝給謚的主體是文武百官。歷代對官員賜謚資格都有明確規定。漢朝實行「生無爵，死無謚」（《白虎通義．謚》）。生爲列侯，死後才可賜謚。東晉以後，公卿大臣無爵亦可視其功績影響賜謚。唐朝明確規定三品以上職事官員才有得謚資格，此法沿用至清末。公卿大臣死後，其子孫或佐僚就要整理出死者一生事跡的行狀，提出易名要求。經皇帝認可後，大鴻臚或太常等禮官就據行狀擬出謚號，報經皇帝批准，派專使參加喪禮，當衆宣讀朝廷的悼詞（誄策），再公布謚號。晉、宋之間，百官謚法還有駁議和論枉之說。駁議是指禮官和其他官員對某人謚號不同意見的辯論。論枉是家屬對謚號不滿的上訴。明、清兩代，大臣定謚之權完全集中到皇帝手裏。一般是翰林院擬出幾個（多至七、八個）謚號，禮部討論通過後，轉內閣大臣，從中挑出兩個或三四個謚號，有時還標明先後順序，再進呈皇帝，選定其中的一個謚號。百官謚號一般與封爵連稱，如西漢樊噲稱舞陽武侯。無爵者的謚號之後，則綴以「子」字。歷代百官謚號均爲一、二字，明清則皆用二字。唐代以後，百官謚號以「文」字爲貴，只有當過宰輔或有特殊成績的才可得到。明朝李東陽生命垂危時，好友大學士楊一清答應向朝廷爲他申請「文正」的謚號，垂死的李東陽竟在床上朝楊磕起頭來。由於作戰易於立功，歷代武官得謚者都比文臣爲多。清人梁章鉅統計，鴉片戰爭以前的二百年間，福建全省，文臣僅有五人得謚，武官之謚則不計其數，有一家之內五人因武得謚的，相差眞是太懸殊了。大臣謚號一般不能與前代皇帝或自己父祖的名字相同，這叫做避廟諱、家諱。但不避本人名諱，如明代金忠，就謚爲忠襄。

諡號一般在喪禮時賜給，但另外還有追諡、加諡、改諡、奪諡等名目。追諡，是給已死很久的人賜諡，如明代諡宋朝文天祥爲忠烈公。加諡，是在其原有諡號上加字。如孔子，漢平帝諡其爲「褒成宣尼公」，元代加爲「大成至聖文宣王」。改諡是改變諡號。如唐朝陳叔達原諡忠叔，由於大臣駁議，改爲繆，很久以後又改爲忠。奪諡是撤銷諡號。如明代張居正本諡文忠，後爲政敵彈劾，遭掘墓鞭屍並奪去諡號。

不屬賜諡對象的官員，一般只有建立了特殊功勛或爲皇帝垂青時，才能破格賜諡。如清光緒間，甘肅署貴德廳同知承順，因瘋狂鎮壓當地回民起義被殺，而破格諡爲勤愍。

朝廷有時也給不做官的人賜諡。如爲了博取聲名，宣揚儒學，給大儒、隱士賜諡；爲了提倡封建道德，給孝子和貞烈婦女賜諡；爲了鼓勵給封建王朝賣命，給所謂的「烈士」賜諡。元代以後，皇帝的乳母、方士、功臣父祖也給賜諡。如明朝開國元勳常遇春，三代父祖連名字都沒有，也被朱元璋追諡爲敬懿、安穆、莊簡。

朝廷賜諡以外的給諡都屬私諡。私諡在春秋末年已經出現，宋代發展到鼎盛，民國時仍有緒餘。私諡大體可分爲四類，一類是在社會混亂時官府給地方名人諡號，一類是弟子門人給先生諡號，一類是鄉人給本鄉耆宿諡號，一類是宗族親友給德行兼備的老人諡號。私諡之號，視職業、地位和時代不同，綴以「先生」、「處士」、「居士」、「子」等字樣。如宋遺民褚承亮門人私諡爲玄貞先生。

封建時代，諡法是一門顯學。戰國前期，儒生假托周公撰成的《逸周書．諡法解》，是產生最早的一部關於謚法的經典性著作。東漢以後，班固、蔡邕、杜預等人對謚法都有專門研究。宋代蘇洵《謚法》和鄭樵《通志·謚略》都很有影響。明清對謚法的研究最盛，公私所撰著作不下二、三十種。著名的如王世貞《謚法通紀》三十卷，王圻《謚法考》十八卷，沈炳震《謚法譜》十六卷，劉長華《歷代名臣謚法彙考》十五卷等。這些著作極少對謚法的系統研究，而以謚法解和歷代謚號分類彙編爲多。

現在，有必要開展對謚法的綜合研究，因爲它是我們學習和研究中國歷史的基礎知識之一。懂得謚法常識，首先有助於我們對歷史人物的瞭解。其次，一些人謚號的追、改、加、奪又往往與時局有緊密聯繫，懂得謚法常識，可以據之探尋當時的政治路線或時代精神。第三，懂得謚法常識有利於我們閱讀歷史文獻。第四，謚法學有助於古籍的校勘訓詁。第五，謚法知識可以幫助我們辨別僞書和判定古籍的著作年代。

總之，謚法學是中國歷史文化的一門輔助學科，我們對之不能不有所瞭解。

慈禧聽政爲什麼要「垂簾」

／朱家溍

太后臨朝的故事，最早是前漢高后，不過《漢書》上沒有提到垂簾二字。「晉康帝崩，穆帝即位，時年二歲。皇太后設白紗屏於太極殿，抱帝臨軒」（見《合璧事類》）。「宣仁高太后垂簾，有司請循天聖故事御殿。又請受册寶。后曰：母后當陽非國家美事，況天子正衙豈所當御，就崇正足矣」（見《宋史》）。所以太后臨朝聽政「垂簾」是古已有之，不是西太后的創舉。至於爲什麼要「垂簾」，是因爲臨朝聽政當然要和羣臣相見，可是從前生活習慣是男女有別，內外有別。皇后居中宮，主內治。元日、長至、千秋節，內外文武官皆豫期進箋稱賀。並不面見皇后。若皇太后在元日、長至、聖壽節，直省文武官員則豫期進表稱賀。在行禮這一天，皇太后御慈寧宮，王公大臣都在慈寧門外階下行禮，三品以下文武官在午門外行禮，也都見不著太后。在正常情況下如此。但太后臨朝聽政當然就不可避免和羣臣見面，同時還要遵守內外有別的原則，所以就只好「垂簾」和羣臣相見，宣諭、奏事都在隔簾情況下進行。這個內外有別的原則，不僅僅皇家如此，從前社會上也是這樣的習慣。例如住宅有內外院之分，婦女在家除和家裏人以及至近親戚

（男）在內院相見之外，也不和男的來賓相見，家中男僕人到上房向女主人回事，須請女僕代言，如果女主人有所詢問也是在室內說，男僕在室外回答，這都是以前生活中常見的。由於是相當普遍的事，小說家也把這種生活方式寫入作品中。例如曹雪芹的《紅樓夢》第四十八回「濫情人情誤思遊藝」中：「至次日薛姨媽命人請了張德輝來，在書房中命薛蟠款待酒飯，自己在後廊下隔著窗子向裏千言萬語囑託張德輝照管薛蟠。張德輝滿口承應。」可以這樣說：聽政要用「垂簾」的形式，不是孤立的現象，而是整個社會上都是內外有別，男女有別的風尚。

「垂簾」一詞不只是口頭上的語言，還是見之於文字的，咸豐十一年十月十六日，《實錄》載禮親王世鐸等會議具奏《垂簾章程》：「一，召見內外臣工：擬請兩宮皇太后、皇上同御養心殿，皇太后前垂簾；於議政王，御前大臣內輪流派一人，將召見人員帶領進見。一，京外官員引見：擬請兩宮太后、皇上同御養心殿明殿，議政王、御前大臣帶領御前、乾淸門侍衛等照例排班站立；皇太后前垂簾設案，進各員名單一份，並將應擬諭旨分別注明；皇上前設案，帶領之堂官照例進綠頭簽，議政王、御前大臣捧進案上，引見如常儀。其如何簡用，皇太后於單內欽定鈐用御印交議政王、軍機大臣傳旨發下，該堂官照例述旨。」

以上是《垂簾章程》中「召見」和「引見」兩項儀注。召見的地點是在養心殿東暖閣，引見是在養心殿明殿，都提到皇太后前垂簾，但垂簾二字也不能刻舟求劍地來解釋。如翁同龢咸豐十一年十一月二十四日的日記中載：「黎明侍大人入內，辰正引見於養心殿，兩宮皇太后垂簾，皇上在簾前御榻坐，恭邸立於左，醇邸立於右，吏部堂官遞綠頭簽，恭邸接呈案上。是日引見才二刻許即出。」在「垂簾」二字下自注：用紗屏八扇，黃色。又如曾國藩同治七年十二月十四日的日記中載：「……入養心殿之東間，皇上向西坐，皇太后在後黃幔之內，慈安太后在南，慈禧太后在北。余入門跪奏稱臣曾某恭請聖安，旋免冠叩頭奏稱臣曾某叩謝天恩畢，起行數步跪於墊上。……」

以上是引見和召見的兩個具體實例，所謂垂簾，在明殿是用黃紗屏八扇；在東暖閣因為東大牆前有一檔欄杆罩，罩上有一幅黃幔。一屏一幔都不是簾，總而言之不過有個象徵性的分隔而已。

漫談清代的雩祀禮

／陳　樺

中國封建社會有一套完備的禮制。就內容而言，素來有「五禮」的說法。一曰「吉禮」，也稱祭禮，祀祭各種天神、先師先聖、列祖列宗以及賢良功臣；二曰「嘉禮」，也叫儀禮，皇帝登極、節慶朝賀、册封婚嫁所用之禮；三曰「軍禮」，也叫戎禮，皇帝命將親征、凱旋受俘、大閱秋獮使用之禮；四曰「賓禮」，諸國朝貢、敕封藩服、百官相見之禮；五曰「凶禮」，也謂喪禮，用於死喪祭葬、忌辰賜謚之時。人們的政治活動和社會生活的各個方面，無處不有禮，無處不受到禮的約束和束縛。

雩祀是吉禮的一種。《左傳》有「凡祀，啓蟄而郊，龍見而雩，始殺而嘗，閉蟄而烝」之句。何爲雩，唐代著名經學家陸德明解釋說：「雩，吁嗟求雨之祭也。」（《禮記正義》卷一六）就是說雩禮是祈天求雨的祀禮。所謂「龍見而雩」，是指舉行雩祀的時間。龍，指二十八星宿之蒼龍宿，每年的建巳月即陰曆四月，蒼龍宿出現於東方。古人認爲這是萬物始盛，待雨而大之際，故應懇祈上天灑降甘雨，以保五穀之秋成。雩祀爲歷代王朝所重視，並沿用不衰。《晉書》卷一九記載，晉武帝咸寧二年春，久旱，「四月丁巳，詔曰『諸旱處廣加祈請』。五月庚午，始祈雨於社稷山川。六月戊子，獲澍雨。此雩之舊典也」。唐代，「孟夏雩祀五方上帝、五人帝、五官於南郊」（《舊唐書》卷二一《禮儀志》）。宋代亦如是，「祀天者凡四，孟春祈穀，孟夏大雩，皆於圜丘或別立壇」（《宋史》卷一〇〇《禮志》）。明朝嘉靖九年，建崇雩壇於圜丘壇外泰元門之東，「歲旱則禱」（《明史》卷四八《禮志》）。

清代吉禮共有二十九種，分三類：大祀、中祀和羣祀。雩祀屬大祀。雩祀本身又有三種，在不同的時間，遇到不同的情況時舉行。

其一爲「常雩」。即在每年的孟夏（陰曆四月）擇吉日行於天壇的圜丘，定期舉行。

其二，在三壇及社稷壇祈雨。這是「常雩」禮後，遇旱無雨才舉行的雩祭。三壇指位於京南先農壇之南的天神壇、天壇之西的地祇壇、先農壇之北的太歲壇。祭告三壇後七日，若仍未降雨或雨未沾足，乃請旨致祭社稷壇。三壇、社稷壇祈雨所禱告的神靈與「常雩」不同。「常雩」祭祀的僅只所謂「皇天上帝」一神，而三壇、社稷壇乃廣祭衆神。天神壇供祭雲、雨、風、雷諸神，地祇壇祈祀五嶽、四海、名山大川諸神，太歲壇虔禱歲神，在社稷壇奉祭大社、大稷神。三壇祈雨，皇帝一般都到天神壇祭典，地祇壇、太歲壇則派遣親王或皇子行禮。如嘉慶二十二年（西元一八一七年）五月，嘉慶帝親撰祝文於天神壇祈禱，同時派儀親王祭地祇壇，成親王祭太歲壇。祈雨的聲勢頗爲浩大，所以，三壇、社稷壇祈雨是較「常雩」持續時間更久，規模更大，更隆重的雩祭。

其三，「大雩」。「大雩」乃雩祀中最重之典，非遇特大旱情不舉，多在三壇祈雨仍未降雨後進行，由皇帝親祀「皇天上帝」於天壇圜丘。祀前一日，遣官祈告太廟，慰寄祖宗，雩祭時，派親王一人到方澤壇行禮，恭祀皇地神。大雩期間，主祭的皇帝本人則要輕車簡從，少食素服，倍致虔敬。乾隆二十四年（西元一七五九年）曾有過一次大雩，據載，乾隆皇帝「減膳虔齋，不設鹵簿，不陳樂，不乘輦，乘騎出宮，詣壇齋宿，次日，御雨冠素服，步禱於壇」（《禮部則例》卷一一〇）。

雩祀的禮儀有著嚴格的規定，這裏僅簡略介紹一下「常雩」。

祭前的準備十分重要。首先要齋戒。齋戒是要使祭祀者拋棄塵俗，潔淨身心，集思於一意，因而其禁律很多。齋前御制誓戒，頒布於朝，約束羣臣，其辭曰：「朕恭祀皇天上帝，祗秩常雩，惟爾羣臣，其蠲乃心，齊乃志，各揚其職，敢或不其，國有常刑，欽哉勿怠。」（《禮部則例》卷一〇三）齋期三日。皇帝前二日在紫禁城齋宮，第三天於天壇齋宮至齋。陪祀王公在本府第，百官在本部院衙門齋宿，都察院派官至齋所查典。齋戒期間，「不理刑名，不辦事，不宴會，不聽音樂，不入內寢，不問疾，不弔喪，不飲酒，不食葱韭薤蒜，不祈禱，不報祭，不祭墓」（雍正《大清會典》卷七八）。身體有病未癒或殘疾者，俱不許陪祀。準備工作的另一項，省視屠宰祭獻天神之犧牲。「大祀前五日，親王視牲，二日禮部尚書省牲」（《清史稿》卷八二《禮志》），前一日，由太常寺、光祿寺、禮部官員監臨宰牲。最後在祭日，由禮部尚書從貯放神牌的皇穹宇中恭請神牌，安置於圜丘。

祭壇神位的設置也有極嚴的定規。神位分三等，正位、配位、從位。圜丘上數第一層正中設正位，皇天上帝神牌，東西兩翼設諸配位，即清代自太祖努爾哈赤以來的先祖神牌，按左昭右穆之制排列。第二層設從位四，東面，大明神、星辰神，西面，夜明神、雲雨風雷神。每一神位前都擺著數量不等的爵、簠、簋、籩、豆、俎、尊等祭器，盛以各種祭品。這種神位的設置，意在突出「上帝」於天堂、皇帝在人間的主宰地位。

雩祭在日出前七刻舉行。皇帝立於祭壇的第二層，在禮官引導下，分七次步升第一層，向正位、配位諸神進香、獻玉帛、獻俎、獻爵、獻福酒福胙、獻蒼璧，最後來至壇外燎爐，焚柴祭天，稱「望燎」。與此同時，陪祀官各居其位，王、貝勒在圜丘第三層，貝子在壇下，文武百官列圜丘壝門外，隨皇帝行禮。

歌舞和音樂始終伴奏著祭禮的進行。舞蹈是專門爲祀祭設計的，分武功之舞與文德之舞兩式，各用舞童六十四人。武舞又稱干戚舞，因舞童手持干、戚得名；文舞又稱羽龠舞，舞童皆手舉羽、龠。舞蹈的順序一般爲先武後文。舉行雩祭還有專門的樂章，共九章，皇帝每行一禮，即歌奏一章，如進香時奏第一章，獻玉帛時奏第二章。歌詞由乾隆皇帝御撰，內容大體上是歌頌上天宏德遠大以及萬物生機逢春待雨之情，其中第三章云：「自古在昔，春郊夏雩。曰惟見龍，田燭朝趨。盛禮既陳，神留以愉。雷師闐闐，飛廉僪僪。曰時雨暘，利我新畬。」（《日下舊聞考》卷五七）整個歌舞歡快和諧，表現出人們滿懷希望、切盼風調雨順、預祝豐收的喜悅心情。

清代的雩祀禮是全國性的祭禮，所以除京城外，各省、府、州、縣每年四月也都於所屬社稷壇內行「常雩」，平時遇旱，則每七日致祭祈雨，但無「大雩」。因常雩是重要祭典，主祭官皆爲地方要員，「省城以巡撫，有總督省分以總督，道員分駐各府，於所治主祭，府州縣以正印官主祭」（光緒《大清會典》卷三六）。

清朝正式舉行雩祀在乾隆七年（西元一七四二年），在此之前，雖未有雩祀之名，但對天祈雨卻從沒有停過。據載順治十四年（西元一六五七年）夏，大旱，順治帝祈雨於圜丘，「前期齋三日，冠服淺色，禁屠宰，罷刑名。屆期，帝素服步入壇，不除道，不陳鹵簿，壇上設果酒、香鐙、祝帛暨熱牛脯醢，祭時不奏樂，不設配位，不奠玉，不飲福受胙。餘如冬至祀儀。其方澤、社稷、神祇諸壇，則遣官莅祭」（《清史稿》卷八三《禮志》）。這是清入關後最早的一次大規模祈雨。康熙朝的祈雨活動就更爲頻繁。康熙平時非常注意各地的雨暘情況，飭令總督、巡撫定期匯報當地天氣的陰晴雨雪，每有地方官員進京覲見或欽差大員回京復命，他也要親自詢問沿途氣候及莊稼長勢。遇旱則祈，不厭其煩。據康熙本人講，「京師初夏，每少雨澤，朕臨御五十七年，約有五十年祈雨」（《清聖祖實錄》卷二七五）。祈雨中，康熙最注重虔誠，時常訓戒臣下，務須精誠虔禱，不可有半點鬆懈，並多次以親身經歷諭諸臣，「昔年曾因暵旱，朕於宮中設壇祈禱，長跪三晝夜，日惟淡食，不御鹽醬，至第四日，步涉天壇虔禱，油雲忽作，大雨如注，步行回宮，水滿雨靴，衣盡沾濕。後各省人至，始知是日雨遍天下。朕自謂精誠所感，可以上邀天鑑」（同上），對於那些祈雨時玩忽職守，敷衍了事的官員，則嚴懲不貸。康熙五十五年（西元一七一六年），大學士、學士、尚書、侍郎、御史中有三十三人因祈雨不親到或不認眞，受到革職或貶官的處分。康熙五十六年，禮部尚書殷特布因報雨遲延，被革職。

中國歷朝都以農爲本，經濟繁榮取決於農產品的豐盛，而在科學技術尚不發達、人類征服自然的能力還較弱的年月裏，風調雨順才能保證經濟的穩固和發展。落後的生產力使人們把風調雨順視爲上蒼的賜予，於是便更加虔誠的祈禱，以求助於神靈的保佑，這也就是雩祀之所以盛行不衰的原因吧。

漫話「登聞鼓」

／宋昌斌

北宋靖康元年春，金兵分東西兩路同時南下，直抵開封。剛剛受禪的宋欽宗驚恐萬狀，爲了討好金人，罷了力主抗金的尚書右丞、東京留守李綱之職，詔割中山、太原、河間三鎮予金人。消息傳開，京城軍民義憤塡膺，以太學諸生陳東等爲首的數萬都民伏闕上書，要求復用李綱，並登階擊鼓，喧呼動地，迫使宋欽宗復了李綱之職，北宋王朝得以苟延殘喘。陳東等人所擊之鼓，就是中國古代的「登聞鼓」。

登聞鼓，是懸掛在朝堂外的一面大鼓。撾登聞鼓，是中國古代重要的直訴方式之一。相傳堯舜之時，已有「敢諫之鼓」，凡欲直言諫諍或申訴冤枉者均可撾鼓上言，後人認爲這就是登聞鼓的前身（《事物紀原》卷一）。據史載，周時懸鼓於大寢（路門）之外，稱「路鼓」，由太僕主管，御僕守護，百姓有擊鼓聲冤者，御僕須迅速報告太僕，太僕再報告周王，不得延誤，故後人又有「路鼓之制，乃後世登聞鼓之始」之說（《周禮・夏官・太僕》）。但這些都屬傳聞，不盡可信。

登聞鼓的正式出現，大約在晋代。《晋書·武帝紀》載：「西平人麴路伐登聞鼓，言多祆謗，有司奏棄市，帝曰：朕之過也。捨之不問。」這是目前見到的有關登聞鼓的最早史料。其所以名爲登聞鼓是因其具有「用下達上而施於朝」的功能（《事物紀源》卷一）。晋以後，歷朝都有此制。如北魏時，「闕左懸登聞鼓，人有窮冤則撾鼓，公車上表其奏」（《魏書·刑罰志》）。隋統一後，「敕四方辭訟……有所未愜，聽撾登聞鼓，有司錄狀奏之」（《文獻通考·刑考》）。唐代規定：「有人……撾登聞鼓，……主司即須爲受，不即受者，加罪一等。」（《唐律疏議·鬥訟》）宋代則專設登聞鼓院（簡稱「鼓院」）和登聞檢院（簡稱「檢院」），兩院均受理吏民申訴之狀。元、明、清也都有鼓院或鼓廳，均以受理四方吏民之訴爲主要任務。

登聞鼓在歷史上所起作用是多方面的。直達聖聽，伸冤雪濫，是它的重要作用之一。如南梁天監年間，吉翂之父被人誣陷入獄，判爲死罪，當時只有十五歲的吉翂「撾登聞鼓，乞代父命」，梁高祖聞而感之，「乃有其父」（《梁書·吉翂傳》）。明宣宗時，軍士閻羣兒等九人被人誣告爲盜，判爲斬刑。家人拼死撾登聞鼓訴冤，覆案之後，果然發現冤狀，九條人命得救於刀下（《明史·刑法志》）。

封建社會勞動人民的冤屈，是與貪官汚吏的徇私舞弊分不開的。因此，在察雪冤濫的同時懲治貪官汚吏，是登聞鼓的又一作用。宋太宗雍熙年間，開封城寡婦劉某與人通奸，被其夫前室子王元吉發覺。劉某恐奸情被洩，先發制人，唆使小婢誣告王在食中置毒，謀害後母，並厚賂推勘官吏，推勘官吏以嚴刑掠治，王不得已誣伏。王妻不服，撾鼓上訴，太宗親問其狀，冤情大白，

「立遣中使捕元推官吏，御史鞫向，……推官及左、右軍巡等削任降秩，……及推吏受贓著，並流海島」（《宋史·刑法志》）。宋徽宗時，戶部尚書蔡京強占四鄰民田，受害百姓撾鼓上訴，結果蔡京「坐罰金二十斤」（《宋史·范正平傳》）。其時蔡京權勢已炙手可熱，但在撾鼓之訴中敗訴，登聞鼓在懲治貪官汚吏方面的作用，於此可見一斑。

封建法制中的某些缺陷和弊端，是造成冤假錯案的一個重要原因。在察雪冤濫中發現弊端、促成某些制度的改革，也是登聞鼓的一大作用。如宋時開封一婦人撾登聞鼓，自訴家中無子女，且身體有病，恐亡後家業無人可承。宋太宗詔本府隨所欲裁置。誰知有關官員卻將婦人的父親囚繫起來。婦人因此又撾鼓上訴。太宗聞後大驚：「此事豈當禁繫？輦轂之下，尚或如此，天下之廣，安得無枉濫乎？」馬上派殿中侍御史李范等十四人分赴各地審決刑獄，並規定從今以後，「諸州十日一慮囚」，及時察覺誤枉之情。「十日一慮囚」，成爲宋代的定制（《宋史·刑法志》）。又如，宋初有人撾登聞鼓，訴鄉試貢擧有不公平的情況，蘇易簡等人受詔赴貢院，改用糊名考試。糊名之法遂成以後科擧考試中一項防止作弊的重要措施（《宋史·選擧·科目》）。

此外，撾登聞鼓一般均可直達聖聽，在廷辯曲直中，最高統治者可直接發現一些有用之才，加以獎擢，以此激勵士風。宋太平興國年間，范正辭奉詔令料州兵送京師，內一叫王興的軍士，不願離開故土，自傷其足，范立即將他斬首。王妻詣登聞院上訴，太宗詔范與王妻廷辯，范稱「東南諸郡，饒實繁盛，人心易動，興敢扇搖，苟失控馭，則臣無待罪之地矣」。義正辭嚴，不容反駁。太宗「壯其敢斬，特遷膳部員外郎，充江南轉運副使，賜錢五十萬」（《宋史·范正辭傳》）。宋代的蘇舜欽，就是因在玉清昭應宮遭災後詣登聞鼓進表上疏，深得天子賞識而爲日後仕途鋪平道路的（《宋史·蘇舜欽傳》）。宋仁宗時，韓琦任職中山之地，政廉治安，受到當地百姓擁戴，皇祐三年（西元一〇五一年），數千百姓撾登聞鼓，要求朝廷留任韓琦，不要更代。仁宗嘉嘆非常，詔從百姓之請，並遷韓爲觀文殿學士，以激勵天下士風（《宋朝事實類苑》卷二三）。

由於撾登聞鼓比通常的逐級申訴見效快，且能直達聖聽，又往往被一些別有用心者作爲誣陷他人的工具，在政治鬥爭中尤其如此。如乾德年間，宋太祖曾在宰相趙普面前稱讚樞密直學士、右諫議大夫馮瓚，有擢升之意。趙聽後心中大忌，潛遣親信去做馮的私奴，專察其過失，並唆使親信擊登聞鼓誣告馮有奸利等事，馮瓚因此被流放沙門島（《續資治通鑑長編》卷七）。

而那些眞正有冤屈者，在撾鼓之訴中，也並非都可得到昭雪。宋時，一縣吏酒醉後與一驛遞鋪卒相毆，當晚在回家途中因天寒凍斃，有司即捕繫鋪卒，以毆殺人判罪。卒母詣闕擊登聞鼓喊冤，眞宗派使者案覆，使者又將卒母以上言失實之罪判刑。結果子死母罪，人亡家破。眞宗事後得知冤情，大爲感嘆：「此不由刑官非人，以致孤弱受弊乎？」（《續資治通鑑長編》卷七三）「刑官非人」一語，可謂道破了問題的要害所在。而「刑官非人」在封建社會是十分普遍的現象，撾登聞鼓的作用因此而十分有限。

還須指出，越到封建社會後期，對撾登聞鼓的限制越嚴。史載唐代宗時，撾登聞鼓者甚衆，而「訴者所爭皆細故」，代宗不能一一親理，不得不歸有司審理。北宋時，京畿一百姓因家奴遺失一頭豬，即撾登聞鼓上訴，宋太宗詔令賜千錢作爲賠償，並對宰相說：「似此細事悉訴於朕，亦爲聽決，大可笑也。然推此心以臨天下，可以無寃民矣。」（《續資治通鑑長編》卷三四）但唐宋以後，情況就大不一樣了。一是可上訴的範圍越來越窄。如清時規定「必關軍國大務、大貪大惡、奇寃異慘」方可撾鼓，此外一律不得擅自擊鼓；二是上訴程序越來越嚴，一般須經過從基層到中央的各級衙門之後，仍不得伸寃者，方許撾鼓，否則要處以重刑；三是受理聽斷者由皇帝而主管大臣、由主管大臣而一般胥吏，並非都可「直達聖聽」了。這樣，登聞鼓逐漸失去了直訴工具的性質，成爲一個象徵性的「達聞」之具了。

北魏的「四夷館」

／黎虎

一千四百多年前，在北魏首都洛陽的南郊有一座「四夷館」。

如果從洛陽城中北部的皇宮出來，沿著一直向南的「御道」走去，經過寬闊的銅駝街，出正南的城門——宣陽門，再走四里，洛水從西向東蜿蜒流去，河上有一座浮橋，叫做永橋。過橋後繼續向南不遠，路東矗立的就是「四夷館」。這四個館，分別稱爲「金陵館」、「燕然館」、「扶桑館」和「崦嵫館」。四館的命名表示北魏王朝的四方，金陵即建業（今南京），以它代表南方；燕然是山名，即杭愛山，在今蒙古人民共和國境內，以它代表北方；扶桑是古代神話傳說中日出的地方，以它代表東方；崦嵫，山名，在今甘肅天水縣西，古代神話傳說爲日落的地方，以它代表西方。在御道西面與四夷館相對還有「四夷里」，分別叫做「歸正里」、「歸德里」、「慕化里」、「慕義里」。這四館、四里構成一個互相聯繫的整體。

四館、四里是用來幹什麼的呢？據東魏人楊衒之《洛陽伽藍記》說：「吳人投國者，處金陵館，三年以後，賜宅歸正里……北夷來附者，處燕然館，三年以後，賜宅歸德里……東夷來附者，處扶桑館，賜宅慕化里。西夷來附者，處崦嵫館，賜宅慕義里。」（卷三）可知它們是用以安置從北魏王朝四方來赴的民族和國家的人員的地方，一般先安置於四館之中，如久住洛陽者，則賜宅於四里。這裏是北魏王朝與周邊各族和外國政治、經濟、文化交往的中心和象徵。

從秦漢以來，中原王朝與四裔各族諸國的交往日益頻繁，「詣闕朝貢」的記載史不絕書，但是並不見「四館」「四里」之類的設置，這是北魏時期的創舉。

北魏時期何以會有這樣的舉措呢？

北魏王朝的建立者鮮卑拓跋氏發祥於東北大興安嶺，至今在鄂倫春自治旗的嘎仙洞內，還有拓跋氏的「先帝舊墟石室」（《魏書・烏洛侯傳》）。西元三八六年拓跋珪建立魏國，後定都於平城（今山西大同）。魏國初期，統治者的主要精力放在經營內部，「太祖（即拓跋珪）初，經營中原，未暇及於四表」（《魏書・西域傳》）。直到太武帝拓跋燾時，相繼滅掉北燕和北涼，結束了十六國紛爭的狀況，統一了北方。北魏王朝的國力也隨之日益强盛，因而「魏德益以遠聞」（同上），其對外關係也開始了一個新的時代。

如對西域的關係，在北魏初期「西戎之貢不至」，到了太延（西元四三五——四四〇年，拓跋燾年號）年間，西域的龜茲、疏勒、烏孫、悅般、渴槃陁、鄯善、焉耆、車師、粟特等九國「始遣使來獻」。北魏也遣使西行，他們除了與九國建立友好聯繫外，還廣泛聯絡西域諸國，遠至者舌（今蘇聯塔什干）、破洛那（今費爾干那）。魏使東還時，「俱來貢獻者十有六國」，從而打開了北魏與西域友好往來的大門，「自後相繼而來，不間於歲，國使亦數十輩矣」（同上）。

到太和十九年（西元四九五年），北魏孝文帝從平城遷都洛陽，直到天平元年（西元五三四年）遷鄴，總計北魏在此建都四十年。

這四十年間，是北魏與周邊各族和對外交流的極盛時期。孝文帝推行漢化政策，儼然以中央王朝自居，大力推動對外關係。洛陽地處中原，又是從東周以來的舊都所在，是我國古代政治、經濟、文化和交通的中心。各兄弟民族和外國的商人、使者、僧人，紛紛輻輳洛陽，到處可見膚色不同、裝束各異的各族人等。爲了適應這種對外關係發展的需要，北魏王朝便在洛陽南郊建立了四館、四里，將來到洛陽的各族各國人員集中於此，「自葱嶺以西，至於大秦（東羅馬帝國），百國千城，莫不款附，商胡販客，日奔塞下，所謂盡天地之區已。樂中國土風因而宅者，不可勝數」（《洛陽伽藍記》卷三）。

但是，設立四館、四里還有一個重要的政治目的，便是安置四方鄰國的歸順者。北魏統治者對於南朝政權給予格外的關注。「時朝廷方欲招懷荒服，待吳兒甚厚，褰裳渡於江者，皆居不次之位」（同上卷二）。南朝的歸順者，都安置於金陵館和歸正里。如景明二年（西元五〇一年），梁王蕭衍攻下南齊都城建業，齊明帝蕭鸞的兒子蕭寶夤爲逃避蕭衍加害，渡江投奔北魏。北魏封他爲會稽公，進爵爲齊王，並娶南陽長公主。北魏爲他「築宅於歸正里」。跟他同來的會稽山陰人張景仁，也被「賜宅城南歸正里」。正光四年（西元五二三年）蕭衍的養子蕭正德因統治階級內爭而投奔北魏，也將他安置於金陵館，並爲築室於歸正里。由於「南來投化者多居其內」，故「民間號爲吳人坊」（同上）。

柔然是北魏王朝在北方的勁敵。柔然（又稱芮芮、茹茹、蠕蠕等）本是拓跋鮮卑的一個分支，他們活動於北方草原。西元四世紀末至六世紀中葉，崛起於漠北，建立了强大的柔然汗國。它們之間展開了長期的鬥爭。到西元六世紀初，柔然國力衰微，統治集團內爭迭起。西元五〇八年，他汗可汗被高車所殺，諸子紛爭。後來其子阿那瓌在內爭中被立爲汗，但不到十天，內亂又起，阿那瓌戰敗後南投北魏。正光元年（西元五二〇年）九月，阿那瓌來到洛陽，孝明帝派遣兼侍中陸希道爲「使主」（代表團長）、兼散騎常侍孟威爲「使副」，「迎勞近畿」（《魏書・蠕蠕傳》）。並派「司空公京兆王繼至北中，侍中崔光、黃門郎元纂在近郊，並申宴勞，引至闕下」。這裏所指的「近郊」，可能就是南郊四館之一的「燕然館」，據《洛陽伽藍記》記載，阿那瓌到洛陽後，即「處之燕然館，賜宅歸德里」。同年十月，孝明帝親臨顯陽殿，接見阿那瓌，從五品以上清官、皇宗、藩國使客等列於殿廷，陪同接見，儀式非常隆重。

此外，四館、四里也是外族和外國質子居住的地方，如燕然館就安置著「北夷酋長遣子入侍者」。由於他們生長於北方高涼之地，不習慣洛陽炎熱的天氣，北魏政府允許他們「秋來春去，避中國之熱」。因爲他們像南來北往的候鳥大雁一樣遷徙。所以洛陽官民稱呼他們爲「雁臣」。

四館、四里的規模很大，據記載僅歸正里就有三千餘家，如以每里三千家計，四里有一萬二千家，《洛陽伽藍記》說「附化之民，萬有餘家」，看來並非誇大之辭。四館、四里的建築有一定的規劃，因而非常整齊，「門巷修整，閶闔塡列，青槐蔭柏，綠柳垂庭」，是一個環境幽雅的居住區。

四館、四里的設立，促進了民族關係和中外經濟文化的交流，在這裏集中著「四方風俗，萬國千城」、「天下難得之貨，咸悉在焉」，成了四方人文風俗薈萃和經濟文化交流的中心。爲了適應這種交流的發展和滿足各族各國人民生活習俗的不同需要，在四夷館的附近特意設立了一個市場，叫「四通市」，由於它地處永橋旁，故民間又稱它爲「永橋市」。住在金陵館的南方人喜歡吃魚，因此「伊洛之魚，多於此賣，士庶須膾，皆詣取之」，民間便將它叫做「魚鱉市」。伊洛二水所出水產非常鮮美，不僅南方人喜愛，北方人也很喜愛，因此當時流傳著「洛鯉伊魴，貴於牛羊」的說法。

四夷館北面的白象坊和獅子坊，也值得一提。永平二年（西元五〇九年），乾陀羅國（在北天竺）曾向宣武帝貢獻白象一隻，這是很寶貴的稀有品種。白象背上設有五彩屏風和七寶座床，可以乘坐好幾個人。最先白象被養在皇宮的「乘黃曹」內。白象脾氣暴躁，經常毀壞屋牆，跑出圈舍，在洛陽城的大街上橫衝直撞，嚇得百姓驚惶奔走。於是胡太后命人將白象移至城南，因而此坊稱爲「白象坊」。至於獅子坊，則是因正光年間嚈噠國（國都拔底延，在今阿富汗瓦齊拉巴德）貢獻獅子而得名的。從這兩個坊的得名，我們也可以進一步窺見當時中外交流的頻繁。

不過，還應當指出，四館、四里的設置，也多少包含著政治上的、民族關係上的歧視，存在著一些消極的作用。尤其是受著「正朔所在」的傳統觀念薰陶較重的南來士人，更以住在四館、四里爲恥。如蕭寶夤住在歸正里，他「恥與夷人同列」，便通過南陽長公主啓請宣武帝，要求住進城內。宣武帝接受了他們的請求，賜宅於永安里。隨他同來的張景仁，也「住此以爲恥」，後來徙居城東的孝義里。在當時某些洛陽人的眼中，住在城南並不光彩。如當時有個儒生荀子文住在城南中甘里，他的同學李才譏笑他「何爲住城南？」因爲「城南有四夷館，才以此譏之」。荀子文反唇相譏道：「城南是國都勝地，有何足怪？若論川澗，這裏有伊、洛崢嶸；若論舊事，這裏有東漢靈臺遺址，太學石經；若論寺廟，這裏有宏偉壯麗的報德寺、景明寺；若論當世富貴，高陽王雍和廣陽王懷都住在這裏；至於四夷館，更是四方風俗，萬國千城；若論人物，則有我無你！」一番話把李才說得啞口無言，同學們聽了都哈哈大笑。可見在有眼光的人士中，對於四館、四里並不另眼相看。

後來，隨著北魏王朝的日益腐朽，終於導致各族人民的聯合起義，同時也爆發了統治階級的內爭，不久北魏分裂，永熙三年（西元五三四年）孝靜帝東遷鄴城，洛陽城在統治階級的內戰中慘遭破壞，「城郭崩毀，宮室傾覆，寺觀灰燼，廟塔丘墟」（《洛陽伽藍記．序》），四館、四里也同遭劫難。但是，各族人民之間的友好關係和中外經濟文化交流，是任何力量也無法破壞的，而是在新的歷史條件下得到更加高度的發展，唐代長安的興起，及其作爲各族人民薈萃和中外交往的世界性城市而出現於東方，就是一個有力的證明。

國子監——六百年間的太學

／趙　洛

北京雍和宮對面，有一條不寬的街道，街兩旁槐樹成行，夏天滿街濃蔭。綠葉裏閃爍著牌坊的彩繪，加上紅牆黃瓦，可見北京古老的風情。這條街名成賢，坊稱崇教，原有國子監和比鄰的孔廟（各地州、縣學宮和文廟也是比鄰的，稱爲「左廟右學」），我們可稱爲儒學區。

走進國子監——今天的首都圖書館的大門，看見門上高懸著一塊大匾，上寫「太學」兩個大字。光緒十二年刻成的《順天府志》有一張圖，叫《太學全圖》（見下頁附圖），可以幫助讀者弄清國子監和孔廟的建築格局。

國子監古稱太學，是全國的最高學府。我國的太學有悠久的歷史，《禮記・王制》說：「太學在郊，天子曰辟雍，諸侯曰泮宮。」春秋末葉孔夫子辦私學就有弟子三千，大概周太學規模也是不小的。到漢武帝立太學，設五經博士。西漢太學學生最多時有三千人。《三輔黃圖》更記載，漢太學在長安西北七里，王莽時更建弟子舍萬區。東漢太學規模更大，光武帝在建武五年在洛陽開陽門外建太學，順帝時修繕黌（音紅）宇，二百四十房，一千八百五十室。到靈帝時在太學講堂

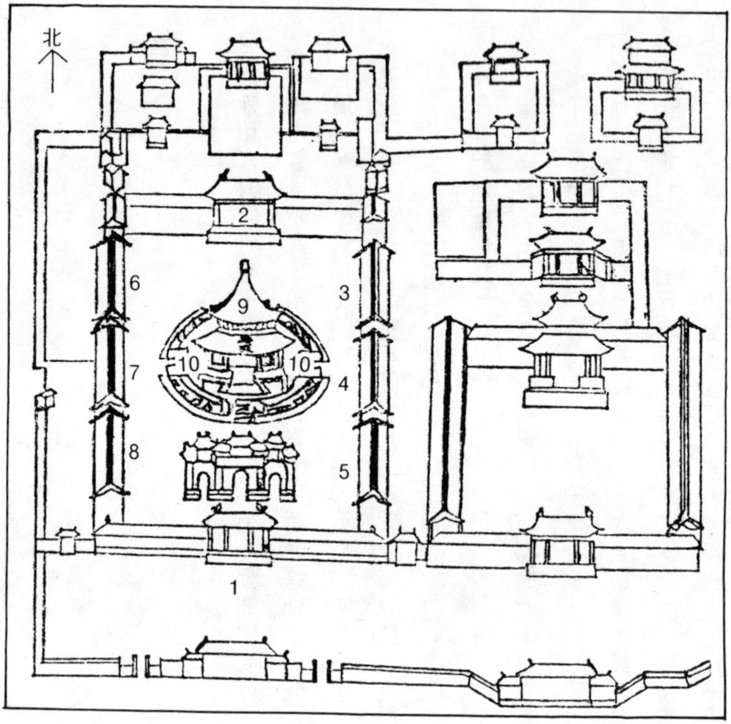

太學全圖　西爲國子監，東爲孔廟

1.太學門　2.彝倫堂　3.率性堂　4.誠心堂
5.崇志堂　6.修道堂　7.正義堂　8.廣業堂
9.辟　雍　10.水　池

前立石經四部，碑四十六塊，這就是蔡邕手書馬日磾校訂的熹平石經。《後漢書．張衡傳》寫他「入京師，觀太學，遂通五經，貫六藝」。可見太學培養了張衡。到了桓帝時太學學生到了三萬人（《後漢書．黨錮列傳》），這三萬餘諸生中，「郭林宗、賈偉節爲其冠，並與李膺、陳蕃、王暢更相褒重……並危言深論，不隱豪强。自公卿以下，莫不畏其貶議」。到晋代嵇康下獄時，太學生三千人營救，可見當時太學生是主持正義的政治力量。

到了隋代，太學——當時的大學，改稱國子監，這個名字以後被沿用下來。

我們今天所看到的北京的國子監是元世祖忽必烈至元二十四年（西元一二八七年）始建的。經歷元、明、清，到光緒三十一年（西元一九○五年）設學部，才廢國子監。作爲太學，經歷了六百多年。

從所附《太學全圖》可以看到，北邊正中的建築叫彝倫堂，彝（音夷）倫是倫常的意思。封建道德規範君君臣臣父父子子，要明確尊卑上下，教育像孟子所說「皆所以明人倫也」，所以學宮設有明倫堂或彝倫堂。這是會講的地方，相當今天的大禮堂，從前皇帝不到別的機關去，但到國子監來，叫臨雍，堂內設有御座。平常有祭酒、司業的座位。原有康熙寫的匾額。東廊有率性、誠心、崇志三堂，西廊有修道、正義、廣業三堂，這是當時學習的教室，也是肄業的班次。明代學通四書而未通五經的，在正義、崇志、廣業堂學習，學習一年半以後升修道、誠心堂，再學一年半，兼通經史，文理都好的，升率性堂，方能參加考試積分，考試內容有經史等科。文理都好的，一分，較好的半分，差的無分，積到八分才畢業給予出身任用，一般能任縣丞，或許參加會試。

在太學正中有一個方殿、圓頂、環水的建築，這是乾隆搞的新花樣。他考古制，認爲天子之學叫辟雍，今天有國學而無辟雍，名實不符。於是新建圜水辟雍。

儒家經典《詩經》、《禮記》都記了辟雍，周文王靈臺有辟雍，周武王鎬京也建了它，都有水環繞，形如璧。辟雍應是天子來太學行禮的建築，以後就用它代表太學。有的注釋者說辟音璧，如璧之圓，雍之以水，象教化流行。

乾隆就是根據這些記述建造的，挖了裏口直徑十九丈的圓河，中間建了四丈長的四座橋，還有丹陛兩道。中間是四脊攢尖重檐的方殿，上有銅寶頂。前面又罩上一個闊五丈五尺大琉璃牌樓，成了仿古臨水又圓又方的奇特建築。

辟雍從乾隆四十八年（西元一七八三年）開始建造，次年建成。五十年乾隆帝來行祭孔禮，並臨雍講學。禮成寫詩：「酌古準今圖以創，穿池引井璧成圓。橋圜莫作徒觀者，廷獻應爲有用儒。」表示是爲教育有用的儒者才採用古制建造它的。

《後漢書．翟酺傳》說，光武初興，起太學博士舍，內外講堂。今天看到的國子監，是外由六堂相連形成封閉的院落包著正中的彝倫堂。壁雍，也應即是漢代的內外講堂，我國的書院（如北京崇外東曉市的金臺書院）也多是這樣的建築形式，存留古代太學的樣式。當時監生的宿舍有小部分在監裏；但大部分建房在外，稱曰「號」。如外東號在廟左，大東號在百萬倉。

國子監東夾道陳列有楷書十三經石刻，共一百九十塊，六十三萬字，是蔣衡於雍正四年開始，用十二年時間寫成的。乾隆五十九年刻碑成功，從前立於東西六堂。這是仿漢代太學前立的熹平石經而建的。太學門外還立有進士題名碑，意在激勵這些讀書人早日金榜題名，揚名後世。

在國子監觀摩遊覽，可以看到我國古代太學的規制，了解我國悠久的文化、教育傳統。

《水滸》和宋代法律制度

／曾代偉

長篇古典小說《水滸》，是一部描寫和歌頌農民起義的優秀的現實主義作品。它所反映的社會風貌，頗具宋代的色彩，其中所涉及的宋代法律制度，更能與歷史的實際情況映證。小說對於封建統治者運用法律這個暴力工具，對人民實行殘酷的司法鎮壓的描寫，形象地顯露了宋代封建法制的腐敗黑暗和司法的殘酷專橫。

一、殘酷暴虐的宋朝刑罰制度

在宋代，我國農民革命發展到了一個新階段，北宋初年的王小波、李順起義首次提出「均貧富」的戰鬥口號。面對國內社會矛盾的日益尖銳化和此起彼伏、連綿不斷的農民武裝反抗，趙宋統治集團一方面加緊進行軍事「圍剿」；另一方面加强了司法鎮壓，加重了懲治所謂「賊盜」的立法；劃分「重法地」即强化治安區，把反抗封建專制統治和地主剝削壓榨的人誣爲賊盜，列爲所謂「重法之人」，作爲刑事鎮壓的重點對象。宋代的刑罰制度在法定五刑（笞、杖、徒、流、死）之外，還增加了刺配、凌遲等酷刑（見《宋史．刑法志》）。

對於刺配這種刑罰，《水滸》作了眞實而生動的描寫。小說中許多梁山好漢都曾遭此刑罰，林冲因不堪「花花太歲」高衙內對妻子的侮辱，憤而反抗，被這個流氓惡棍的乾爹太尉高俅設計逮捕，並移送開封府治罪。開封府尹懾於高俅的淫威，以「不合腰懸利刃、誤入節堂」的罪名，判處林冲「脊杖二十，刺配遠惡軍州」。當堂「叫林冲除了長枷，斷了二十脊杖，喚個文筆匠刺了面頰，量地方遠近，該配滄州牢城」。宋江、楊志、朱仝、盧俊義等人，也都曾遭刺配。打虎英雄武松更先後兩次遭受刺配之刑。

刺配這種刑罰，是用竹木杖責打犯人背部，並在其面部加刺標記，然後送往比較邊遠的地區服勞役或充軍役。是我國上古奴隸社會肉刑之一黥刑的復活，始於五代後晋天福年間（西元九三六～九四三年）。明人丘濬《大學衍義補》說：「宋人承五代爲刺配之法，既杖其脊，又配其人，且刺其面。是一人之身，一事之犯而兼受三刑也。」

宋代刺配，初爲有恕死罪而設，即所謂「貸命斷配」，係輕於死刑，重於一般流刑的一種特殊刑罰。但自宋太宗以後，「科條寖（同浸）密，刺配日增」（《文獻通考．刑考七》）隨著北宋中期「賊盜重法」的推行，它作爲流刑和徒刑的附加刑而廣泛使用；並且，在司法實踐中逐漸成爲經常單獨使用的刑種。例如，宋英宗《重法》規定：劫盜「至徒者，刺配南遠惡州軍牢城」（《宋會要輯稿．捕賊二》）；宋神宗熙寧四年《賊盜重法》：「凡劫盜……罪當徒、流著，配嶺表。」（《宋史．刑法志》）亦如清末沈家本所考，宋「竊盜犯徒以上，又配又杖又刺」（《沈寄簃先生遺書》甲編《歷代刑法考．分考八》）。因此，在當時就有人對刺配之虐進行了抨擊。如宋仁宗時，翰林學士張方平上疏說：「刺配之法……比前代絕重……分刺配者，先具徒流杖之刑，而更黥刺，服役終身；其配遠惡州軍者，無復地里之限。」（《歷代名臣奏議》卷二一一）但刺配一類的酷刑苛法，並非什麼救世良方。結果「配法既多，犯者日衆，刺配之人，所至充斥」（《宋史．刑法志》），反而激化了階級矛盾。清末著名法學家沈家本對此評論說，北宋末年，「宋江以三十六人橫行河朔，迄不能制之，是皆刺配之徒在，而有以爲之耳目故也」（《沈寄簃先生遺書》甲編《歷代刑法考．分考八》）。沈氏之論頗爲確當，因反抗社會邪惡勢力而遭受封建統治者司法鎮壓，飽嘗刺配之苦的勞動羣衆，無疑是農民起義隊伍中最堅決的基本力量。《水滸》英雄武松等人物形象，就是他們當中傑出代表的化身。

此外，《水滸》通過國家最高司法機關的法律文書的形式，還提到了「凌遲」的刑名。在中央司法機關關於武松殺嫂案的判決書中，對王婆的判詞就有「擬合凌遲處死」的句子。反映了宋代於法律規定的死刑種類除斬、絞之外，還有極其殘酷、野蠻的凌遲刑的歷史事實。凌遲，即剮刑，古已有之。宋仁宗時，開始有對「殺人祭鬼」的首犯「凌遲斬」的詔令。隨著北宋中期司法鎮壓的强化，凌遲逐漸成爲一種常用刑。

應當指出，肉刑的復活及附加刑的施行，是宋朝刑罰制度區別於漢唐封建法制的主要特點之一。

一、嚴密的訴訟程序和普遍的刑訊制度

《水滸》中著墨較多的幾個訴訟案件，都是經封建國家的基層司法機關審理的。宋代的地方司法，與我國封建時代其他王朝一樣，由地方行政機關縣和州（與州同級的有府、軍、監）兼理。不過，爲了加强中央對地方司法的監督和控制，於州縣之上，設立了路「提點刑獄司」，作爲中央司法機關在各路的派出機構，主管復核所轄州縣的判決，巡迴視察在監囚犯，稽查州縣積壓的案件，並負責檢擧地方官吏的失職和違法。《水滸》第二十七回提到，武松殺嫂案的重要當事人王婆，解赴東平府就「禁在提事司監死牢裏」。東平府係宋朝京東西路治所，故設有提刑司監獄。

地方司法的審判事務，仍由各級行政長官，如知州、知縣負全責。但宋代更加强調州縣長官必須親自審理案件，《水滸》中，州縣官親自坐堂問案的場面比比皆是。

審判管轄則按案件的性質及所屬的地區劃分。縣只能判決和執行杖刑以下的案件，州則有權審理徒刑以上，直至死刑的一切案件，職責較重。倘若縣裏查獲或受理了這類案件，知縣應搜集證據，審問明白，然後把案卷和人犯一併移送州裏斷決，稱爲「結解」。

在《水滸》中，比較全面地反映宋朝訴訟程序的典型案例，是武松殺嫂報仇一案。武松爲兄報仇，殺死了奸夫西門慶和「賣俏迎奸」的潘金蓮後，到縣衙自首。知縣以人命重案，事關重大，縣裏無權處斷。就取了武松、王婆等當事人的「口詞」以及有關證人何九叔、鄆哥及四鄰的證

詞，委派官吏人等檢驗了死者屍身，「明白塡寫屍單格目」。經過初步審理，製成了一份案情報告，以作爲上級官府認定犯罪性質，確定量刑幅度的依據。

在編製案情報告時，陽谷知縣「念武松是個義氣烈漢」，就把武松報仇殺人的情節，改爲「因祭獻亡兄」而「鬥殺」了奸夫淫婦。這樣，按宋朝的主要法典《刑統》的規定，把「故殺」改爲「鬥殺」，實際上可以使武松得以減刑一等。

初審完畢後，縣裏「寫一道申解公文，將這一干人犯，解本管東平府申請發落」。這就叫「結解」。東平府府尹受理此案後，審閱了案情報告，認爲此案屬於重大疑難案件，未敢便決。於是把全案的招稿卷宗「申去省院詳審議罪」。這一道訴訟程序稱爲「奏讞」。

宋代法律規定，州府在審理死刑案件時，如發現「法重情輕，情重法輕，事有可疑，理有可憫」等特殊情形，應將全卷報請中央，由最高審判機關大理寺詳斷（《宋會要輯稿．刑法四》）。東平府尹在審理武松案時，認爲此案被告人旣有爲兄復仇的動機，又有自首投案的情節，且係「鬥毆殺傷」，應屬「理有可憫」，於是有「奏讞」之舉。倘若應奏而不奏，州府長官要依法受到處治（同上）。

據史籍記載，宋朝歷代皇帝都有赦有復仇殺人者的成例。如神宗元豐年間，靑州平民王贇刺死殺父仇人，以其首級及四肢祭父墓，然後自首。「論當斬，帝以殺仇祭父，又自歸罪，其情可矜。詔貸死，刺配鄰州。」（《宋史．刑法志》）武松復仇殺人案的結局，同上述案例的被告人基本相同：按宋律，殺人當斬。但經中央大理寺判決，刑部復核的終審判決書說：武松「係報兄之仇，鬥殺西門慶奸夫人命，亦則自首……脊杖四十，刺配二千里外」。

由此可見，《水滸》所描寫的幾個訴訟案件的審理過程，在一定程度上反映了宋代司法審判的眞實情形，可以當作實際案例，作爲探討宋朝訴訟制度的參考。

刑訊逼供，是封建社會司法審判中的一種痼疾。如雍熙元年（西元九八四年）開封發生王元吉被誣告一案。受害者被巡卒「繫縛榜治」，施以「鼠彈箏」的酷刑。連宋太宗對此也不得不感慨地承認：「京邑之內，乃復冤酷如此，況四方乎？」（同上）

對此，《水滸》也作了深刻的揭露。如第四十九回，解氏兄弟倆無辜受誣告，被押到登州衙門，「不由分說，捆翻便打，定要他倆招做……搶擄財物」，以置之於死地。此外，梁山好漢白勝在濟州，武松在孟州，宋江、戴宗在江州，雷橫在鄆城縣，柴進在高唐州，盧俊義在大名府，都曾遭到嚴刑拷問。而且，多被打得「皮開肉綻，鮮血迸流」。在這些描述中，封建司法官吏的殘忍專橫，躍然紙上，這是作者對黑暗的封建司法審判制度所進行的正義的譴責和控訴。

三、暗無天日的監獄制度

古代的牢獄，歷來被人們稱爲「惡地」。這裏是封建統治階級殘害人民的最黑暗、最腐敗的場所。

宋朝監獄的黑暗，在封建時代是比較突出的。據《宋史・刑法志》記載，被囚禁者，經常「有飲食不充，饑餓而死者；有無力請求（賕），吏卒凌虐而死者」。把囚徒非法折磨至死後，則「先以病申，名曰監醫，實則已死；名曰病死，實則殺之」。宋代有一種統治集團粉飾太平的「獄空」制度。在《宋史》等史籍中，經常可以看到某地奏稱「獄空」而其長官受到朝廷嘉獎和提升的事例。實際上，各地官吏爲了邀功請賞，常常把獄囚大批地秘密處死，以便謊報獄空。用無辜受害者的屍骨鋪墊自己升官發財的階梯。宋神宗對此也承認，由於「州縣吏並緣爲奸，致獄多瘦死」（《宋史·神宗本紀》）。

在《水滸》中，我們也看到了封建監獄的種種黑幕。如小說第十回，林冲刺配滄州牢城後，獄中囚徒告訴他：「此間管營、差撥十分害人，只是要詐人錢物……若是無錢，將你撇在土牢裏，求生不生，求死不死。」監獄官吏毫不掩飾，把勒索、敲詐的錢財，稱作獄囚必須向他們進獻的「常例錢」（第三十七回等）。小說二十八回，武松剛到孟州牢城，就聽到衆囚徒談到這裏的獄吏用「盆吊」、「土布袋」等酷刑折磨囚犯致死的情形。

入獄的囚犯還要備受械繫之苦，木枷就是古代監獄中械繫囚犯的一種刑具。宋人王辟之《澠水燕談錄》記載，宋朝獄具制度規定枷的定制爲三等：分別是二十五斤、二十斤和十五斤。如《水滸》第四十九回，解珍、解寶被囚於登州大牢，所帶刑具就是二十五斤的「重枷」。《水滸》所描述的枷的運用，基本上符合宋代的獄具制度。

綜合上述，《水滸》通過一系列訴訟案例的描述，眞實地再現了宋朝統治階級運用法律工具，以殘酷的刑罰手段對勞動人民實行野蠻的迫害；深刻揭露了封建法制的腐敗和黑暗；從一個側面揭示了當時社會矛盾的日益尖銳化，挖掘了產生農民起義的社會根源。並且，小說以同情和頌揚的筆調，肯定了被壓迫者的反抗鬥爭的正義性。體現了《水滸》這部長篇古典名著的現實主義精神。

行省制度淺談

／王　頲

「行省」一詞，始見於金代，爲「行尚書省」或「行中書省」的簡稱。明昌五年（西元一一九四年），金廷征發民夫整修黃河、北清河堤防，由於河防工地距金首都很遠，中央難以遙控指揮，章宗完顏璟就命參知政事胥持國等「行尚書省事」（《金史・胥持國傳》），「行尚書省事」意爲「代表尚書省行使權力」，也就是說，「行省」是中央的臨時派出機構。

成吉思汗建國之初，官制未備，「惟以萬戶統軍旅，以斷事官治刑政」（《元史・百官志》）。迄其南攻中原，始有各種官號。元人自云：「既取中原，定四方，豪傑之來歸者，或因其舊而命官，若行省、領省、大元帥、副元帥之屬是也。或以上旨命之，或諸王、大臣總兵馬者承制以命之。蓋隨事創立，未有定制。」（《國朝文類・經世大典序錄》）當時，大漠以南分布著許多專制一方的「世侯」。一些較大的「世侯」，如東平路的嚴實、濟南路的張榮、益都路的李璮、大名路的梁仲、興平路的塔本都被授以「行省」的官號。以上這些「行省」，所轄大都僅一路或數路之地，並非中央派出機構，不過是蒙古統治者用來籠絡「世侯」所假借的「名爵」罷了。窩闊台即位以後，隨將蒙古本部以外的征服地區劃爲三個大行政區，分別派遣官員治理。當蒙哥登基的西元一二五一年，這三個大行政區在漢文史籍中（《元史．憲宗紀》）首次被稱爲「行尙書省」。即：燕京等處行尙書省，治燕京，統哈剌溫山以南金、夏故土；別失八里等處行尙書省，治別失八里，統阿母河以東、按臺山以西西遼、花剌子模故土；阿母河等處行尙書省，治徒思，統阿母河以西花剌子模、報達哈里發故土。

西元一二六〇年，忽必烈在開平宣布就任蒙古國大汗。四年以後，改國號爲「元」，是爲「元世祖」。然而，由於西方欽察、察合臺、窩闊臺、伊利四大汗國的相繼分立，蒙古皇帝直屬的封土僅當往昔蒙古中部和「燕京行省」之地。爲便於處理中央和地方事務，忽必烈相繼在首都開平、燕京以及京兆，平陽等地建立「中書省」和「行中書省」的機構。這一時期的「行省」大都屬於「中書省」的臨時派出機構，在地方主持政治、經濟、軍事事務，因事而設，事已則罷，沒有相對穩定的治所和轄區。如「陝西等處行中書省」，從西元一二六〇年到西元一二七三年，先後在京兆、利州、興元三地往返遷易治所，其管理地區也時而包括四川、甘肅，時而又割出另外立「行省」。

西元一二七三年，元軍大擧南下。不久，淮河以南直到南海之濱的南宋舊疆盡入元朝版圖。「其地北逾陰山，西極流沙，東盡遼左，南越海表」（《元史．地理志》）。地域的遼闊，使僅靠首都的中央機構及地方非永久性的行政權力機構來治理全國變得相當困難。於是，「行省」開始了成爲國家一級行政區劃的演變過程。大約到西元一二九一年，新的「行省」制度已經基本形成，當時全國有遼陽、陝西、甘肅、四川、雲南、湖廣、江西、江浙、河南、征東等十個「行省」。西元一三〇七年，又以原中央直轄的蒙古本部置「和林行省」。西元一三一二年，「和林行省」改名爲「嶺北行省」。至此，元代十一「行省」建制得以確定，經久不變，十一個「行省」及其首府、轄境如下：

遼陽等處行中書省，治遼陽路，統遼陽等七路一府。

嶺北等處行中書省，治和寧路，統和寧等一路。

陝西等處行中書省，治奉元路，統奉元等四路五府二十七州。

甘肅等處行中書省，治甘州路，統甘州等七路二州。

四川等處行中書省，治成都路，統成都等九路三府。

雲南等處行中書省，治中慶路，統中慶等三十七路二府。

湖廣等處行中書省，治武昌路，統武昌等三十路三府十五安撫司三軍十三州。

江西等處行中書省，治龍興路，統龍興等十八路九州。

江浙等處行中書省，治杭州路，統杭州等三十路一府二州。

河南江北等處行中書省，治汴梁路，統汴梁等十二路七府一州。

征東等處行中書省，治王京、統耽羅等二府一司，慶尚等五道。

以上十一「行省」管轄著元王朝百分之六十以上的國土；鄰近首都部分，包括大都等二十九路八州稱爲「腹里」，由中書省直轄：吐蕃、畏兀兒地區，則分別歸宣政院、大都護府統理。

「行省」的官員設置，名稱、品銜大都同中書省。「每省丞相一員，從一品；平章二員，從一品；右丞一員，左丞一員，正二品；參知政事二員，從二品，甘肅、嶺北二省，各減一員；郎中二員，從五品；員外郎二員，從六品；都事二員，從七品；掾史、蒙古必闍赤、回回令史、通事、知印、宣使，各省設員有差。舊制參政之下，把僉省、有同僉之屬，後罷不置。」（《元史・百官志》）其後怕地方權重，各「行省」多不設「丞相」。

「行省」中唯「征東等處行中書省」建制較爲奇特。它的權限由兩部分組成：一是依附於元王朝的「屬藩」高麗國；一是直接在元中央統治下的二府一司：遷置於遼陽行省境內沈州、管理高麗僑民的「高麗軍民總管府」，設於黃海之上耽羅島上的「耽羅軍民總管府」和設於黑龍江口奴兒干，統有骨嵬、吉里迷等部族的「征東招討司」。征東行省的「丞相」，例以高麗國王兼任，主要管理本國，下屬行政體制如舊。元直接統治部分，則由中央任命的「參知政事」管理。

「行省」的權力是相當大的。它負責處理境內政治、經濟，諸如刑律訴訟、官吏遷轉、賦稅徵收，甚至還包括帶有軍事性質的屯田、驛鋪等。由於不少「行省」轄境仍然過大，元王朝又在離「行省」首府偏遠的地區以及邊境地區設置「宣慰司」、「宣撫司」等官府。「宣慰司」、「宣撫司」是介於「行省」與「路、府、州」之間，起上傳下達作用的機構。有時，它也代表「行省」，單獨處理軍政事務。

河南、湖廣二「行省」的首府設在本行省偏北、距首都較近交通線上的汴梁路和武昌路。江西、江浙二「行省」的情況多少有點相似。這就說明，「行省」還有一個重要的職能：聚集境內的財富，以供應中央需要，而其所治正是完成這一任務的最大「中轉站」。

元代「行省」界線的劃分，並沒有過多地考慮地理因素。如歸州，地處四川、河南二「行省」之間，卻隸於並不與之連界的湖廣「行省」；同是處於漢水上游漢中盆地內的興元路和沔州，卻分屬四川、陝西二「行省」。這樣，就使後代在行政區劃方面不得不作很大的調整。所以，儘管明、清代乃至現代的「省」最早起源於元代的「行省」，但各省的界線卻很少是元代的舊貌。

西元一三五一年以後，農民起義的烽火遍及大江南北。爲挽救其搖搖欲墜的統治，元順帝妥歡帖睦兒派出大量官員到地方主持軍政，鎮壓農民起義軍。西元一三五一年，分河南行省置「淮南江北等處行中書省」，治揚州路；西元一三五六年，分江浙行省置「福建等處行中書省」，治福州路；西元一三五七年，分中書省置「山東行省」；西元一三六三年，又分湖廣行省置「廣西等處行中書省」，治靜江路。此外，又在中書省濟寧、彰德、冀寧、眞定、江西行省江州、贛州，湖廣行省武岡等地遍設「分省」。然而，這些「行省」、「分省」的設立對於延續其政權已無濟於事，在農民軍的沈重打擊下，「雄都巨鎮，諸侯王之所封，藩臣臬司之所治，高城浚隍、長戟强弩之所守，環輒碎之，鮮有固其國者」（《青陽集・袁俊功銘并序》）。

與此同時，在農民起義軍建立的政權裏，「行省」也是地方的最高權力機構。「天完」——「漢」政權建立過「江南」、「汴梁」、「隴蜀」、「江西」四個行省；「宋」政權建立過「江南」、「益都」、「淮安」、「遼陽」、「曹州」五個行省。

西元一三六八年，明軍北伐，勝利地進入了元王朝首都大都。蒙古統治者倉皇退出漠南，元帝國滅亡。在朱元璋建立起新王朝的初年，在地方上仍襲用元代的「行省」制度。全國分為山東、山西、河南、陝西、四川、湖廣、浙江、江西、福建、廣東、廣西、雲南、貴州十三個「行省」和一個「中書省」直轄區，西元一三七六年，明王朝改「行省」為「承宣布政使司」。清承明制，也是設置布政使司，新的行政區劃制度開始了。但明清兩代對布政使司的轄區沿襲舊稱，仍叫「行省」，後簡稱「省」，沿襲下來，至民元後就成為地方的最高一級行政區劃的正式名稱了。

釋「達魯花赤」

/楊志玖

達魯花赤是蒙古元朝時期的一種官名。達魯是蒙語動詞詞根，有壓倒、壓迫、鎮壓等義；達魯加語尾「花」變爲名詞，再加語尾「赤」，義爲鎮壓者、當頭的人。今天蒙語中已無達魯花赤一詞，但達魯花（daruga）一詞仍然普遍應用，義爲長官、首長。

蒙古建國初期，官制簡樸，在其本土內沒有發現達魯花赤這一官名。達魯花赤是蒙古向外發展後，在被征服地區設立的官職。如成吉思汗在征服了中亞的花剌子模（回回國）後，即「置達魯花赤監治之」（《元史・太祖紀》）。《元朝秘史》記此事，把達魯花赤寫作「答魯合臣」（即在chi後加n字」，旁譯「鎮守官名」（二六三節）。其後元太宗滅金朝，也在南京（今開封）和中都（今北京）設達魯花赤。元憲宗也派出達魯花赤「鎮守斡（俄）羅思」（《元史・憲宗紀》）。元世祖即位和統一全國後，達魯花赤的設置就更普遍了。

達魯花赤的職務，如前所述，是監治或鎮守，當時的漢人又稱之爲「監臨官」（《元文類》卷五八《中書右丞相史公神道碑》）。由於最初是由皇帝或重臣派出的，做皇室的代理人，因而又被漢人稱為「宣差」。如著名的詩人薩都剌曾出任鎮江路錄事司達魯花赤，即被其友人虞集和幹文傳稱為「鎮江錄事宣差」（《雁門集》附錄），雖然錄事司達魯花赤不過是個八品小官。清人趙翼說：「達魯花赤，掌印辦事之長官。」（《廿二史劄記》卷二九）大致不差。實際上，達魯花赤所在之處，便是該機構總攬大權的第一把手，所謂首長。

在元世祖以前，達魯花赤的設置還沒有定型。如成吉思汗曾封札八兒火者為「黃河以北鐵門以南天下都達魯花赤」（《元史》卷一二〇《札八兒火者傳》），元太宗封速哥為「山西大達魯花赤」（《元史》卷一二四《速哥傳》）。完全憑皇帝的一時高興而任命，名稱和職守都很籠統。到元世祖即位後，達魯花赤的建置才制度化了。大體情況是：

一、**中央政府的主要機構**：中書省、樞密院、御史臺的長官都不設達魯花赤，仍沿襲漢人舊制設官；中書省的吏、戶、禮、工、刑、兵六部首長也不叫達魯花赤而稱各部尚書，只在戶、禮、兵、工四部的某些附屬機構中才設有此官；樞密院也是只在一些附屬機構中設置；御史臺及其在各地分設的行臺則都不設達魯花赤。大約完全沿襲漢人舊制的機構不設，新添的機構設；與蒙古人生活習慣有關的，管理財賦的，帶領軍隊的諸機構設，其他則不設。這只是一個大體的概括，並不全面。

二、**地方機構**：行中書省長官不設達魯花赤，路、府、州、縣機構都設。

達魯花赤既然是各機構的最高長官，因而對人選很重視。最初是任命有功的、有能力的和與皇帝接近的人，其中也有漢人、女眞人和契丹人。到元世祖至元二年（西元一二六五年）下令

「以蒙古人充各路達魯花赤，漢人充總管，回回人充同知，永爲定制」。剝奪了漢人當達魯花赤的權利。至元五年又下令「罷諸路女眞、契丹、漢人爲達魯花赤者。回回、畏兀、乃蠻、唐兀人仍舊」。可見回回等色目人仍可當達魯花赤。至元十六年又「議罷漢人之爲達魯花赤者」（並見《元史·世祖紀》）。如此三令五申地禁止漢人當達魯花赤，是元朝民族歧視政策的表現，也是怕漢人在地方上握有大權後不好控制，同時也可看出，漢人當達魯花赤的也不在少數。據元代所修《至順鎭江志》統計，從元世祖至元十三年到二十六年，鎭江路的達魯花赤先後有七人，其中蒙古一人，漢人三人，回回二人，也里可溫（基督教徒）一人。說明這期間還有漢人任達魯花赤的。從至元二十六年到元文宗至順二年（西元一三三一年），先後有十五人任達魯花赤，全是色目人，無一漢人。元世祖制定的制度算是實現了。達魯花赤反映了蒙古舊制和民族偏見，這是元朝統治的一個特點。

元代的四等人制

／丁國範

一

熟悉元史的人，均知元代有四等人制，這是元朝法定的民族等級制度。按民族劃分等級的做法並非開始於元代，金朝任用掌管兵權、錢穀的官吏，就規定了先女眞、次渤海、次契丹、次漢兒的四等級順序①。元承金制，元代蒙古貴族進入中原，以少數民族統治階級的身分成爲全國的統治者，爲保持自己的特權地位和維護其對人數遠遠超過本族的漢族的統治，進一步推行民族分化和民族壓迫政策，根據民族的不同和被征服的先後分人爲蒙古、色目、漢人、南人四等。有關這一制度的明文規定雖至今未被發現，但從元廷發布的一些詔令和文書中卻可淸楚地看到這一事實的存在。如世祖至元二年（西元一二六五年）二月，就規定各路執掌實權的達魯花赤必須是蒙古人，漢人只能充任總管，回回人可擔任同知。再如成宗大德元年（西元一二九七年）四月，中書省、御史臺倡議，各道廉訪司必須選擇蒙古人爲使，或缺，則以出身高貴的色目人子孫擔任，其次參以色目、漢人，得到成宗的允准，都是很好的證明。蒙思明認爲這一制度的形成以及蒙古、色目、漢人、南人四名稱的普遍應用，當在大德而後②。大體符合歷史實際。

在元代的四等人制中，居第一等的當然是元朝「國族」蒙古人，蒙古統治者稱之爲「自家骨肉」。據伊利汗國宰相拉施都丁所撰《史集・部族志》記載，蒙古人由兩部分組成，一爲與成吉思汗皇室出於共同祖先的尼魯溫蒙古人，有兀魯、忙兀、泰赤烏、札只剌（札答闌）等二十餘部；一是被稱爲迭列列斤的蒙古人，有弘吉剌、亦乞烈思、兀良合等十餘部。此外，札剌亦兒、塔塔兒、蔑兒乞、斡亦剌、克烈等部，在元代也被視爲蒙古人。陶宗儀《輟耕錄》載有蒙古氏族七十二種，其中重複、誤入、漏列的多種，即包括上述三部分。

第二等爲色目人，是元朝最高統治者的得力助手，常爲元廷經商、理財、充當重要官吏等。《輟耕錄》載有色目人三十一種，如欽察、唐兀、阿速、禿八、康里、畏吾兒、回回、乃蠻、乞失迷兒等。然其中亦不免有重出或異譯並存的錯誤。大德八年（西元一三〇四年）規定：「除漢兒、高麗、蠻子諸人外，俱係色目人。」③

第三等爲漢人，又稱「漢兒」、「札忽歹」，蓋指淮河以北原金朝統治下的各族及較早受蒙古征伐的雲南、四川兩地居民。據《輟耕錄》載漢人有八種，即契丹、高麗、女眞、竹因歹、術里闊歹、竹溫、竹赤歹、渤海。

第四等爲南人，又稱「蠻子」、「囊加歹」、「新附人」，指最後爲元廷征服的原南宋境內的各族，也就是元代江浙、江西、湖廣三行省及河南行省南部範圍內的居民。漢人和南人絕大部分都是漢族，被人爲地分爲兩等，目的在於利用漢人制南人，以便分而治之。南人的地位最低，當他們與漢人發生矛盾和爭執時，遭殃的總是南人。

二

元代四等人的地位和待遇很不平等，**首先表現在官吏的任用上**。蒙古貴族爲統治廣大漢族人民，不得不利用漢族地主階級，但又要防止人數、文化水平和統治經驗都超過蒙古人的漢族官員占據重要職位，以保持自己的權力優勢，乃用這種等級制度加以限制。《元史．百官志》載，從中央到地方各級官署之長均以蒙古人擔任，漢人、南人只能充當副職。中央最高行政機構中書省的丞相職位，通常必用蒙古勳臣，色目人僅個別親信得以充任，世祖初年曾以漢人史天澤和蒙古化的契丹人耶律鑄爲丞相，以後即規定「不以漢人爲相」。次於丞相的平章政事一職也均由蒙古、色目人擔任，一般不授與漢人，雖德高望重的漢人亦是如此。元廷尤其嚴防漢人閱悉軍機重務。《元史．兵志》載，兵籍係軍機重務，漢人不得閱其數，故掌握全國兵權的樞密院長官（知院），有元一代除少數色目人外，皆爲蒙古大臣，無一漢人充任。掌糾察百官善惡的御史臺長官（御史大夫），按元廷傳統，「非國姓不以授」。掌行省以下各級地方政府最大實權的達魯花赤一職，前已述及規定要由蒙古人擔任，如無蒙古人，則在出身高貴的色目人內選用，並三令五申禁止或革罷冒任此職的漢人、南人，只有在南方邊遠地區因條件艱苦，遇蒙古人畏憚瘴癘多不敢赴任時，才允許漢人充當。在入仕途徑上，元朝政府也優待蒙古、色目而限制漢人、南人。元朝以怯薛（漢譯作宿衛，即皇帝身邊的親兵衛士）出身的人做官最爲便當，而充當怯薛的主要是蒙古、色目人，漢人則僅有少數世臣子弟躋身其間。武宗時（西元一三〇八——一三一一年）分汰怯薛，只留有積功閱歷的蒙古人和色目人，其餘皆遭革罷，嚴禁漢人、南人充當怯薛。仁宗恢復科舉取士，按規定分蒙古、色目、漢人、南人四等，鄉試錄取名額各爲七十五名，會試各取二十五名。衆所周知，漢人、南人的考生數遠遠超過蒙古、色目的應考人數，因此這種貌似公平的平均分配名額實際上是極大的不平等。此外，就考試程式而言，蒙古、色目人僅考二場，而漢人、南人需考三場，考題的難易也有差別；並規定蒙古、色目人願試漢人、南人科目的，中選者加官一等。元廷考慮到蒙古、色目人初學漢文化，自然難以和諳於科場的漢人、南人競爭，因而用民族等級制的限定來防止後者取得更多職位。

第二，反映在法律上的不平等。至元九年（西元一二七二年）世祖忽必烈聽說常有漢人聚衆與蒙古人發生毆鬥，便下令對漢人嚴加禁約。此後他又下令：如蒙古人毆打漢人，漢人不得還手，只許向所在官府申訴，違者嚴行治罪。元律規定：「殺人者死。」但同時又規定：蒙古人因爭及乘醉毆死漢人的，只斷罰出征，並全征燒埋銀，無需償命；可是一旦漢人毆死蒙古人，則不問情由，一律要處死刑。四等人犯同樣的罪，所受的處罰卻截然不同，如元律規定，凡盜竊犯（已得財者）均要刺字，但只是對漢人、南人而言，蒙古人則不在刺字之列，若審囚官擅自將蒙古人刺字，還要受革職處分；色目人犯有此罪，也可免刺字。此外，元制又規定，蒙古人居官犯法，論罪既定，必擇蒙古官判決，責打板子也要由蒙古人持杖。這就爲蒙古統治集團的官官相護大開方便之門。

第三，表現在對漢人、南人進行嚴密的軍事防制上。元統一後，即以蒙古、探馬赤軍鎮戍河洛、山東一帶，據全國腹心重地，「與民雜耕」，以監視漢人；在江南地區，則遣中原漢軍分戍諸城及要害之處，與新附軍相間，以防範南人。屢禁漢人、南人執把弓箭和其他兵器，違者辦罪。至元二十二年五月，元廷下令將漢地、江南所拘收的弓箭兵器分爲三等，下等銷毀，中等賜給近居蒙古人，上等的貯存於庫，歸當地行省、行院、行臺執掌；無行省、行院、行臺官署的地方，則歸達魯花赤或畏兀、回回任職的人掌管；而對漢人、南人雖居官的，不令掌管。次年江西行省規定：新附軍的兵器，平時皆存放庫中，遇有事需用時，臨時視情況緩急而逐漸發放，一旦軍事行動停止，仍舊歸庫存放，不得繼續持有。元朝政府甚至禁止漢人和南人畜鷹、犬打獵，違犯的人要沒收家產。後至元二年（西元一三三六年），丞相伯顏爲防止南人反抗，甚至對江南農家用於生產的工具鐵禾叉亦加禁止。對廟中供神用的兵器也加以禁止，責令以紙木做的代替。另外，元朝統治者對漢人、南人迎神賽社、習學槍棒以至演唱戲文等活動，都橫加禁止和干涉，爲的是防止他們聚衆鬧事；而對蒙古、色目人則不在禁限之列。

三

元朝統治者實行四等人制，其目的在於利用民族分化政策以維護本身的特權統治，已如前述。然廣大蒙古、色目下層人民和漢人、南人中的下層人民一樣，同處於被統治的無權地位，同樣要負擔沈重的差役，以致鬻妻賣子，史實表明兩者的處境同樣慘苦。據《通制條格》和《元典章》載，元代蒙古平民被販賣到異鄉和海外作奴隸的事例屢見不鮮，早在世祖至元年間，即有把蒙古平民當作商品，從泉州港販賣到今中亞和印度境內去的。大德七年，元朝政府明文規定，對不畏公法將蒙古人口販入番邦以謀暴利的人要嚴加治罪，並命令市舶司官員，對出洋船隻開航之時要用心檢搜，一經發現情況，隨即將有關人員拘留並解送官府。延祐七年（西元一三二〇年）的情況表明，有回回、漢人、南人典買蒙古子女為奴的事實，以致在英宗至治改元詔內有「詔書到日，分付所在官司應付口糧，收養聽候，具數開申中書省定奪」的命令（見《元典章》）。這些記載表明了元代蒙古平民淪為奴隸的慘況不僅長期沒有終止，且愈演愈烈，以致發展到「高貴」的蒙古人居然淪為「低等」的漢人、南人的奴隸。色目人中處於社會下層的人民，同樣也逃脫不了淪落為奴的命運。至於漢人、南人中的平民被掠或販至北方作奴的更不在少數，據至元三十一年（西元一二九四年）派往江西的監察御史的估計，不需一、二年，良人有一半將成為他人的奴婢。

在元廷推行的四等人制中，漢人、南人中的官僚、地主階級和蒙古貴族結合在一起，保持其剝削和壓迫漢族人民的階級利益；但另一方面，他們畢竟又屬第三、四等人，在官場和其他場合競爭不過蒙古人和色目人。四等人制的實行，使元朝的社會矛盾更加複雜尖銳，從而加速了元朝的滅亡。

注釋

①徐夢莘《三朝北盟會編》第二册第三九六頁，海天書店一九三九年版。

②蒙思明《元代社會階級制度》第三六頁，中華書局一九八〇年版。蒙著稱元四等人制爲「種族四級制」，廣徵博引，研究頗詳，本文曾參及。

③《元典章》第四十九卷《女真作賊刺字》條。

清代江南三織造

／李　華

清承明制，在以絲織品聞名於世的江寧、蘇州、杭州等三城分別設立織造局，史稱「江南三織造」，隸屬於內務府。

織造局又稱織造衙門，設織造一人主管局務。多由內務府旗人充任。織造官無常品，官職不大，最多不過五、六品，但係皇帝欽派，權力不小，連地方督撫大員也側目而視。清政府規定：「織造係欽差之員，與地方官雖無統屬，論其體制，不特地方交涉事件，各官不得牽制，即平時往來文移，亦不容以藐視。」①當時有一位在華外國人也曾指出：「『織造』是很有名的官銜——爲一少有的肥缺，被委任的多半是朝廷有意施惠的旗人。不管他的實際官階（品級）多麼低，卻是一員欽差，因此是與該省督撫平列的。」②而且，織造還享有直接與皇帝聯繫的特權。清制，凡外任官員，除總督、巡撫可向皇帝直接上奏折外，布政使、按察使等官員的奏折，均需由督撫轉遞。而織造不僅可以直接上奏折，還可以遞密札——打小報告。皇帝也直接向織造布置特殊任務。康熙皇帝玄燁曾指示江寧織造曹寅：「倘有疑難之事，可以密折請旨。凡奏折不可令人寫，但有風聲，關係匪淺。小心，小心，小心，小心。」③康熙四十七年發生了政治上頗爲敏感的廢除皇儲胤礽的事件，曹寅即把江南民間對這件事的反映密奏玄燁④。同年，浙江四明山張廿一等領導的反清起義爆發，玄燁命令蘇州織造李煦「密密訪問明白奏來」⑤。從織造們的奏折裏，我們可以看到，他們把江南地區的吏治民情、年景豐歉、米價高低，以及他們監視江南人民和漢族官員、爭取漢族知識分子的工作情況，都向皇帝詳細匯報。江南三織造實際上還是御用偵察機構。

正因爲織造衙門具有這樣一種特殊職能，所以皇帝多派親信擔任織造。比如擔任江寧、蘇州織造達六十年之久的曹氏家族就是康熙皇帝的親信。曹家本係漢人，早年在瀋陽降於後金，爲滿洲正白旗「包衣」（奴才），後隨多爾袞入關，成爲「從龍勛舊」。曹寅是玄燁幼年時的「伴讀」，母親孫氏是玄燁的乳母，因此深受玄燁信任。曹寅父、曹寅及寅子曹顒、曹頫，三代四人均任織造，曹家的姻親李煦、孫文成也長期擔任蘇州、杭州織造。「三處織造，視同一體」⑥，自成體系，不受地方官管轄，成爲名震一時的江南貴族地主集團。玄燁繼位後曾六次南巡，後四次南巡，到江寧住曹家，到蘇州住李家，有一次到杭州，也曾住孫家。康熙三十八年那次南巡，駐蹕江寧織造衙門時，還專門接見了尚健在的乳母孫氏，親切地說：「此吾家老人也。」不但厚加賞賜，而且親書「萱瑞堂」匾額賜給曹寅⑦。可見玄燁與曹家關係自非一般君臣關係可比，曹家聲勢之煊赫亦可想見。偉大文學家，《紅樓夢》作者曹雪芹就是曹家最後一位織造曹頫之子。織造世家的興衰歷史，正是不朽名著《紅樓夢》的重要生活根據。

當然，織造衙門的公開任務是供奉內廷，即供應宮廷「御用禮服，及四時衣服，各宮及皇子公主朝服衣服」[8]，以及賞賜臣下所用的緞匹。這些花色、品種、規格、圖案、質量繁多且有定式的服飾、緞匹，大部分是在織造衙門直接監督管理下製作的。即所謂「設機織造」或「設機募匠」。清朝初年，江南三織造都分別擁有一定數量的機房、機張和工匠，但爲數不多，三處不過一千餘張織機，到乾隆十年，三處織機達一千八百張，機匠達五千五百一十二名。此外，江寧有「搖紡染匠七百七十名」，蘇州有「挑花揀繡匠」二百四十二名，杭州有上述兩種工匠五百三十名。這些技藝精湛的高手工匠，或給「月米」二至四斗，或計件付酬，或計日給價[9]，可見這是一種封建雇傭關係。

江南三織造所擁有的機張、工匠數量多少，只能說明發展的一般趨勢，並不足以完全說明它的實際發展水平。後來，隨著清朝統治階級生活的日益腐化，宮廷內所需要的綢緞大量增加。如順治八年（西元一六五一年）舉行一次親政禮，就賞賜了幾千匹綢緞；皇太后加一次徽號，又賞賜了幾千匹綢緞[10]。這樣，朝廷的需要量大大超過了織造局的生產能力，從而出現了「缺機」（即缺少織機）的情況。織造局就採用「召機募匠」，來彌補出現的虧空，歷史上被稱爲機戶「名隸官籍」[11]。其具體辦法是：織造局把絲介散發給民間機戶，機戶根據要求按規格織成綢緞，織造局再按匹計價，給予報酬。本來民間機戶每張織機每年所需成本費用一百二十金，但機戶「名隸官籍」以後，織造局只發給一半的價錢，機戶每張機每年賠補六十金。這實際上是對民機的掠奪。康熙六年（西元一六六七年），蘇州織造局缺機一百七十張，民間機戶害怕賠累，都想方設法逃避承擔。蘇州絲織業行頭王斗山等，提出由民間機戶平均負擔的「均機之議」。原議定有二十張織機的機戶，須派官機一張，後王斗山接受賄賂，推翻了原來的決議，改爲民機九張即派官機一張⑫。從而「遍處搜刮，科斂津貼，借端勒索，假公濟私，城鄉大擾」，對民間機戶危害甚大，嚴重地影響了民營絲織業的發展⑬。

蘇州、杭州等地，還有一種通過織造局，向殷實機戶僉派堂長管事的徭役。充當的機戶，替織造局收購和發放絲介，監督民間機戶生產，負責往京師解運緞匹，實爲織造局與機戶中間的承包人。這一繁重的徭役，一縣竟達數十名之多，對機戶的危害甚大，「一人充當，賠累數百金以至數千金，不至赤貧不止」，致使機戶破產，機匠失業。此役後雖停止，但擾民之事仍有發生⑭。

江寧織造局爲了控制民間絲織業的發展，還對民間機戶進行了嚴格限制。規定每戶織機不得超過百張，每超過一張納金五十兩，並須織造衙門批准，發給「文憑」才能開機織造。其目的是爲了防止機戶之間競爭和兼併，實際阻撓了絲織業的發展⑮。

但事物的發展是不以人們的意志爲轉移的，處於封建社會末期的江南絲織業，歷經曲折仍然不斷地向前發展。從織機和機匠、機戶的數量來看，清代前期，特別是乾隆、嘉慶、道光時期，江南絲織業有了長足的進步。如杭州民間絲織業，「東城機杼之聲，比戶相聞」⑯。「機坊機匠，未有若此之盛者」，「東北隅，數萬千家之男女，俱需此爲衣食之謀」⑰。在蘇州，著名的石桓茂、英記、李啓泰等絲綢廠，「皆創設於乾、嘉」，並一直存在到清末⑱。

從江南絲織業的生產關係來看，在鴉片戰爭之前，已經出現了資本主義的萌芽。在蘇州，固然有些民間機戶被牢固地控制在織造衙門手裏，但也有不少擁有少量織機進行家庭生產的民間小戶。同時，還出現了不少「機戶出資經營，機匠計工受值」，工匠可以「另投別戶」的手工業雇傭作坊⑲。杭州在鴉片戰爭前後，有些機戶仍然隸屬於杭州織造，但也存在雇傭勞動，存在機戶對機匠的工資剝削。而機匠可以要求增加工資，可以罷工，可以「辭工另就」⑳。江寧的民間機戶，除了被織造局控制了一部分外，也有少數帶有資本主義性質的大作坊。

由此可以看出，織造衙門完全是一個由皇帝派駐地方的特殊御用機構，在政治上充當皇帝耳目；在經濟上爲皇室生活服務，並在一定程度上兼管江南民間絲織業，是一個專業性的官方手工業管理機關。它的政治職能在前期尤爲明顯，後來隨著清朝中央集權的鞏固，政治職能下降。但由於皇室生活越來越奢侈，它供奉宮廷的經濟職能越顯重要。而它對民間絲織業的徵募控制，則嚴重地阻礙了江南絲織業的發展。隨著清王朝的覆亡，織造衙門也從此成爲歷史的陳跡了。

注釋

①《總管內務府現行則例》，《廣儲司》卷二。

②轉引自彭澤益《中國近代手工業史資料》第一卷第八四頁。

③④《關於江寧織造曹家檔案史料》。

⑤《李煦奏折》第四二～四四頁。
⑥《關於江寧織造曹家檔案史料》第四一頁。
⑦陳康祺《郎潛紀聞三筆》卷二。
⑧《光緒大清會典》卷一一九。
⑨《光緒大清會典事例》卷一一九。
⑩談遷《北遊錄》紀聞下《優賜》。
⑪孫珮《蘇州織造局志》卷四。
⑫葉紹袁《啓禎記聞錄》卷七。
⑬孫珮《蘇州織造局志》卷十。
⑭《皇清奏議》卷六；《皇朝瑣屑錄》卷一。
⑮《光緒江寧府志》卷一五；陳作霖《風麓小志》卷三。
⑯厲鶚《東城雜記》卷下。
⑰《光緒仙居縣志》卷一一。
⑱徐珂《清稗類鈔》第五册。
⑲《江蘇省明清以來碑刻資料選集》第五頁、第一三頁。
⑳道光二十五年十二月《仁和縣綢紗絨緞料房各業戶公立條規碑》；道光二十五年十二月《杭州府奉憲永禁碑》。

戰車與車戰

／袁庭棟

在中國象棋的拚殺中，有一個十分有趣的特點：行動最迅速、威力最强大、對全局具有決定性影響的棋子並不是可以遠程轟擊的「炮」，也不是有八面威風的「馬」，而是可以横衝直撞的「車」。這一點正好反映了我國古代戰爭史上的一段重要歷史：從殷商到戰國，我國作戰的主要方式是車戰，攻防的主要手段是戰車，軍隊的主力是車兵。我國古代著名的兵書《六韜》的《虎韜・軍用篇》在論述「三軍器用，攻守之具」時，排列在最前面的就是可以「陷堅陣、敗强敵」的各種戰車。

衆所周知，華夏民族的主要發祥地是黃河流域的中原大地。這裏地勢開闊平坦，宜於行車，我們的祖先很早就「見飛蓬轉而知爲車」（《淮南子・說山訓》）。華夏族傳說中的祖先黃帝號稱軒轅氏，「軒」、「轅」二字均從「車」，這也是華夏族很早就善於造車、駕車的一個旁證。

最初的車，應當是用人力推挽的。當牛、馬被馴服之後，很自然地就被用來拉車。

在殷墟卜辭中，車與衣、甲、弓、矢並列記載，且成爲戰利品，這裏的車當是戰車無疑（詳見溫少峯、袁庭棟《殷墟卜辭研究——科學技術篇》，第二六〇頁）。從安陽殷墟也好幾次剝剔出完整的殷代戰車，並有多種兵器與之同出，考古學家據此得出結論：「晚商的考古材料證明，當時的兵種至少有車兵和步兵兩種，並且是以車戰爲主的。」（北大歷史系《商周考古》編寫組《商周考古》第七六頁）商湯滅夏，所使用的主力是「良車七十乘」（《呂氏春秋·簡選》）。周武王滅殷，所使用的主力是「戎車三百乘」（《史記·周本紀》）。春秋時最著名的城濮之戰，晉軍主力是「車七百乘」（《左傳·僖公二十八年》），而晉軍後來竟擁有「甲車四千乘」（《左傳·昭公十三年》）。

《孫子兵法·作戰》也說「凡用兵之法，馳車千駟，革車千乘，帶甲十萬」（《孫子兵法·作戰》），很明顯地將各種戰車放在首位。戰國時著名的縱橫家蘇秦與張儀遊說各國，總是一開口就用「車千乘」、「車六百乘」來說明某國軍事力量的强弱。

車戰所以會成爲當時作戰的主要方式，是因爲戰車的速度快、機動性强、衝鋒時破襲力大，用當時的青銅兵器對付這種猛衝的戰車羣是相當困難的，而平闊的中原大地又爲車戰提供了較爲理想的戰場。戰爭中若處於防守地位時，只要將戰車橫排並相連爲一列，敵方就很難從正面逾越。所以，戰車可以在這樣的歷史舞臺上充分發揮自己的長處。

我們通過對出土文物的考察，可知殷周時期的戰車都是木製，獨輈，兩輪，輪中的轂，轂上有輻條十八至二十根。輪軸上壓置車箱，車箱向後開門。車輈後端置於軸之上、車箱之下，前端橫置車衡，車衡上縛左右二軛，兩匹轅馬（古稱服馬）就架軛於頸，拉動車輛前進。轅馬兩邊大多還有兩匹驂馬，直接以皮製的靷繫於車軸，配合轅馬拉車。甲骨金文中的車字寫作★，正是古代馬車的逼眞的象形字。不過，這時的馬車平時用於運輸，戰時才改裝爲戰車。即在戰時爲揮舞武器方便，要將車箱上傘狀的車蓋去掉。而且在車軸兩端青銅車軎（即車軸頭）的尖端加上矛刺或利刃，以便在戰鬥中向前衝殺時殺傷敵方的徒兵。另外拉戰車的馬要披上馬甲。戰車有不同的類型和性能，《周禮・春官・車僕》將戰車分爲戎路、廣車、闕車、苹車、輕車等「五戎」，但認眞考察之後，可知其用途只有兩類，即用於馳逐攻擊的攻車，和用於設障、運輸的守車。

在整個殷周時期，車上的甲士都是三人，只有在特殊情況下方可多載一人，稱爲「駟乘」（如《左傳・襄公二十三年》「燭庸之越駟乘」）。三名甲士有固定的位置和分工：居中的是駕馭戰車的「御」，或稱「戎僕」，他手握繮繩，不拿武器；居左的是一車之首，稱爲「甲首」或「車左」，持弓主射，如果有官長乘車，也必然居左；居右的稱爲「車右」、「戎右」，或稱「參乘」，是專職的戰士，「車左」的輔佐，手執戈、矛等長兵器和盾牌。如果「車左」是官長，「車右」就必然是其衛士，爲之服務。例如晉楚城濮之戰前，就確定了晉文公所乘戰車是「荀林父御戎」，即駕馭戰車；「舟之僑以爲戎右」即作爲輔佐和警衛。

周代的車戰很講究編制，每輛戰車爲一「乘」，包括車上的甲士和車下附屬的徒兵（西周時每乘十人左右，春秋時增爲七十二人）；若干乘組成一「偏」，每兩偏組成一「兩」。作戰時，大多以「偏」爲單位進行部署，故而《尉繚子・制談》稱「古者士有什伍，車有偏列」。

有了嚴格的編制，在實戰時還要掌握合理的編隊，車與車之間保持最合理的間隔距離，既使

周代戰車圖

敵人無縫隙可鑽，又使各車之間不致相互干擾，如《六韜・犬韜・均兵》所主張的：「五車為列，相去四十步，左右十步，隊間六十步。」

為保持合理的編隊，御者必須要掌握嫻熟的駁馬技術，使戰車能「進退中繩，左右旋中規」（《呂氏春秋・適威》）。同時要使車上甲士與車下徒卒很好配合，即所謂「卒乘輯睦，事不奸矣」（《左傳・宣公十二年》）。

進行車戰最重要的是選擇有利的地形。「車，貴知地形」（《六韜・犬韜・戰車》），這是奪取勝利的關鍵之一。地形險阻、坡度太大、地面卑濕、土質黏滯、荊棘叢生、側鄰河川、道路崩塌等等，古代兵家都稱為車戰的「死地」，至於丘陵山谷、水鄉澤國，當然更是「絕地」了。

在先秦時期，進行過無數次不同規模的車戰，其大規模者，如西元前五〇五年秦楚聯軍與吳國作戰，三國投入戰車總數估計超過兩千乘。當時文獻中對車戰描繪最爲形象的是屈原寫的《國殤》：「操吳戈兮被犀甲，車錯轂兮短兵接。旌蔽日兮敵若雲，矢交墜兮士爭先。……」

可是，到戰國時期，情況逐步發生了變化，戰爭不再以車戰爲核心，而是步兵、車兵、騎兵相配合。到了秦漢時期，戰車竟從戰爭中的主角位置上消失了，這是我國戰爭史上的一大轉變。這種轉變是由於若干歷史條件變化的必然結果：

首先，是進行戰爭的地理環境的變化。殷周時期我們祖先的主要活動地區在黃河中下游平原，適於戰車的馳逐。在春秋時期的諸侯紛爭之中，戰爭已擴大到華北山地與江南水網地區，戰車當然就無法施展了。西元前五四一年，晋軍與狄人在山區作戰時，毅然「毀車以爲行」（《左傳．昭公元年》），取得勝利。此後，步兵的數量在各國均逐步增加，成爲軍隊的主力。

第二，是社會生產力發展的必然結果。在使用青銅兵器的時代，手中的盾牌與身上的甲胄可以抵禦對方的箭矢，戰車可以有恃無恐地向對方衝擊，有如今天的坦克可以無視步槍的射擊一般。可是到了春秋末期，鐵兵器增多了，鋼製兵器出現了，特別是强有力的弩已經用於實戰。著名的鄢陵之戰中，養由基的箭已經可以射穿七重甲衣。在這種情況下，密集的戰車羣就成爲勁弩的最佳目標。

第三，這也是社會階級關係發生變化的必然結果。一方面，春秋末期新興地主階級開始違制在自己的領地建築高城大邑，野戰減少，攻堅戰增多。圍攻城邑只能依靠步兵來完成，故而必須發展步兵。另一方面，過去車戰中雄踞於戰車上的甲士都是由貴族成員充任的。被驅趕上戰場的奴隸、農奴或自由民的下層分子則只能充任步卒。到了春秋後期，日益尖銳的階級矛盾使得由統治者組成的車兵，不僅得不到由被統治者組成的步卒的支持，而他們自己的地位也不斷下降，甚至備不起戰車了。晉國叔向說晉國季世已經到了「戎馬不駕，卿無軍行，公乘無人，卒列無長」（《左傳·昭公三年》）的地步。所以，貴族的衰落與平民地位的上升，在軍隊中必然反映爲車兵的衰落與步兵的上升。

由於以上原因，從春秋末年開始，車戰的地位逐漸下降，我國的戰爭逐漸發展爲以步兵與騎兵爲主。西元前四〇五年，魏、趙、韓聯合攻齊，「大敗之，齊將死，得車二千，得屍三萬」（《呂氏春秋·不廣》）。這一仗，是最早「毀車爲行」，進行改革的三晉軍隊發揮威力大敗以車兵爲主的舊式軍隊的重要標誌。

但是，車戰的衰落，並不等於戰車的淘汰。戰車的作用只是由衝鋒陷陣轉變爲防禦敵人的衝鋒陷陣。

這種「次車以爲藩」的防禦屏障稱爲「車宮」，古已有之，《周禮·天官·掌舍》及其鄭注中有詳細記載。先秦兵書《孫臏兵法》及《六韜》中也均有論述。秦漢以後，軍隊中在製造運輸、輜重車輛時，就有意考慮到防禦的需要，製造出既宜於運輸、又宜於構成屏障的大批車輛。如：

西漢的李陵，曾「軍居兩山間，以大車爲營」（《漢書·李陵傳》）；衛青曾「令武剛車自環爲營」（《漢書·衛青傳》）。

東漢的光武帝「造戰車，可駕數牛，上作樓櫓，置於塞上，以拒匈奴」（《後漢書·南匈奴傳》)。這是專門的防禦用戰車。

三國的曹操,曾「連車樹柵,爲甬道而南」(《三國志·魏書·武帝紀》);田豫曾「因地形回(通迴)車結圜陳(通陣),弓弩持滿於內,疑兵塞其隙,胡不能進,散去」(《三國志·魏書、田豫傳》)。

晋代的馬隆專門使用「偏箱車」,「地廣則鹿角車營,路狹則爲木屋施於車上,且戰且前。弓矢所及,應弦而倒」(《晋書·馬隆傳》)。

南宋的魏勝,「自創如意戰車數百輛、炮車數十輛,車上爲獸面木牌,大槍數十,垂氈幕軟牌,每車用二人推轂,可蔽五十人。行則載輜重器甲,止則爲營,掛搭如城壘,人馬不能近,遇敵又可以禦箭鏃」(《宋史·魏勝傳》)。

明代的戚繼光,講究立車營作爲臨時的營壘,在他寫的《練兵實紀·雜集》卷六中,專門有一篇《車營解》,詳論其事。明代的兵書《草廬經略》卷五說:「連車環外,人憩其中,周布森列,乘隙而出,此有足之城,不飼之馬也。」這段話將以車爲營的防禦作用,講得相當精到。

在秦漢以後,還出現過一些特殊用途的戰車,如在城市巷戰中阻截敵人的「巷戰車」和「槍車」、防守城門用的「塞門刀車」,對付騎兵衝鋒的「皮籬車」,這些都是專門的防禦用車。此外,爲了攻破城池或營寨,還製造過若干作爲攻城器械的專用車,這裏就不一一介紹了。

總之,戰車在我國古代戰爭中是一直被使用的一種重要裝備,只是在秦漢以前和秦漢以後作用不同而已。《武經總要》卷四有這樣一段話:「車戰,三代用之。秦漢而下,浸以騎兵爲便,故車制（此謂車戰之制）湮滅」；「以車為衛，則非三代馳車擊戰之法，然自足以禦敵制勝也」。

這可以看作我國古代關於戰車與車戰的一個小結。

「鼓角」之角

／陳　駒

「鼓角」即「鼓」與「角」，古文獻中往往兩者並提。這裏且不談「鼓」，只說「角」。

「角」的淵源

「角」是何物？就是古代軍旅中使用的號角。因最初都是用獸角做成，故以「角」來命名。有關它的記載，不見於漢以前的文獻，但從東漢末起，典籍中卻又屢見不鮮。最早提及者是公孫瓚所作的「告子讀書」，內有「袁氏之攻，狀若鬼神，梯衝舞台樓上，鼓角鳴於地中」數語（見《後漢書》本傳）。其次是《三國志》，其中《陸遜傳》、《吳賀齊傳》、《虞翻傳》諸篇，均說到它。由此推斷，中原地區始用此物，當在東漢末。

角源自何處？晉代徐廣《車服儀制》說：「角，前世書記所不載。或云出自胡羌，吹以驚中國馬；或云本出自吳越。」（《宋書・樂志》所載與略此同）前一「或云」，是指許慎之說，《說文》：「觱，羌人所吹角曰屠觱，驚馬也。從角，觱聲。」「觱」字後世簡寫作「觱」。許慎認爲「角」乃西北羌人所創，原名「屠觱」。後一「或云」，則指馬融所言。唐代杜佑《通典》曾說：「角，書記所不載，馬融又云出吳越。」馬融在哪裏說過這話？杜佑未作說明。但想必有據。有趣的是，許慎和馬融都是東漢著名大學者，他們互有交往，也彼此推崇，但說起「角」的來源卻是一北一南，相差如此之遠。不過，後世似乎多從「許說」，如《晉書》和唐代的《管弦記》，就都提到「角」又別稱「胡角」。而羌爲游牧民族，如果用獸角作吹奏樂器確爲他們首創，倒也合乎情理。但「馬說」也未必就不對，因爲直至近代，在南方某些少數民族和邊遠山區的漢族中也還存有吹獸角之遺風。聯繫到「角」不見於漢以前文獻的事實，也許可作如此推論：我國南北兄弟民族早就有這種樂器並都在東漢時傳向中原。「角」乃源出邊地民族而非中原舊有之物。

「角」的使用

「角」傳入中原後，由於它發聲高亢凌厲，很快就用於軍中。在戰陣上，用於發號施令或振氣壯威。《北史．齊安德王延宗傳》，就有「周武帝乃駐馬，鳴角收兵」之例；唐明皇《平胡》詩也寫過「鼓角雄山野，龍蛇入戰場」的圖景。在軍營中，則是用於昏曉報時和戒嚴警衆。據宋代陳暘《樂書》中的引述，《律書樂圖》就列舉了軍中幾種用於「馬上嚴警」的「角」聲。杜佑《通典》引《衛公（李世勣）兵法》云：「軍城及野營行軍在外，日沒時撾鼓千槌，三百三十三槌爲一通。鼓音止，角音動，吹十二聲為一迭。三角三鼓而昏明畢也。」《文獻通考・樂考十一》引這段話時，把它置於「警角」條下，據此可知它又被稱為「警角」。唐代杜甫《閣夜》詩也寫過它的報時警衆作用：「五更鼓角聲悲壯，三峽星河影動搖。」

後來，「角」的用場又擴大到「鹵簿」，即帝王、后妃、太子、王公、大臣等外出時的儀仗。而且在使用時還有不同的規格。陳暘《樂書》說，北齊時就有了分等級的「赤角」、「青角」、「黑角」等。《隋書・音樂志》則記隋代定制云：「諸州鎮戍，各給鼓吹，……諸王為州，皆給赤鼓赤角。……上州刺史，皆給青鼓青角；中州以下及諸鎮戍，皆給黑鼓黑角。樂器皆有衣，並同鼓色。」可見，「角」也成了封建等級制的標誌之一。

「角」的演變

隨著「角」被廣泛使用，對它的需求量增大，而適用之獸角又不易多得，因而後來就改用了較易得到的材料來製作。唐代段成式《觱篥格》曾提到：「革角，長五尺形如竹筒，鹵簿、軍中皆用之，或竹木，或皮。」製作材料改用了竹木、皮革。這又導致了它外形的變異，陳暘《樂

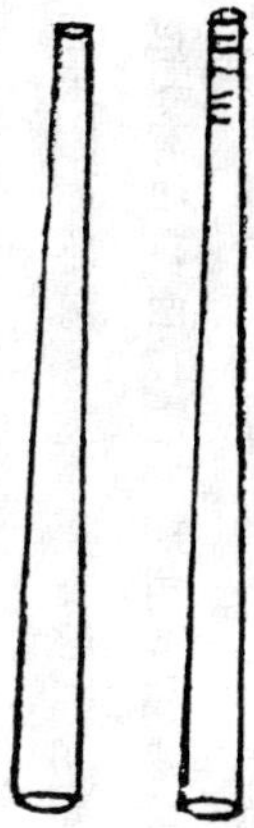

北齊時的「角」

書》畫北齊時的各類「角」，外形皆作略帶圖錐狀的直筒式（上圖）。不過，獸角狀的「角」也並未因而絕跡。遼寧集安縣高句麗古墓壁畫中的「角」，就仍保持著彎曲形的舊制。另外，唐時也還有傳自西戎之「銅角」和傳自南方民族的「螺角」。《舊唐書》有云：「西戎有吹金者，銅角是也，長二尺，形如牛角；貝，蠡也，容可數升，並吹之以節樂，亦出南蠻。」「貝」，指「螺貝」（「蠡」通「蠃」，即螺），用作吹器，就是「螺角」。大約竹木、皮革的直筒角主要為漢人和官府所用，而兄弟民族所用之「角」，則仍沿舊制。

「角」的彩繪

「角」又有「畫角」一稱，首見於南朝梁簡文帝的《和湘東王折楊柳》詩：「城高短簫發，林空畫角悲。」唐詩中則頻頻出現，如杜甫《奉送王信州崟北歸》「壤歌唯海甸，畫角自山樓」；高適《送渾將軍出塞》「城頭畫角三四聲，匣裏寶刀晝夜鳴」。之所以有此稱，是因為角的表面被塗飾了彩繪。這種塗了彩繪的角至少在晉代就有了，晉將軍庾翼的《與燕王書》中提及送給鮮卑前燕慕容氏的禮品，其中就有「畫長鳴角一雙」。

《晉書》中還載有尚書令樂廣任河南府尹時的一段掌故：「樂廣嘗有親客，久闕不復來，廣問其故。答曰：『前在坐，蒙賜酒，方欲飲，見杯中有蛇，意甚惡之，既飲而疾。』於時河南聽事壁上有角、弓，漆畫作蛇，廣意杯中蛇即角影也。復置酒於前處，謂客曰：『酒中復有所見不？』答曰：『所見如初。』廣乃告其所以，客豁然而解，沈疴頓愈。」此即「杯弓蛇影」之出典。東漢應劭《風俗通．怪神》亦載有類似之故事，但記爲應彬請杜宣飲酒，杯中影則爲牆上所懸赤弩之影。比《風俗通》後出的《晋書》說是樂廣事，這也許是張冠李戴，卻也表明晋代之「角」已有彩繪著「蛇」者。據陳暘《樂書》及《宋書》等書所載，當時之「角」，多爲畫龍。或許樂廣之「角」上畫的「蛇」也就是龍。何以「角」上之彩繪多爲龍？這大約同黃帝吹「角」作龍鳴之聲以退蚩尤的傳說有關。

「角」的型號

長筒式的「角」，體型短小者，其聲屬高音區；體型愈長大，發聲則愈低。人們即用此原理，製成長短大小有別的幾種型號的「角」，以適應不同的需要。其中有所謂「雙角」，乃由一大一小兩「角」組成。《晋書》說：「胡角者，本以應胡笳之聲，後漸用之《橫吹》，有雙角，即胡樂也。」《隋書》稱「雙角」爲「長鳴」與「中鳴」，分別用於大、小橫吹部；又稱之爲「長鳴色角」與「中鳴色角」，用於掆鼓部。唐代的《管弦記》也說：「胡角，即今畫角，後用之《橫吹》，有大橫吹部、小橫吹部。」所謂《橫吹》，即《鼓角橫吹曲》。至於長、中鳴兩角之分的起源，《通禮義纂》說中鳴是由長鳴縮短而來，並說是「魏武帝征烏丸，軍士思歸，乃減角爲中鳴，其聲尤悲，以應胡笳」（《晋書》亦採此說）。此事扯上曹操，這也許是附會。不過，說兩角之分與北方游牧民族烏桓有關，倒也並非沒有可能。

隋唐時，長、中鳴之外還有一種「大角」。《隋書．音樂志》載有其吹曲序列：「大角，第一曲起提馬，第二曲被馬，第三曲騎馬，第四曲行，第五曲入陣，第六曲收軍，第七曲下營，皆以三通爲一曲，其辭並本之鮮卑。」《新唐書．禮樂志》也提到：「金吾（官名）掌有大角，即魏『簸邏回』；工人謂之『角手』，以備鼓吹。」說明這種「大角」乃傳自鮮卑後魏，鮮卑語呼爲「簸邏回」，在隋唐時用於行軍作戰（或演習），也用於儀仗。敦煌壁畫有一幅據說是歸義軍節度使張議潮夫婦出行圖，中有騎馬鼓吹者八人（打鼓、吹角各四）。所吹者爲一種特大型之角，長度約合吹者身長的五分之四，可能即是所謂「大角」，這種「大角」，《遼史．樂志》和《宋史．儀衛志》也都提到，看來遼、宋也是仿襲隋唐之制的。

「角」的發聲

「角」沒有吹奏音階的指孔，所以不能奏出旋律，只能吹出幾個高低清濁不同的自然音。吹奏時除技巧高超者外，一般只能吹出低、中、高三個音。有人曾以「銅角」試驗，大致爲高音比低音高八度，中音比低音高五度。古人對這幾個音是用比喻來說明的，如《新唐書．儀衛志》：「長鳴一曲三聲：一、龍吟聲；二、彪吼聲；三、河聲。中鳴一曲三聲：一、蕩聲；二、牙聲；三、送聲。」（陳暘《樂書》引《律書樂圖》所載與此略同，但多了句「馬上嚴警用之」的說明，而中鳴則只有「一曲二聲」，少「送聲」。）

由於「角」在長吹時，其聲能給人以淒厲、悲壯之感，因而尤宜用於報時警衆或顯勢揚威。從而也使它在那些反映苦寒邊地軍旅生活的古詩中，成了富有戍邊征人生活特徵的典型事物。只需隨便翻翻唐詩，它就隨處可見。如李益的《聽曉角》「邊霜昨夜墮關楡，吹角當城漢月孤」；高駢的《邊城聽角》「三會五更欲吹盡，不知凡白幾人頭」（李咸用的也是《邊城聽角》「戍樓鳴畫角，寒露滴金槍」）；方千的《曉角》「畫角吹殘月，寒聲發戍樓」……在這類詩中，「角」聲幾乎成了蒼涼、淒清、悲壯等情調的同義語。

「角」的消亡

竹木、皮革製作的長筒角，我國古代的軍隊和儀仗使用了大約幾百年。隋、唐至宋，其形制和使用甚至已被規格化和制度化了。但到了元明時代，它們卻又漸次銷聲匿跡。這並非因爲那時軍旅和儀仗有了什麼削減，而是由於各種「銅角」相繼勃興而取代了它們。從《大清會典圖》和《皇朝禮器圖式》就可看到這過程的完成。至清末，「新軍」創建，洋式軍號盛行，就連大小「銅角」也不得不默然地退出了歷史舞臺。於是「角」也就從此純然成爲歷史名詞了。

我國騎兵的誕生和發展

／閻　鑄

凡是讀過一點歷史的人，大概都知道戰國時代趙武靈王胡服騎射的故事。有的人就根據這個事實而斷定，武靈王是我國騎兵的始祖，中國的騎射技術是從外域引進的。其實，這種認識是缺乏充分根據的。就我們所能見到的材料而言，中國的騎射技術並非自武靈王始，也不是來自外域。

武靈王胡服騎射的故事，首先見於《戰國策．趙策》。其大意是：武靈王與其相國肥義有一天隨便議論國家大事，肥義說，大王您想不想繼承先相簡子和襄子的遺烈，向胡狄開拓疆土？武靈王回答說：「吾將胡服騎射以教百姓」，但怕遭到世人的非議。肥義用「論至德者，不和於俗；成大功者，不謀於衆」的微言大義解除了武靈王的疑慮，武靈王首先身體力行穿上了胡服。可是他的叔父公子成卻說「襲遠方之服」是變古教、易古道、逆人心、畔學者、離中國。宗親趙文、趙造又相繼進諫，講了一通「莅國者不襲奇僻之服，中國不近蠻夷之行」的歪理。武靈王針鋒相對地指出，「三代不同服而王，五伯不同教而政」，「法度制令，各順其宜；衣服器械，各便其用」，並闡明「變服騎射」的本旨在於富國强兵，洗雪國恥。最後，滿朝文武都被說服了，紛紛穿上了胡服，一場改革大功告成。

從這些記載來看，武靈王倡導胡服騎射的實質在於「變服」，即引進便於騎射的胡服。由這一改革引起的爭論，自始至終都是圍繞服裝的變與不變而展開的，雙方都沒有談到要不要騎射的問題。而改革的結果，是滿朝上下都穿上了胡服。由此可見，所謂「胡服騎射」不過是連類而及，其側重點在「胡服」，而不在「騎射」，「胡服」是新措施，而「騎射」是早已有之的舊事物。正如明末清初的大學者顧炎武所說：「騎射所以便山谷也，胡服所以便騎射也，是以公子成之徒諫胡服而不諫騎射，意騎射之法必先武靈而有之者矣。」

這話說得不錯。騎射之法確實在武靈王之前很早就出現了。《左傳．襄公二十六年》有道：「左師見夫人之步馬者。」「步馬」就是以馬代步的意思，換言之即騎馬。《左傳．昭公二十五年》又稱：「左師展將以公乘馬而歸。」不言自明，「乘馬」就是騎馬。這兩件事都發生在春秋末年，早於武靈王約二百年。以宋平公夫人和左師展（魯大夫）那樣的身份，絕不會是冒著風險創始騎馬的第一、二人，而應該是當時民間已有了騎馬的習俗，他們也接受過來罷了。這一事實有力地撼動了中國騎射技術外來說的根基。

這不是不可思議的。我們知道，在騎兵出現之前，戰車是軍隊中唯一的快速機動力量，它較之步兵有較强的機動性，但卻受地形條件限制很大，遇到山林澤藪、坎坷不平地域，它的威力就大減，甚至寸步難行。西元前五四一年，晋將魏舒的戰車部隊與少數民族的步兵作戰時，就曾遇險而阻，被迫棄車就步。隨著戰爭地域的擴大，戰鬥激烈程度的提高，就要求一種既能保持戰車的機動性，又能避免戰車缺陷的新的作戰手段。這種手段終於被找到了，這就是騎兵。

騎兵是從戰車脫胎而來的。它捨棄了笨重的車子，使駕馬從車輛的束縛下解放出來，於是，一個嶄新的兵種就破土而出了。上文提到的左師展，原來是跟從魯昭公乘車作戰的，後來遇到危難，欲輕裝速逃，就捨棄車輛，僅乘馬匹。這一過程反映了騎兵孕育的歷史。不僅中國如此，古埃及、巴比倫、亞述等，都是先有戰車，後有騎兵，這大概是除游牧民族以外，世界各國騎兵誕生的共同規律。

在春秋末年，我們的祖先雖然學會了騎馬，但只作爲乘車的偶然代替手段而使用，就像左師展的情況那樣；而騎和射似乎還未結合起來，因此騎射還未發展成新的作戰手段。記載春秋時代戰爭的史籍和總結春秋時代戰爭經驗的軍事理論著作，如《春秋》、《左傳》、《國語》、《孫子兵法》和《司馬法》中，竟未發現一個騎字，這說明當時騎射還未用於戰爭。到了宋平公夫人「步馬」百餘年之後，騎射才實際應用於戰爭中，出現了專門的騎兵部隊。《戰國策・趙策》說，趙襄子「使延陵王將車騎先之晉陽」①。這裏將車、騎並提，表明騎兵已成爲一個獨立兵種。趙襄子是武靈王的七世祖，與武靈王相隔一百多年。這不僅有力地駁斥了武靈王引進騎射的說法，也動搖了他首創獨立騎兵部隊的論斷。

戰國時代，是騎兵蓬勃發展的時代。各國不僅建立了强大的騎兵部隊，形成了完善的騎兵編制，而且產生了騎兵作戰的戰術。

在戰國七雄中，擁有騎兵最多的國家是秦、楚、趙三國，各有騎萬匹。其次是燕國和魏國，分別有六千匹和五千匹。齊國的騎兵史無明載，但估計不會少於燕、魏二國，加上其他小國，戰國時代華夏各國騎兵的總數，當不下五、六萬匹，這在當時的世界上還是空前龐大的一支騎兵力量。

隨著騎兵的發展，騎兵的編制也逐步完善起來。據《六韜·犬韜·均兵》所記，其基本編制單位是五騎，依次有十騎、百騎和二百騎的編制，二百騎是最高戰術編制單位，由一將軍統率。作戰時的戰鬥隊形，在平坦地區爲五騎一列，各騎前後相距二十步，左右相距四步，列與列相距五十步；在險隘地區則騎與騎、列與列距離減半。作戰時，步兵、車兵和騎兵的比例是：在平坦地區，八十名步兵配一乘戰車，八名步兵配一名騎兵；在險隘地區，四十名步兵配一乘戰車，四名步兵配一名騎兵。以善用騎兵著稱的亞述人是二十名步兵配一名騎兵，我國騎兵在陸軍兵力構成中所占的比例較此爲高。騎兵的作戰能力，大約是一名騎兵可當十名步兵。

在戰國時代，騎兵是作爲陸軍的快速機動部隊而與戰車配合使用的，主要用於險隘地區，擔負邀敵、追擊、奇襲和騷擾敵人等任務。在戰場上，常常部署於側翼，攻擊敵人的側後。其基本戰術有所謂「十勝九敗」。「十勝」爲進攻戰術，包括進攻時機和地點的選擇。例如：在敵陣形未定時，擊其前騎，或襲其左右；在敵陣形不整時，要攻其前後，圍其兩翼，等等。「九敗」是應該注意避免的事項，例如要避免中敵埋伏、被敵斷絕退路，等等（見《六韜·犬韜·戰騎》）。

但在戰國時代，騎兵還沒有成爲作戰的主力，其地位還在戰車之下。戰國末年我國偉大的詩人屈原寫的一首描繪戰爭場面的詩篇《國殤》，描寫的全是車戰的情景。戰國時代的一些史書和兵書，在講到兵力時都把騎兵列在戰車之後，如《戰國策》稱，楚國有「帶甲百餘萬，車千乘，騎萬匹」，《吳子兵法》說魏武侯「兼車五百乘，騎三千匹，而破秦五十萬衆」。戰國時代，衡量一個國家國力的强弱，不是以騎兵的多少，而是以戰車的多少爲標準的，如稱秦、楚、趙、魏爲「萬乘之國」，稱中山等二等國爲「千乘之國」。而在記述作戰行動時，往往把戰車放在首要地位，甚至不提騎兵。如《戰國策》記述的秦國與魏國和吳國的兩次戰爭，只提到秦軍戰車和步兵的數量，未提騎兵。《吳子兵法．治兵》談到指揮作戰首先要懂得「四輕二重一信」。所謂「四輕」，即「地輕馬，馬輕車，車輕人，人輕戰」，指的就是戰車的運用。《司馬法》在講戰術時，也只講到戰車和步兵。

這種情況直到秦末還沒有根本變化。舉世聞名的秦陵兵馬俑共分三組：第一組是步兵排成的大方陣，隊間有六乘兵車，爲指揮官的乘具；第二組是戰車排成的小方陣；第三組是一乘戰車和六十八名武士，應是統帥的位置。從這種兵力配置可以看出，各級指揮員還是乘戰車指揮作戰的，戰車還是主要的機動力量，表明戰車比騎兵具有更重要的作用。

騎兵地位的提高是在楚漢戰爭時。這種變化在很大程度上是和項羽對騎兵的大力倡導分不開的。據班固對古代軍事家的分類，項羽是所謂「形勢家」的代表，其指揮特點是集中優勢兵力，强攻硬取，速戰速決。騎兵較之戰車具有更大的機動性，因而更適合「形勢家」的戰術運用。所以，項羽在楚漢戰爭中多次使用騎兵打敗敵人。劉邦原來不太重視騎兵，從豐沛起兵直到攻取咸陽，主要用戰車作爲突擊力量。但在與項羽的角逐中，他逐步認識了騎兵的作用，後來也把騎兵作爲自己的主要突擊力量。西元前二〇四年，他在命令韓信、張耳進軍魏國之前，曾問魏軍將帥的名字，第一個問的是主帥，第二個問的就是騎將，步將居於第三位，車將竟未提及（《漢書·高帝紀》）。這表明騎兵的地位已躍居戰車之上。事實上，在以後的戰爭中，騎兵在劉邦的部隊中一直起著主要作用。韓信破趙時，偷襲趙營的先頭部隊，就是二千名騎兵。而在垓下之戰中，把項羽追到絕路的，也是騎將灌嬰指揮的騎兵部隊。

西漢文帝時代，戰車視騎兵已是小巫見大巫了。文帝進行的兩次大的對匈奴的戰爭，一次（前元四年）只用騎兵（《史記·孝文本紀》），一次（前元十四年）雖出動戰車千乘，但動用的騎兵卻多達十萬人（同上），騎兵在兵力構成中的比例大大超過戰國時代。按《六韜》的說法，一乘戰車可當六騎（險隘之地）或十騎（平坦之地），車、騎比例爲一比六或一比十，而上述的比例竟達一比一百，戰車在兵力構成中可謂區區小數。

戰車最終被趕下戰爭舞臺，而騎兵占據了陸軍的統治地位，是在漢武帝時代。武帝發動的八次對匈奴的戰爭，有六次只使用騎兵，有三次使用了騎兵和步兵，使用戰車的只有一次，但並未用於戰鬥。那是元狩四年（西元前一一九年），當時武帝命大將軍衛青和驃騎將軍霍去病，各將騎兵五萬及數十萬步兵和運輸人員北伐匈奴，衛青只用戰車築成防禦寨柵，而縱五千名騎兵出擊（《史記·衛將軍驃騎列傳》）。說明戰車已不再成爲作戰武器。值得注意的是，當時出征的一些將領雖冠以車騎將軍或輕車將軍的頭銜，卻並不統率戰車部隊。如衛青原爲車騎將軍，在元光五年、元朔元年和五年的三次戰爭中，分別將萬騎、三萬騎和三萬騎。太僕公孫賀元光五年被任爲輕車將軍，將萬騎。元朔五年，李蔡就任輕車將軍，統率的也是騎兵。這從另一側面反映了騎兵在兵力構成中已反客爲主了。

騎兵誕生於春秋戰國之交並非偶然，這是社會制度遞嬗的反映，春秋戰國之交正是我國由奴隸社會向封建社會過渡的時代，在這時候出現騎兵有其深刻的經濟根源。

恩格斯說：「騎兵在整個中世紀一直是各國軍隊的主要兵種。」封建社會的軍隊是以騎兵爲標誌的，這是同封建社會分散、個體的自然經濟相聯繫的。我們知道，奴隸社會的生產是以大規模的奴隸的集體勞動爲基礎的，這種生產方式反映在軍事上就出現了大規模的戰車部隊和密集笨重的方陣戰術。封建社會是以個體經濟爲特徵的，生產是分散的、小規模的。這種生產方式就決定了封建社會軍隊的編制和戰術。騎兵由於有更大的機動性，更適合分散、獨立作戰，於是就成爲封建社會的主要兵種。這是我國騎兵產生和發展的根本原因。當然，我們並不排除外國對我國騎兵產生和發展的影響，但那只是外因，如果沒有我國社會內部經濟關係的變化，外因是不會發生作用的。

注釋

①「延陵王」疑有誤。當時趙國君主尚未稱王，其部下無稱王之理。《韓非子》作「延陵生」，近是。

元代的軍隊

／史衛民

元代軍隊根據士兵民族成分的不同，區分爲蒙古軍、探馬赤軍、漢軍和新附軍四類；按照軍隊的作用，則分爲地方鎮戍軍（包括鄉兵）和中央侍衛親軍兩大系統。在這種大的分類之下，有時將同一種身份的人編組在一起，以這一身份的名稱作爲軍隊名稱，就有了禿魯花軍、答剌罕軍、漸丁軍、餘丁軍等名號。「又有以技名者，曰炮軍、弩軍、水手軍」（《元文類・經世大典序錄・軍制》，下文引文未注出處者，皆本於此）。

蒙古軍「皆國人」（即蒙古人），「其法，家有男子，十五以上、七十以下，無衆寡盡料爲軍」，依十進制編組爲十戶、百戶、千戶，「上馬則備戰鬥，下馬則屯聚牧養」。大部分千戶分編在左、右兩翼軍內，由左、右手萬戶統轄。在攻金、滅夏、西征以至於對宋的長期戰爭中，蒙古軍的有生力量消耗巨大。全國統一之後，一部分蒙古軍留下來鎮戍中原，大部分士兵回到草原休養生息，仍然保持著有戰事傳檄集合、平時散歸各部的狀態。在元廷與東北、西北蒙古諸王的鬥爭中，北疆的蒙古軍隊起了相當重要的作用。

蒙古勢力進入中原之後，爲了戰爭的需要，從蒙古各部中「簽發」出一部分軍隊，專門用來打前鋒、攻城池以及戰後留駐占領區域，時人稱這種軍隊爲探馬赤軍。因爲探馬赤軍經常衝鋒陷陣，出生入死，所以又有「重役軍」之號。隨著被征服民族的增多，大量的外族人被吸收到蒙古軍事組織中來，而探馬赤軍的外族成分尤其多，甚至出現了純粹由畏吾兒人組成的探馬赤軍（《道園學古錄·高昌王世勛碑》），所謂「探馬赤則諸部族也」，正道出了這種軍隊組織的特點。金朝滅亡之後，探馬赤軍分駐在益都、濟南、平陽、太原、眞定、大名、東平等地（《元史·闊闊不花傳》）。滅宋之後，以「蒙古軍、探馬赤軍戍中原」，在幾個要害地區建立蒙古軍都元帥府；到至元二十一年（西元一二八四年）六月，改爲蒙古軍都萬戶府（《元史·世祖紀》），設置了山東河北、河南淮北、四川、陝西四個都萬戶府。這種軍事建置，一直延續到了元末。

元代的漢軍來自以下四種渠道：金末漢地的地主武裝，來降的各種金朝軍隊（比較重要的有北京的契丹軍、中都的乣軍和石抹也先等人統率的黑軍），降蒙的宋軍以及自元太宗窩闊臺朝開始的中原簽軍。簽軍是蒙古統治者擴充漢軍的主要手段，到元世祖朝爲止，先後簽發的漢軍至少在三十萬人以上（陳高華《論元代的軍戶》，《元史論叢》第一輯）。由蒙古統治者指派的漢軍萬戶統軍「大者五、六萬，小者不下二、三萬，彪將經卒，莅習兵革，騎射馳突，視蒙古、回鶻（即畏吾兒）尤爲猛鷙」（《郝文忠公集·與宋論本朝兵亂書》），在對金、宋的戰爭中起到了相當重要的作用。至元十三年（西元一二七六年）以後，委派「漢軍戍南土」，在亡宋舊境設置了數十個鎭守萬戶府。原來設在江北的漢軍萬戶府並未撤銷，而是變成了出鎭江南軍隊的大本營。在穩定南方局勢、保證國家統一上，漢軍的作用是不容忽視的。

新附軍由南宋投降元朝的軍隊組成，又稱作新附漢軍或南軍。南宋降軍名號繁雜，像生券軍、熟券軍、手號軍（又作手記軍、手號新軍、涅手軍）、鹽軍、通事軍等名稱都被元朝所採納。時人胡祇遹說元朝得宋降軍「兵卒百萬」（《紫山大全集・效忠堂記》），可能有些誇張，但其數量應該是不小的。元朝統治者對新附軍的安置頗下了一番功夫，先是廣為招集，確立軍籍；然後分編到其他軍隊中去，由蒙古、色目和漢人將領統率，用於對外戰爭，尤其是征日本和爪哇的戰爭。不參戰的新附軍主要從事屯田和工役造作，在當時的邊陲之地，設有多處新附軍的屯田。

高麗軍、女眞軍、寸白軍、畬軍等被元人稱之爲「不出戍他方」的鄉兵。高麗人洪福源在窩闊臺時「盡以所招集北界之衆來歸，處於遼陽、瀋陽之間」（《元史・洪福源傳》），高麗軍指的正是由這些人組成的軍隊。所謂女眞軍，並不是金朝降蒙的正規軍，而是遼東地區女眞遺民組成的軍隊。這兩支軍隊由設在遼陽的總管高麗女眞漢軍萬戶府管理，主要鎭守遼東地區。寸白軍，又稱爨僰軍，由雲南的土著民族白人和爨人組成，主要負責維繫地方上的安寧。畬軍則是至元二十一年平定福建建寧黃華和畬民起義後徵集部分畬民組成的軍隊，其目的也是爲了確保這一地區的穩定。

上述軍隊都是元廷布置在地方上的鎭戍軍隊。爲了更有效地控制剛剛統一起來的蒙古各部和確保大斡耳朵的安全，蒙古大汗在左、右兩翼蒙古軍之外直接控制著一支一萬人的軍隊，作爲自己的護衛軍（怯薛），其成員是從各千戶中徵召來的精銳之士，貴族子弟居多，成爲蒙古軍的「大中軍」（也客豁勒）（見《元朝秘史》二二六節）。忽必烈即位之後，蒙古政權的統治重心由漠北草原移到了中原漢地，原有的護衛組織已難以完全適應新的形勢需要，於是又在中央設置了侍衛親軍組織。中統元年（西元一二六〇年）開始編組的武衛軍是第一個衛軍組織，它的軍隊來源於中原的漢軍，兵員三萬人。至元元年（西元一二六四年）十月，武衛軍改名爲侍衛親軍，分爲左、右兩翼，增加兵員萬餘人；幾年後又改爲左、右、中三衛，除了漢軍以外，大量的新附軍被編進了衛軍。至元十六年（西元一二七九年）以後，在侍衛親軍組織內也開始按照不同的民族成分分類。原有的三衛軍擴充爲前、後、左、右、中五衛，以漢軍爲主體，稱之爲漢人衛軍（包括入衛的新附軍）。此後又陸續增設了武衛（西元一二八九年）、虎賁衛（西元一二九七年）、大同侍衛（西元一三〇八年，後改爲忠翊衛）、鎮守海口衛（西元一三〇九年）等漢人衛軍。同時將「諸國人之勇悍者聚爲親軍宿衛，而以其人名，曰欽察衛（西元一二八六年設，西元一三二一年分爲左、右兩衛）、康里衛（西元一三〇八年設，西元一三一一年罷）、阿速衛（西元一三〇九年設，分爲左、右兩衛）、唐兀衛（西元一二八一年設）、和貴赤衛（西元一二八七年設）、西域衛（西元一二九五年設）、隆鎮衛（西元一三一二年設）、龍翊衛（西元一三二八年設）、斡羅思衛（西元一三三〇年設）。這些以色目人爲主編置起來的衛軍，通稱爲色目軍。一部分蒙古軍也被編入了衛軍，建司左、右翊蒙古侍衛（西元一二八〇年設蒙古侍衛，西元一三〇三年分爲左、右兩翊）和宗仁衛（西元一三二二年設）。上述衛軍均歸樞密院管轄，此外還有直接隸屬於東宮或後宮的左都威衛（始建於西元一二七九年，名東宮侍衛，西元一二九四年改此名，屬於隆福宮）、右都威衛（始建於西元一二八五年，名東宮蒙古侍衛，軍隊來源於鎮守中原的蒙古探馬赤軍，西元一二九四年改此名）和左、右衛率府（西元一三〇九年設衛率府，至西元一三一九年，增爲左、右兩府）、衛侯司（始建於西元一二九四年，以後廢置無常）。到元文宗時，衛軍組織發展到三十一個衛（除了上述的二十七個衛，西元一三二八年還將哈剌魯萬戶府、東路蒙古軍元帥府、東路蒙古軍萬戶府和玘都哥萬戶府編入了衛軍），士兵總人數至少在二十萬人以上。元順帝時又增設了威武阿速衛（西元一三三三年）和宣鎮侍衛（西元一三三七年）等衛軍機構。各衛均設都指揮使司，置都指揮使和副都指揮使統率，有的衛則設有達魯花赤。衛軍和怯薛都是中央宿衛組織，但在職能上稍有不同。怯薛負責皇帝的安全，掌管宮城和大帳的防衛，一般不外出作戰；衛軍則負責整個京城的安全和「腹里」的鎮戍，同時又是蒙古皇帝直接掌握的常備精銳部隊，隨時可以派出去鎮壓地方的起義和抵禦外來的侵擾。衛軍的分布大致上是漢人衛軍和蒙古衛軍在大都以南，色目衛軍在大都之北。

元代軍隊也有兵種的區別，大體是蒙古軍、探馬赤軍以騎兵爲主，漢軍和新附軍以步卒爲主；善射者（蒙語稱作合必赤）聚在一起，號爲弩軍（蒙語叫合必赤軍）。製造火器的工匠組成的軍隊，稱爲炮軍和炮手軍；把漢軍和新附軍中擅長水戰的軍將編組在一起，就形成了水手軍或水軍。爲了更有效地使用炮軍和水軍，元代特地設置了炮水手元帥府、水軍元帥府、水軍萬戶府等專門機構。

最早出現的同種身份人軍隊是禿魯花軍。禿魯花原意爲「散班」或「宿衛」，成吉思汗建國時徵收各部貴族子弟入充護衛散班，是怯薛的一種。這樣做除了宿衛的意義之外，還掌握了一批人質。以後人們就把入充散班看成爲「入質」，禿魯花則轉義爲質子。蒙古統治者對被征服民族也要求納質子，將這些質子編組成軍隊，就形成了質子軍，蒙古名稱即爲禿魯花軍。成吉思汗時已有了此種軍隊（見《元史·拜延傳》）。除了大汗身邊有一部分質子軍外，在重要的蒙古將領手中也有一些質子軍。忽必烈即位之後，將散處各地的質子軍收攏到了一起，又於中統四年（西元一二六三年）二月對萬戶、千戶各官子弟入充禿魯花事宜作了具體規定（《元史·兵志一·兵制》）。蒙古政權在中原的統治穩固以後，尤其是從中央到地方的監察機構確立之後，依靠質子來進行控制的辦法逐漸過時，質子軍失去了存在的意義，漸漸地銷聲匿跡了。

漸丁軍即童子兵，蒙語爲怯困都軍。長期而激烈的戰爭使蒙古軍隊大量減損，所以「孩幼稍長，又籍之，曰漸丁軍」。在成吉思汗時代已有此軍存在，入元之後更是每每在戰事吃緊時即簽發漸丁軍出征。到至元十九年十月規定，「簽發漸丁軍士，遵舊制，家止一丁者不作數，凡丁二至五丁、六丁之家，止存一人，餘皆從軍」（《元史·兵志一·軍制》）。漸丁軍經常遠征，在雲南、緬甸等地都留下了他們的足跡。

餘丁軍存在的時間很短。「士卒之家，爲富商大賈，則又取一人，曰餘丁軍」。至元八年始置，到十五年九月，即因商戶「往往人死產乏，不能充二軍」而罷除了此軍（《元史·世祖紀》七及上引《兵志》）。

上述各軍都是元代的正式軍隊，此外還有一種「應募而集」，「不給糧餉，不入帳籍，俾爲游兵，助聲勢，擄掠以爲利」的軍隊，蒙古人稱之爲答剌罕軍，漢人稱爲乾討虜軍，實際上是一種「無籍軍」。這種軍隊最早見於至元九年（西元一二七二年），到元末還可以看到它的踪跡，其成員多「無賴僥倖之徒」（《牧庵集·博羅歡神道碑》），有戰事時臨時招集，隨軍打捕擄掠，事定後則遣歸原籍。因爲這些人已經擄掠成性，隨處爲害，所以元廷三令五申，加以約束，陸續將此等人編入了正式軍隊。當然，舊的歸編以後，又有新的出來，照樣擾亂地方，這始終是一個令人頭痛的問題。

元代軍隊的總數，在文獻資料中沒有留下明確的記載，這和蒙古人「以兵籍繫軍機重務，漢人不閱其數，雖樞密近臣職專軍旅者，惟長官一二人知之」這一制度有關，「故有國百年，而內外兵數之多寡，人莫有知之者」（《元史·兵志一·序》），這裏只好付諸闕如了。

元代的驛站（站赤）

／陳高華

元代的「站」，有時也寫作「蘸」，都是蒙古語 jam 的音譯，其義相當於古代漢語中的「驛」。一般認爲，蒙古語 jam 來源自突厥語 yam，因爲這兩種語言中的 j 和 y 有對應關係。而突厥語 yam 則可能是漢語「驛」的音譯。元代文獻中常常出現的「驛站」，是用兩種不同語言的同一意義的詞匯組合成的一個新詞。後來，「站」日益流行，而「驛」這個詞則逐漸消失不用了。「站」這個詞的出現和廣泛應用，從一個側面反映出我國古代各民族之間的密切關係。

「站赤」意爲站務管理者。「赤」是蒙古語詞尾 -ci、-cin 的音譯。在某一名詞後面加 -ci、-cin，即指從事該項工作的人。但是，元代習慣上常常用「站赤」來泛指站的管理制度。例如，在元代官修政書《經世大典》中就專列有「站赤」一門，詳細記載了站制的建立過程，並指出「站赤者，國朝驛傳之名也。」根據《經世大典》有關部分編寫的《元史·兵志》，也專門列有「站赤」一門。

我國歷史上很早就出現了驛傳。元代的驛站，比起前代來，規模更大，組織也更嚴密，在當時政治生活中有著重要的作用。

一

《元史·兵志》中說，設置站赤，「蓋以通達邊情，布宣號令」。對於一個幅員遼闊的中央集權封建國家來說，這是鞏固統治的一個重要環節。

元代驛站的設置，始於成吉思汗時代（西元一二〇六～一二二七年）。成吉思汗在統一蒙古各部之後，便揮兵南攻金、夏，西征中亞，奪取了廣大地區。在大規模軍事活動過程中，成吉思汗注意保存金朝原有的驛傳，並建立起通往中亞的驛站。西元一二一九年，成吉思汗派遣劉仲祿到山東去邀請長春眞人丘處機，當地曾「給以驛騎」。丘處機在前往中亞途中，也曾經使用過驛騎。在他回到燕京（今北京）以後，成吉思汗慰問他的詔書中說：「沿路好底鋪馬得騎來麼？」所謂「鋪馬」，就是驛站中輪換的馬（見《長春眞人西遊記》）。西元一二二一年，南宋派往北方的使臣也說蒙古大汗派遣到各地的宣差，「凡見馬則換易，並一行人衆，悉可換馬，謂之乘鋪馬，亦古乘傳之意」（《蒙韃備錄》）。到了窩闊臺汗（西元一二二九～一二四一年）統治時期，擴大了驛站的規模，基本上建立起貫通當時整個大蒙古國疆域的驛站系統，初步制定了有關站赤的管理制度。其中最重要的一項，是在登記戶籍的基礎之上，大批簽發百姓充當站戶，承當站役。窩闊臺汗曾把建立站赤作爲自己的四大功績之一，這反映了他對站赤的重視。

西元一二六〇年，忽必烈登上大汗的寶座。忽必烈對站赤也十分重視，在他統治下，完成了以大都（今北京）爲中心的四通八達的驛站系統，管理制度也趨於完善。後來的元朝諸帝雖然在具體問題上作過某些變動，但基本格局直至元亡並無大的變化。

根據元代中期（西元一三三一年）的統計，全國設立的各種類型驛站共有一千五百餘處，以大都爲核心，通過驛站，把全國聯結起來。從大都往東到通州，往西北到昌平，往西南到良鄉，有三條驛站大道。從通州、昌平、良鄉再分若干站道，東北直抵黑龍江江口之奴兒幹，北方可通葉尼塞河上游的吉利吉思部落，西北達今新疆境內，西南通往今雲南和西藏地區。範圍之廣，是中國歷史上從未有過的。各站的站戶數多少不等，多者二、三千，少者數十或一、二百。估計總數應不少於二、三十萬戶，甚至可能更多。

交通有水道、陸道之分，驛站也有陸站、水站之別。陸站又稱旱站，交通工具主要是馬，其次有牛、車、轎等，故又有馬站、牛站、車站、轎站之別。也有少數步站，置搬運夫，運送貨物。水站的交通工具是船。東北黑龍江下游地區的驛站以狗拉小車行於冰上，運載使者，故稱爲狗站。

元朝政府中設置了管理驛站的專門機構，叫做通政院（一度撤銷，由兵部管理站赤，但不久即恢復）。地方上則由各路長官提調，不另設專門機構。各站設有站官驛令、提領。站戶按十進制編制，十戶爲一甲，有牌頭，十甲設一百戶。有些重要的驛站設有脫脫禾孫，即檢查官，專門檢查過往人員、物品是否違反制度。

建立站赤是爲「朝廷軍情急速公事」的傳遞提供方便，因此限制很嚴，只有持圓牌和鋪馬聖旨的才許「乘驛」。圓牌專爲遞送軍情急事之用。一般使臣則給以標明乘馬數目的聖旨，即鋪馬聖旨。持有圓牌和鋪馬聖旨的使臣還要有差札（即有關部門開具的文書），上面寫明差遣事由、正使和隨從人數、起馬數等。每到一站，站官檢查圓牌、鋪馬聖旨和差札，按規定提供交通工具和飲食。持圓牌者在乘驛方面享有優先的權利。使臣必須按指定的站道行走，不能任意改變路線。公事一完，就要將所領的圓牌、聖旨、差札交回有關部門。

驛站爲來往使臣提供的飲食稱爲「首思」，這是蒙古語 sigüsün 的音譯，原意爲湯汁。「首思」有不同的標準，故又稱爲飲食分例。

二

承當站役的站戶，是從民間簽發來的。江淮以北，一般從中戶簽發（元代按各戶財產丁力狀況，分爲上、中、下三等）；南方按地畝數或稅糧數簽發，各地標準不一，一般都從比較富裕的戶中間簽發。這是因爲，站戶負擔的站役很沉重，由有一定資產的中戶承擔，可以保證驛站的正常工作。

站戶被簽之後，歸指定的驛站管理，在戶籍上自成一類，世代相承，不得改易。站戶承當的站役主要包括幾個方面：

(1)管理交通工具。這些交通工具有的地方由政府購置，分撥站戶管理，如若死亡、損壞，則由站戶賠補；有的地方則由站戶或全體人戶共同出錢購置。餵養馬、牛和保養車、船的費用全由站戶負擔。

(2)輪流充當馭手或水手。

(3)供應首思。在一部分地區，來往使臣的分例飲食，都要由站戶出錢供應。有些地區雖由政府承擔，但有限額，一旦支出超額時，仍須由站戶分攤。

元朝政府對於一般的民戶規定了繁重的封建義務，主要有稅糧、科差、雜泛差役以及和雇和買等四項。站戶已經承當站役，所以在這些方面得到一些照顧。

(1)稅糧。北方的站戶可免稅四頃，南方站戶每養馬一匹可免稅糧七十石。其他稅糧仍須交納。

(2)科差。包括包銀、絲料、俸鈔三項，站戶可以免納。

(3)雜泛差役。站戶一般都要與其他人戶同樣承擔，只有供應首思的站戶可以免除。

(4)和雇和買。「和」本是公平合理、兩相情願之意。和雇和買就是在自願前提下，政府出錢雇用勞動力和買東西。但實際上正好相反，和雇與和買都是強加於百姓的，而且是無限制的沉重負擔。元朝政府原來規定全部站戶都要和其他人戶同樣承擔和雇和買，後來改爲自備首思的站戶可以免去，其餘站戶仍須承擔。

站戶中有的在本地驛站當役，也有不少要到別的地方去承當站役，有的遠隔數百里甚至上千里，例如：山東有的站戶被派到大都以北的驛站去服役，凡是被指派到其他地方驛站當役的站戶，通常只有成年勞動力前往，家屬仍留在本鄉。有的地方站戶還分爲正戶和貼戶，幾家合出一丁前往外地應役，出丁之家爲正戶，其餘幾家共同出錢資助，稱爲貼戶。

三

元朝政府建立驛站，是爲了鞏固封建統治的需要。爲此制定了嚴密的制度。但是，由於封建官僚體制的不可克服的內在矛盾，驛站制度很快便出現了種種問題，運轉不靈，日趨廢弛。

元朝政府曾多次發布命令，對「給驛」的範圍嚴加控制。但是，驛站是當時最完善最便利的交通體系，凡經政府「給驛」者，便可以免費使用站馬和其他交通工具，並享受首思。因此，無論王公貴族、官僚、上層僧侶等都千方百計覓取這種特權，歷代皇帝也常常把「給驛」作爲一種「恩典」。到了後來，以各種名目「起乘鋪馬」的愈來愈多，甚至「搬取家屬」，「遷葬娶妻，送靈嫁女」都利用站馬。當時把這種現象叫做「給驛泛濫」，它帶來了嚴重的後果。首先，「給驛」數多，意味著動用交通工具次數增多，站馬（牛、狗等）疲於供役，往往倒斃，車、船也易損壞。這樣，既影響了驛站的正常運轉，又增加了站戶的賠補負擔。其次，過往的人增多，首思支出也必然增加，自備首思的站戶支出加大自不待言，就是由政府定額支付首思的驛站，每年也因超額而使站戶增加負擔。

站戶在簽發時大都有一定產業，但時間一久，必然產生貧富分化。而且由「給驛泛濫」帶來的沉重站役，促使富有的站戶往往用投靠蒙古貴族和寺院、賄賂站官等辦法加以逃避，把負擔都轉加到貧困的站戶身上。許多貧困的站戶只好典賣田產來應付，有的甚至賣妻鬻子，最後被迫流亡。

交通工具的損壞和站戶的破產流亡，造成驛站的廢弛，對封建統治是很不利的。元朝政府針對這些現象採取過種種措施，其中主要有：

(1)改變「給驛」的辦法，將批准權集中於通政院，以此來減少「給驛」的數量。

(2)對貧困的站戶加以救濟。

(3)核實清查原有的站戶，凡富戶逃役者勒令應役，同時又從民戶中再簽發新站戶來補充。

(4)頒布命令，禁止來往使臣等任意拷打站戶。

但是，這些措施並沒有多少效果。各級官吏在執行時，不是草草了事，就是乘機營利舞弊。到了十四世紀中葉，依然是「給驛泛濫，以致站戶屢簽屢亡」（《憲臺通紀續集》）。驛站制度的廢弛，實際上正是元朝整個封建國家機器腐朽的表現。這是必然的趨勢，不是任何措施改變得了的。

四

驛站的站役雖然是當時各族人民的沉重負擔；但是，也應看到，元代驛站在客觀上起著重要的作用。首先，它加强了全國各地區和各民族之間的政治聯繫。在元朝以前，我國處於宋、金、夏、大理等政權並峙的局面。元朝的統一，結束了這種分裂局面。驛站在全國各地普遍建立，使得中央的政令能夠迅速傳達到各地，直到遙遠的少數民族居住的邊疆地區，而這些地區的情況也得以很快傳遞到中央來。驛站也爲各族上層人物前來首都提供了便利，增加了他們對中央政權的向心力。例如，元朝政府在藏族聚居區設立驛站二十八處，以與宣政院轄地相鄰的陝西行省的臨洮爲樞紐，和內地的驛站相連接，直通大都。在這條長達數千里的站道上，使臣、僧侶、官吏等終年來往不絕。正是從元代起，中央政府實現了對西藏的直接管理，這種管理得以有效地進行，是和驛站的重大作用分不開的。其次，它加强了全國各地區和各民族之間的經濟聯繫。驛站雖是爲軍國大事設置的，但是四通八達的站道的開闢，實際上爲商業活動提供了方便。這些站道得到比較精心的管理和經常的修葺，同時在安全方面也較有保證。這和元朝以前由於各個政權對峙而造成的道路阻絕，商人活動的安全經常受到威脅的情況，形成鮮明的對比。元代出現的商品經濟空前繁榮的局面，和驛站的普遍設置是有密切關係的。因此，我們既要注意驛站制度的本質，同時也必須充分估計它在歷史上所起的重要作用。

漫話「十八般兵器」

／成　東

「十八般兵器」是一個衆人熟知的名稱。許多歷史小說在描寫那些古代著名將領時，都喜歡用「十八般兵器樣樣精通」來形容他們高深的武藝；在中國軍事博物館中一直陳列著一套清代的「十八般兵器」；近時有些地方還把「十八般兵器」作成精美的旅遊紀念品；這些都引起了不少人尤其是青少年的濃厚興趣。在許多人的心目中，「十八般兵器」已成爲中國古代兵器的象徵。那麼「十八般兵器」之稱源於何時呢？它又包括了那些兵器呢？這裏作一點小小的考證。

說起「十八般兵器」來可謂源遠流長，它是從「十八般武藝」一詞演化來的。「十八般武藝」始見於南宋華岳編的一部兵書《翠微北征錄》，其卷七記：「臣聞軍器三十有六，而弓爲稱首；武藝一十有八，而弓爲第一。」華岳曾中過武狀元，一生博覽了不少兵書。此書編成於南宋嘉定元年（西元一二〇八年），他在書中自稱「臣聞」，可見「十八般武藝」的說法實際上還要早。可惜宋代的兵書多毀於兵燹，今傳者寥寥無幾，「十八般武藝」的原始出處和內涵今天已經無從查考了。有的書認爲「十八般武藝」源於元代民間藝人的口頭創作，這是不準確的。「十八

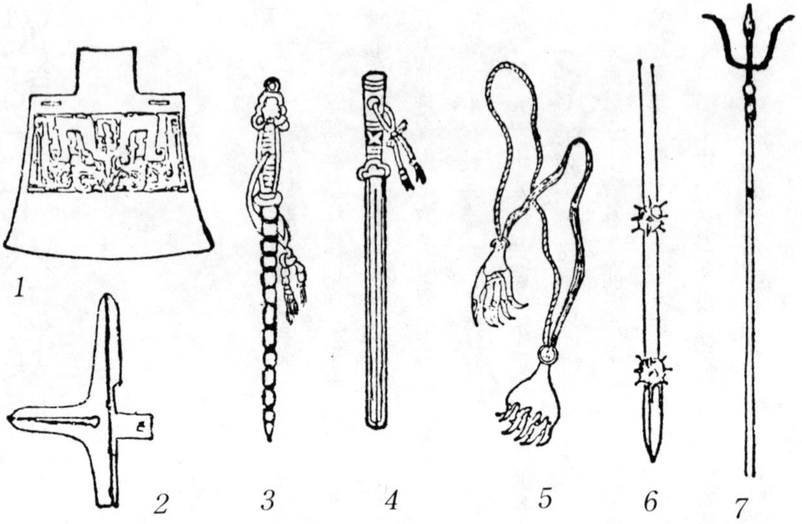

般武藝」最初是作爲軍事術語，出現在兵書上的，只是到了元代，它已流行民間，所以屢屢出現在民間藝人的戲本上，如《敬德不服老》中就有：「想著俺初降唐時分，侍君竭力正其身，憑一十八般武藝，定六十四處征塵」，「他十八般武藝都學就，六韜書看的來滑熟」。元代張國賓《薛仁貴》中也有類似的唱詞。

明代的一些史料進一步告訴我們，當時的武舉是把「十八般武藝」作爲考試科目的。謝肇淛《五雜俎》中記述明英宗正統十四年（西元一四四九年）「土木之變」，明軍大敗，京城告急，遂開武科召募天下勇士，「山西李通者行教京師，試其技藝，十八般皆能，無人可與爲敵，遂應首選」。由此推想，在宋代時「十八般武藝」的出現很可能也是與武學有關。

《五雜俎》中還記述了「十八般武藝」的具體內容：「何也十八般？一弓、二弩、三槍、四

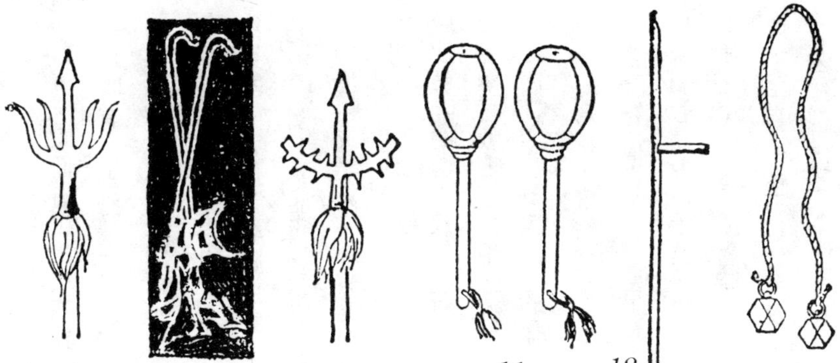

8　9　10　11　12　13

刀、五劍、六矛、七盾、八斧、九鉞、十戟、十一鞭、十二簡、十三撾、十四殳、十五叉、十六杷、十七綿繩套索、十八白打。」「十八般武藝」講的是演練兵器的技藝，所以它的前十七種都是兵器的名稱。這些兵器中，弓、弩、槍、刀、劍、矛、盾、斧等人們都很熟悉了。「鉞」也是一種斧類兵器，比斧刃闊而彎曲，商及西周時曾用於戰場，後來多作爲一種儀仗使用。（圖一）是商晚期的青銅鉞，有精美的紋飾。「戟」是一種戈矛合一的兵器（圖二），可以直刺和橫擊，盛行於東周到漢，隋唐以後，戟就從實戰兵器退爲表示等級身份的禮兵——「棨戟」了。

「鞭」並不是今日的皮鞭，而是一種鋼鞭，分軟鞭和硬鞭兩種。軟鞭由若干節鐵相連而成，前有鏢頭，後有握把，可擊、可笞、可勾、可縛，是一種很凶猛的暗器。圖三是一種硬鞭，形如竹根，叫「竹節鋼鞭」。「簡」今寫作「鐧」，也

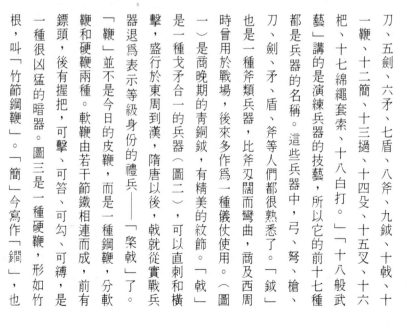

是一種鞭類兵器，無刃而有三楞或四楞（圖四），《西遊記》第九十回描寫孫悟空衆師徒在九曲盤桓洞大戰衆獅精時有「雪獅精使一條三楞簡，徑來奔打」。「撾」即「抓」，是一種繫擊兵器（圖五），頭形似爪，縛以長繩或木柄，也叫「飛抓」。「殳」是先秦時流行的棍棒類兵器，以竹木爲之，用以敲擊。有的殳在前端裝上帶刃銅頭（圖六），成爲刺擊兵器。「叉」多爲漁獵工具，也可用爲兵器。元代著名戲曲家關漢卿的《關大王獨赴單刀會》中就寫有：「三股叉，四楞鐗，耀日爭光。」圖七是明代兵書《武備志》（成書於西元一六二一年）中記載的一種馬叉。「杷」今寫作「耙」或「鈀」，本是農具，軍中偶有裝備，如清軍就裝備過一種「通天鈀」（圖八），可攻可守。

「十八般武藝」的第十八般名曰「白打」，這不是兵器名稱。明人朱國楨《湧幢小品》中解釋爲：「白打即手搏之戲……俗謂之打拳。」用今日的話說，就是「徒手拳術」。

成書於元末的《水滸傳》第二回在描寫九紋龍史進從王進習武時，也列舉了「十八般武藝」的名稱，爲「矛錘弓弩銃，鞭鐗劍鏈撾，斧鉞並戈戟，牌棒與槍杈」。名稱與前不盡相同。《中國大百科全書．體育卷》把它作爲最早實記「十八般武藝」的文獻，似不太確切，因爲其中提到的「銃」是一種金屬管狀射擊火器，大約出現在元代，而《水滸傳》講的是北宋時的故事，那時還沒有「銃」，即使在《水滸傳》成書時的元末，「銃」字的使用也是不多見的。《水滸傳》成書後，在民間廣泛流傳，全書迭經增益，所以這段記載很可能是後人添加進去的。清代褚人獲所著《堅瓠集》中記有「十八般武藝」，恰與《水滸傳》中的相同，也可作爲旁證。值得注意的是，到此時，

「十八般武藝」已全部變成兵器的名稱。那麼「十八般兵器」的說法初見於何時呢?可惜現在還沒有從古代文獻中查到確證。據分析，很可能是「十八般武藝」在流傳過程中，有人因見其中兵器名目繁多，遂混淆不清，相提並論，派生出「十八般兵器」，以致流傳至今。今天，這個名詞多爲武術界所用，說法很多，較爲常見的是「刀槍劍戟，斧鉞鈎叉，鎲棍槊棒，鞭鐧錘抓，拐子流星」。其中的「鈎」似劍而曲，可以鈎殺人。圖九是現在武術演練中使用的「雙鈎」。「鎲」形似馬叉，可以刺擊，也可以防禦。《大清會典》刊有一種清軍綠營使用的「五齒鎲」（圖十）。槊是一種長矛，又名「矟」，漢代劉熙《釋名》中解釋說：「矛長丈八尺曰矟，馬上所持。」「錘」通「鎚」，唐代詩人駱賓王在《詠懷詩》中曾有「寶劍思存楚，金鎚許報韓」的詩句。清代還使用一種「雙錘」（圖十一）。「拐子」是一種武術器械，未見軍中使用。木質，細長，因有一橫柄與直柄相交，故名「拐子」，有單拐、雙拐之分。圖十二是一種「丁字拐」。「流星」全名「流星錘」，又名「飛錘」，在繩的一端繫鐵錘者曰「單流星」，在兩端各繫鐵錘者曰「雙流星」，用以飛擊敵人。因用身體關節部位抖錘竄出，迅如流星而得名。《武備志》記載了明軍使用的一種「飛錘」（圖十三）。

應該說明的是，中國古代兵器種類遠遠不止「十八般」。通常所講的「十八般」是指可以手執演練的兵器，而古代兵器的實際範圍要廣得多，它還包括甲、冑、盾、牌等防護兵器，拋石機、雲梯、轒轀車、呂公車等攻守兵器，戰車、戰船等運載兵器，巢車、望樓、地聽等偵察器材，金鼓、號角、旗幟等指揮通訊器材等等。尤其是唐朝末年火藥用於軍事後，出現了火箭、火球、地雷、水雷、槍、炮等許多火器，使兵器的面貌大爲改觀，若以爲中國古代兵器只十八般而已，就大謬特謬了。

「十八般兵器」並不是一個準確的、科學的軍事術語，它所囊括的兵器，有些並不用於實戰，有些雖曾裝備過軍隊，但早已被戰爭所淘汰，像殳、戈等，漢朝以後的軍隊就不再使用了。尤其是火器登上戰爭舞臺後，許多冷兵器的戰術地位急劇下降，逐漸失去了兵器的意義而演變爲單純的武術器械，只用作演練、防護或健身了。但也正由於它們成爲武術器械後，才在廣大羣衆中得以代代相傳。今天，「十八般兵器」的演練被正式列爲國家武術比賽的項目，它在雜技、戲劇等藝術部門也煥發著光彩，它以新的活力繼續贏得了廣大人民的喜愛。

詩歌、神話傳說和天文學

／杜升雲

天文學萌芽於原始社會時期。狩獵和農業的發展，使人們把季節的變遷，農事活動，逐漸同星空的變化，月亮的盈缺等天文現象聯繫起來。早期天文學的內容，就是觀天象以定季節，簡稱觀象授時。當時人類征服自然的力量還很薄弱，人們把許多自然現象和自然災害歸之於神的作爲，對之頂禮膜拜，宗教和最初的文學創作——神話也就產生了。可以說天文學是伴隨著神話誕生於世的，列寧說它是「科學思維的萌芽同宗教、神話之類的幻想的一種聯繫」。

我國是世界上天文學發展最早的國家之一，不但有很早的天文資料，而且有極豐富的神話傳說。早期神話著錄較多的著作，如《山海經》、《淮南子》等，雖然成書於戰國以後，但神話是世代相傳的口頭文學，其中不少創作於有史記載以前。通過一些神話和傳說，可以從一個側面，看到我國史前天文學的面貌。

《詩經》是我國最早的一部詩歌總集，它匯集了上起西周初年（西元前一一〇〇年），下至春秋前期（西元前六〇〇年）的三百零五篇詩歌。其中一些詩篇，在描述人們的活動和思想感情時，巧妙地借助於天象，不僅使作品含蓄深沉，加强了詩歌的形象性，而且是我們了解當時天文學水平的重要史料。

一、關於「大火」的傳說和詩歌

大火今稱天蠍星座阿爾法星，出現於七、八月份，它是南方星空中一顆顯眼的亮星。在我國二十八宿體系中，它是心宿第二星，故也稱心宿二。

大約距今四九〇〇年前的秋分時節，大火與太陽同升同落。西元前二四〇〇年左右，它在春天傍黑出現於東方地平線上。其光熒熒，好似東方遠處的一團火焰。它之所以引起人們的注意，不單是因爲它亮，也不光因爲它酷似原始社會中極爲重要的火種，主要的原因，就是每當它於黃昏後出現於東方時，它就像是特意來點燃人們盼望播種的希望之火。可以說，在我國傳說的時代，它是天空中一朵紅色的報春花。

關於這一時期的天文學，《史記．天官書》說：「昔之傳天數者，高辛以前重黎，於唐虞羲和。」《左傳》也說：「重黎之後，羲氏和氏，世掌天地四時之官。」都認爲重黎主管著當時的天文。他是怎樣掌管四時的呢？

據《國語．楚語》，顓頊「命南正重司天以屬神，命火正黎司地以屬民」。原來顓頊讓重坐南觀北，以拱極天象來決定祭祀，名南正；命黎坐北望南，以大火的位置來預報農事，名火正。

《史記》也記爲：「昔在顓頊，命南正重以司天，北正黎以司地。」做火正或北正的黎，肯定會以大火黃昏初見來報春的。那麼南正重怎樣決定季節呢？

拱極即靠近北天極的天區，後世叫紫微垣，星占家們從這裏看帝王之「氣」。重所看到的北天極，離今天天龍星座阿爾法星不遠，可見當時北斗七星離天極很近，終夜不落。北斗七星的斗柄連線，大約指向大火，故大火黃昏初見之際，斗柄就指向東方。所以《鶡冠子・環流》說：「斗柄東指，天下皆春；斗柄南指，天下皆夏；斗柄西指，天下皆秋；斗柄北指，天下皆冬。」看來這也是傳說時代流傳下來的民諺。南正重是不是以黃昏後斗柄的指向來報季節呢？

對大火和北斗的觀測延續了很長的歷史時期，重黎之後的羲和繼承了這一傳統。《尚書・堯典》說：「申命羲叔，宅南郊，平秩南訛，敬致日永星火，以正仲夏。」這是說羲叔必須準確定出正南正北的子午方向，當大火在黃昏後出現在子午圈上時，白晝最長的夏至日就來到了。由於測量了子午線，並觀測星是否到了子午圈，預報季節的準確度得到了提高，天文學取得了長足的進步。如果在火正黎時代，看到大火黃昏過子午圈，應是芒種前後；由此可知，羲叔是西元前二十世紀以後夏代掌管天文的官吏。直到西元前十一世紀，大火仍然是人們報時的一個依據，但內容又改變了。《詩經・豳風・七月》中有「七月流火，九月授衣」。七月黃昏，大火越過子午線流向西天下沉的時候，婦女們就該趕製棉衣，爲親人們準備冬裝了。從西元前二四〇〇年到西元前一一〇〇年期間的一千多年裏，大火一直是我國古代人民觀象授時的重要對象。

星象構成了書寫在天上的曆法，三代之上，我國人民普遍能讀這本「天書」，創造了獨具一格的授時方法，表現了高度的聰明智慧。

二、參與商

在古代的傳說中，閼伯和實沈的故事也是具有天文背景的一個。高辛氏是傳說時代的古帝王，叫帝嚳，據《左傳·昭公元年》，帝嚳有兩個兒子閼伯與實沈，兄弟倆互不相容而不斷尋釁廝殺。於是帝嚳派閼伯往商丘去主管大火，因此大火也叫做商星；派實沈去大夏主管參星，他倆從此再也不能見面了。他們死後，成爲參商二神，還是永遠不能相見。從商族祭祀火，夏族祭祀參的習俗看，這一傳說有一定的依據。

參和商在天空中恰好遙遙相對，一個升起，另一個就會落到地平以下。「人生不相見，動如參與商；今夕復何夕，共此燈燭光！……」（《贈衛八處士》）杜甫在他的詩篇裏就引用了這個典故。爲什麼這兩個氏族的領袖會成爲神？看來給人民帶來深重災難的商夏氏族戰爭，是人民所深惡痛絕的。他們寄希望於神，把兄弟倆放逐到天上永遠不能見面的地方。尊其爲神以避免戰爭。這一傳說說明西元前二十世紀時人們已具備了豐富的天文知識，他們深知這兩顆星不會同時出現在天穹之上，反映了人民的才智。

實際上夏族對參的認識有更深刻的原因，每當參於黃昏後落向地平快看不見的時候，恰是大地回春之際。參去寒冬盡，農家備耕忙。它成爲夏族觀象授時的重要依據。

參與大火都是古代婦孺皆知的星象，和「七月流火」類似，《詩經》中用參入詩也有佳作，《唐風・綢繆》就是一首。「綢繆束薪，三星在天……綢繆束芻，三星在隅……綢繆束楚，三星在戶……。」三星即參，「在天」、「在隅」、「在戶」是在屋子裏透過窗戶看到參由東而南到西的景象，這個輾轉床頭思念親人的婦女，隨著星移而思緒萬千，用三星位置變化，說明她徹夜不眠。這便細膩地刻畫了這位婦女的心理。

三、定與畢

西周時期，人們關於天象的知識就更多了，除了大火、參和北斗外，還有許多星象已爲人們所熟知。例如定星和畢宿就是這樣。

《詩經・鄘風・定之方中》說：「定之方中，作於楚宮……揆之以日，作於楚室。」「定」是古代的一種鋤頭，在詩中「定」指像鋤頭的四顆星，它們是室宿二星和壁宿二星，四星組成一個長方形。現在十一月份晚上八九點鐘，星空中出現的那個十分顯眼的飛馬星座四邊形就是定星。

西元前十一世紀，每當農事基本結束的時候，黃昏後在子午圈附近就能看到定星。定星中天，正是營造房屋的大好時光。人們不僅觀星以掌握時機，還要用日影來決定子午線，以便把房屋修建成坐北朝南的形式。建築工匠觀測太陽以定向，說明他們已掌握了天文測定子午線的方法。

《詩經》中另一首詩《小雅・漸漸之石》則說的是月亮與畢宿，詩云：「月離於畢，俾滂沱矣。」即月亮在畢宿消逝後，那討厭的連陰雨季又來到了。下弦以後，彎曲的月牙愈來愈窄，直到窄窄的月牙在畢宿也看不到了，這時天也快亮了。實際上這就是新月出現的畢宿的時候。對於後半夜的天象如此熟悉，還能把它和壞天氣聯繫起來，看來這首詩可能出自守衛在外的軍士之口。這個例子說明西周時期，不同行業的人各自獲得了有關的天象知識。

四、后羿射日

許多人都知道后羿射日的故事。據《淮南子・本經訓》：「堯之時，十日並出，焦禾稼，殺草木，而民無所食。」後來后羿射落九日，成爲救民於水火的英雄。我們來追尋這則神話的天文根據。

在衆多的星宿中，只有極其明亮的超新星，能在白天與太陽爭輝。例如《宋會要》關於西元一○五四年出現超新星的記載說：「初，至和元年五月，晨出東方，守天關，晝見如太白，芒角四出，色赤白，凡見二十三日。」可見在白天，它看上去還像金星那麼光輝奪目。超新星能在極短的時間內，光度增加幾千萬甚至幾億倍，不過爲時不長，不久就會漸漸變暗，好似在天空「消失」一般。我國記載最早的一次新星，在西元前十四世紀殷商時期，出土的甲骨文中有「七日己巳夕𡧊㞢新大星並火」，說明這顆新星在大火附近。后羿射日，很可能是從西元前二十四世紀左右出現過一顆極其明亮的超新星而萌發出來的神話。那時，一顆白晝可見的超新星出現於一個大旱之年，莊稼顆粒無收，草都乾枯在地上，人們以樹皮爲食，致使樹木也枯死了。深重的災難，使人們痛恨這顆白晝可見的亮星。災年過後，超新星「消失」，人們不得其解，於是產生了后羿射日的神話。

五、夸父追日

巨人夸父與太陽競走，在太陽將要落到禺谷的半天內，他跑到了看不見太陽影子的地方，不幸自己也因乾渴而死。《山海經．大荒北經》說：「夸父不量力，欲追日影，逮之於禺谷。」這則神話反映了史前人們對日影的了解，說明測量日影在我國源遠流長。

我國古代將垂直於地面的立竿叫「表」，量日影長的尺子叫「圭」。圭表誕生的年代已不可考，但是周代肯定已有了使用圭表的規範。《周禮》說：「日至之景，尺有五寸。」說明八尺表已用於陽城觀測，夏至正午的影長爲一尺五寸。

陽城即今河南登封，相傳是周代天文臺所在地。夸父追日影，說明遠在傳說的時期，我國人民已經認識到日影長是隨地理緯度而變化的。以夏至那天爲例，正午時越往南走日影愈短，到了北回歸線，太陽位於頭頂，好像就沒有影子了。可以想像，夸父半天之內要從黃河流域走到北回歸線，他每小時就要趕一百五十多公里路，給他一個乾渴而死的結局並不爲過。

六、牛郎織女

我國流傳最久，流傳極廣的一則神話，是牛郎織女的故事，它最早出現於《詩經》之中。《詩經．小雅．大東》說：「跂彼織女，終日七襄。雖則七襄，不成報章。睆彼牽牛，不以服箱。」為了探討它的天文內容，我先把這幾句翻譯如下：

終夜奔波的織女，
你總是從東北地平上升起。
直到隱身在西北山底，
七個時辰裏你都在天際。
七個時辰裏你擺弄著織機。
為什麼帶著花紋圖案的絲絹
　你沒有織成一匹？
隔河相對的牛郎啊！
你為什麼生氣？
噢，因為那存放衣物的箱子

空空如也。

你可知道她手中沒有一絲半縷？

你可知道她正在對岸哭泣？

《小雅・大東》是一首譏諷譚國賦斂太重的詩，老百姓已經一無所有，就連天上的織女，也空有織機而無能爲力了。詩歌哀怨辛辣，揭露了奴隸主們的酷征暴歛。

值得注意的是這首詩反映了西周時代的計時制度。當時織女星接近恒顯圈，夏季幾乎終夜可見，從東北上升到西北下落，在天穹上劃出了大半個圓圈。轉一整周需要二十四個小時，轉這大半周就要十四五個小時，而詩中說用了七個時辰，可見當時將一日分爲十二個時辰，每個時辰相當於現今兩個小時。

採用十二辰，意味著西周時期已用漏壺計時。據《周禮・夏官・司馬》說挈壺氏：「掌挈壺以令軍井」，表明在軍隊中使用漏壺計時。「大東」則反映了一般平民，也已用滴漏來分割一天的時辰了。漏壺的使用有著重要意義，它使觀象授時的精確度進一步得到提高，說明當時的天文學，又得到了很大的發展。

淺談陰陽五行

／熊鐵基

陰陽五行對於現代的青年是比較陌生的，但在讀我國古代的文史書籍時又常常會涉及到它，它在我國文化史上有很大的影響，在現代生活中偶爾也會碰到。這裏就個人的認識談談這個問題。

一、陰陽和五行

陰陽和五行是我國古代人們認識客觀世界過程中，逐步形成的兩個名詞概念。

先說陰陽。按字義解釋，陰的意思是暗，陽的意思是明。所以日稱太陽，月稱太陰。日出則暖，引申起來暖和之氣為陽氣。向日才能見陽光，又引申為正面、表面或者南方。背日之地就暗，故陰字引申之意為背裏、裏面或者北方。《說文》這部字書解釋陰字說：「陰，暗也；水之南，山之北也。」我國的山脈、河流大多是東西走向，並且山水相間，故有此解釋。我國蓋房子自古以來多是坐北朝南，以便正面接受陽光。正背、表裏、南北是相對待的，所以陰陽二字連用，是古代人對自然現象的一種概括。《老子》一書中說：「萬物負陰而抱陽。」但是，古人認識客觀事物的現象並非僅用陰陽二字來概括，還使用了剛柔、動靜、消息、屈伸、往來、進退、翕辟等等許多互相對待的名詞。就是在這樣的認識過程中，人們形成了最早的哲學思想——陰陽說。這種哲學思想反映在《易經》一書中，所謂「易以道陰陽」（見《莊子·天下》）。這種哲學思想包含著對立統一、一分爲二的辯證法，如《易傳》所說：「易有太極，是生兩儀，兩儀生四象，四象生八卦。」因爲《易經》是一種卜筮之書，樸素的辯證法思想和宗教迷信攪在一起，這裏不詳說它。《老子》這部書反映這種辯證法思想抽象一些，但簡明一些，他說：「道生一，一生二，二生三，三生萬物。萬物負陰而抱陽，沖氣以爲和」。

再說五行。五行也是古人對客觀事物多樣性的一種概括。《尙書·洪範》中說：「五行：一曰水，二曰火，三曰木，四曰金，五曰土。水曰潤下，火曰炎上，木曰曲直，金曰從革，土爰稼穡。潤下作咸，炎上作苦，曲直作酸，從革作辛，稼穡作甘。」把物質區分爲五類，並且講了它們的性質和功用。五行又稱五材，《左傳·襄公二十七年》說：「天生五材，民並用之，廢一不可。」五行、五材（有時還稱五部）都是指金木水火土，這一點是確定無疑的。

把物質分爲金、木、水、火、土五類，今天看來當然不恰當，但在古代則是人們多年認識的積累，而且在古代也有一定的準確性，這是我們祖先的智慧結晶。

這裏順便談談古人爲什麼用五這個數字。當時不僅有五行，還有五味、五色、五聲，乃至五帝、五霸……等等，有人粗略統計幾部儒家經典不下六、七十之多。古代人習慣用五來概括事物，很可能與人類計數知識的發展有關。首先能數的數是一和二，其次才是三和五，然後才有十、百、千、萬以及其他計數，並且最早是以三、五爲多數，後來才以十、萬等整數爲多。這方面過去有人在某些落後部落的語言中證明過。我想，今天我們在兒童中也可得到證明。可見古人用三、五等數字概括事物並不偶然。「一生二，二生三，三生萬物」，不能不說是更古的人對老子的影響。同樣，五行等等也是受這種計數知識影響的。不過，五行還有唯物、科學認識事物的方面，金木水火土在古代確實是人類最初認識的五種基本的主要的物質，也確定是「廢一不可」的。認識到自然界由這五種基本物質構成，是一種樸素的唯物主義自然觀，比起陰陽說來更無神秘之處。

二、陰陽家和陰陽五行學說

上面說的陰陽和五行，雖不是最原始的，但也是很早的人們的認識，其前前後後自然有一個很長的發展過程，即便原始的陰陽說和五行說大體定型的時候，人的認識也不斷發展。開始，陰陽和五行並不是一回事，在春秋乃至戰國中期以前，它們的發展都是各自進行的。人們對陰陽的認識不斷擴大，首先人的自身有男女，其次類推自然界，有天地、日月、晝夜乃至人鬼等等，都似乎可以拿一陰一陽來解釋，愈到後來就愈加神化了。對五行的認識也是如此，人們進而探討五行之間的關係，乃至金木水火土與其他事物的關係。關於五行本身的關係，一種相生說認爲，木生火，火生土，土生金，金生水，水生木；另一種相剋（或相勝）說認爲，木剋土，金剋木，火剋金，水剋火，土剋水。進而企圖把一切事物都納入這五行及其相生或相剋的運轉之中，產生了所謂「五德終始說」，原始五行說的樸素唯物主義思想就爲唯心主義所代替，並逐漸變成荒誕不經的東西。

這樣，到戰國後期，就出現了以鄒衍爲代表的陰陽家。陰陽家曾風行一時，這從漢初司馬談《論六家之要旨》可以看出，他把陰陽與儒、墨、名、法、道德五家並列，而且提在首位。但是後來儒家吸收了這個學派的思想學說，雜糅了陰陽五行的新儒家又在漢武帝以後居於「獨尊」地位，陰陽家不傳了，陰陽家的著作幾乎全部散佚，現在只能看到一些間接的片斷資料，所以眞正了解這個學派還是很困難的。

關於代表人物鄒衍的材料也不是很多。後出的材料不可靠，魏晉時的人已經給他塗上一些神話色彩了，比如張湛注《列子．湯問篇》說「北方有地，美而寒，不生五穀，鄒子吹律暖之，而禾黍滋也」，這當然是難以令人置信的。根據《史記》等書的記載，也只能知其大概。

鄒衍是戰國後期齊國人，曾居當時學術中心稷下，後來到燕國，爲燕昭王師。關於他的思想學說，《史記．孟荀列傳》記載：「騶衍睹有國者益淫奢，不能尚德，若《大雅》整之於身，施及黎庶矣。乃深觀陰陽消息而作怪迂之變，《終始》、《大聖》之篇十餘萬言。其語閎大不經，必先驗小物，推而大之，至於無垠。」首先，他和先秦諸子一樣，他的學說是爲了解決時弊。其次，他的學說以「深觀陰陽消息」爲出發點，大概也就因此而被稱爲陰陽家。所謂「深觀陰陽消息」，就是他對早已產生的陰陽學說和理論作更深的探索和更多的發揮，由此出發，縱論天地古今，即「先驗小物，推而大之，至於無垠」。

例如他對於儒者所謂中國作進一步的解釋和推論，「中國名曰赤縣神州……中國外如赤縣神州者九，乃所謂九州也」。根據傳統的禹九州作爲公式，推論出大九州，他猜想的世界是極其廣闊的，中國僅僅是八十一分之一。

又例如他論古今，「先序今以上至黃帝，學者所共術，大並世盛衰，因載其機祥度制，推而遠之，至天地未生，窈冥不可考而原也」。他不僅講時人所共知的歷史，一直從他的當時推論到遠古乃至天地未生之時。自然難免怪迂荒誕。但在當時並不認爲是怪迂。而現在看來是最荒誕的，還是他的「五德終始說」，他把五行相勝說作爲一個固定的公式，解釋自遠古以來人類歷史的一切發展變化，如劉歆《七略》所說：「鄒子有終始五德，從所不勝，土德後木德繼之，金德次之，火德次之，水德次之。」鄒衍講五德終始無疑，只不過具體如何講我們無法知道。

五行說最早最荒誕的例子，我們可以從《呂氏春秋》等書的記載中看到（是否即爲鄒衍的學說暫可不定它），如：「孟春之月：……其日甲乙。其帝太皞。其神句芒。其虫鱗。其音角。……其數八。其味酸。其臭膻。其祀戶。祭先脾。……天子居青陽左角，乘鸞輅，駕蒼龍，載青旂，衣青衣，服青玉，食麥與羊。」這樣把一年四季分配五行，春木、夏火、秋金、冬水，結果土無法安排，只好把它放在夏秋之交。於是，五方之東南西北中，五色之青赤黃白黑，五聲之宮商角徵羽，五味之酸苦鹹辛甘，五蟲之毛介鱗羽倮，五祀之井灶行戶中霤，五穀之黍稷稻麥菽，五畜之馬牛羊犬豕，五臟之心肝肺脾腎，五帝之太皞炎帝黃帝少皞顓頊，五神之句芒祝融后土蓐收玄冥，皆一一如法分配。乃至於把數目不是五的十天干（甲乙、丙丁……）、六律、六呂之類，也要它們割裂硬分成五類。

當然，造說者弄得這樣既玄且神，落腳點還是在政治上。《史記》中關於鄒衍學說的一句結語說得好：「然其要歸，必止乎仁義節儉，君臣上下六親之施，始也濫耳。」五行說實際上也影響了政治，如《呂氏春秋》中記載，黃帝時土氣勝，夏禹時木氣勝，商湯金氣勝，周文王火氣勝，「代火者必將水，天且先見水氣勝。水氣勝，故其色尚黑，其事則水」。因而秦朝建立，「始皇推終始五德之傳，以為周得火德，秦代周德，從所不勝，方今水德之始……衣服旄旌節旗皆尚黑，數以六為紀……」（《史記．秦始皇本紀》）。以後漢代也是如此，先有漢為水德或土德之爭，後又有漢為火德之說，都是受五德終始說的制約，不過有人在重新排五德終始的系統罷了。

以上這些決不是陰陽五行學說的全部內容，僅是一個大要。陰陽八卦思想也是一個很重要的內容，《易經》作者創造奇偶的符號「- -」「—」以代表陰和陽，由這兩個符號重疊組成的八個符號☰、☷、☳、☴、☵、☲、☶、☱，即乾、坤、震、巽、坎、離、艮、兌八卦，代表了天、地、雷、風、水、火、山、澤八種物質現象，這是宇宙構成的根本。然後據此作出許許多多的解釋和說明。八卦比五行所說的物質多，間架構造也複雜得多。這又是陰陽說和五行說各自獨立發展的證明。但它們又有一些共同之處：都有著「天垂象，聖人則之」的基本思想，都是觀天地之象（自然現象）比諸人事；都是以陰陽作為出發點，鄒衍深觀「陰陽消息」，《易傳》的思想尤重「陰陽消息盈虛」。

限於篇幅，這裏我們不好再深談下去了。作一個小結可以這樣說，陰陽家是戰國後期的一個學派，它明顯的代表人物是鄒衍，顯然他把原來各自獨立的陰陽說和五行說攪在一起了（也不排斥它們自身還在發展和變化）。不過，他只是和當時的其他思想家一樣，「案往舊造說」罷了。陰陽和五行，其他思想家也是講的，在他之前和之後都有人講，所以在漢初陰陽家是一個重要學派。《漢書・藝文志》中著錄陰陽五行家的著作一千三百多卷，占總數的十分之一强（實不止此）。

三、陰陽五行說的發展及其影響

陰陽五行思想在中國歷史上影響很大，過去有人說「二千年蟠據全國人之心理且支配全國人之行事」，有人說「是中國人的思想律，是中國人對宇宙系統的信仰；二千餘年來，它有極强固的勢力」。這些說法也許有點言過其實，但其影響深遠是毋庸置疑的。我們可以從兩方面來說明。

首先，陰陽五行思想為漢代儒家所採納，與儒家思想雜糅在一起，成為兩千年封建社會居於統治地位的思想。漢以前的儒家思想中有多少陰陽和五行我們且不管它，漢儒大量吸收陰陽五行思想，並發展其神學唯心主義，董仲舒和劉向、劉歆父子等人起了相當大的作用。《漢書·五行志》寫道：「漢興，承秦滅學之後，景武之世，董仲舒治《公羊春秋》，始推陰陽，爲儒者宗。宣元之後，劉向治《穀梁春秋》，數其禍福，傳以《洪範》，與仲舒錯。至向子歆……所陳行事……著於篇。」很明顯，漢行的陰陽五行之學開始於董仲舒而完成於劉向、劉歆。

董仲舒把陰陽五行說納入他的神學唯心主義體系中，經過他的加工改造形成了一個公式：萬物統一於五行，五行統一於陰陽，陰陽統一於具有意志和目的的天。最高主宰是天，陰陽成爲天的意志的兩種屬性，「陽爲德，陰爲刑，刑主殺而德主生」。董仲舒思想的核心是「天人感應」，說簡單點，就是假借天意來維護封建統治，其他也都是這一思想指導下的具體說教（如符瑞說、譴告說等等）。在「獨尊儒術」之後，隨著儒家思想的傳播和發展，陰陽五行思想也就滲透在社會政治的各個方面，日益深入人心。

其次，陰陽五行思想以後又進一步與各種宗教迷信結合，這就更爲廣泛而深入的在廣大民衆中間流傳。例如道教的理論基礎之一就是神秘的陰陽五行學說，早期的道教經典《太平經》中就大講陰陽災異。中國古代很早就有的巫術和神仙方術，本來沒有什麼系統的理論，只有一些迷信活動。但在長期的發展過程中，也慢慢和陰陽五行結合起來了。宗教、巫仙等迷信和陰陽五行混雜一起，影響越來越大，危害越來越深。舊時的看相、算命、抽籤、卜卦、畫符、念咒以及看風水、擇吉日等等所有的封建迷信活動，都多少利用了一點陰陽五行。從這方面看，也可以說是「蟠據全國人之心理」。

以上是陰陽五行思想影響的主要方面。這裏還簡單提一下另一個方面，那就是歷代也有不少思想家從陰陽五行學說（特別是原始的陰陽五行學說）中吸收了樸素的唯物主義和樸素的辯證法思想。傳統的中醫是和陰陽五行說有密切關係的，其中就有很多科學的東西，主要是運用了它的辯證法思想。據說外國有的自然科學家也曾在我國古代陰陽八卦說中得到過啓發。雖然我們現在不一定要從陰陽五行中去借鑑了，但作爲一種常識了解它還是有必要的。

八卦的「秘密」

／曹礎基

八卦，就是八個符號：☰、☷、☵、☲、☳、☴、☶、☱。這八個符號的名稱，通常叫做乾、坤、坎、離、震、巽、艮、兌。但是就這麼八個符號，到了占卦先生的手裏，似乎就能測知過去未來、吉凶禍福；到了軍事家的手裏，就能演成八陣圖；又有人說它是天文學的祖宗，甚至是電腦的根本。現代的文明，幾乎無一不可以追溯到這八個符號上去。這「神秘的磚塊」建造了不可勝數的迷宮。

八卦是怎麼產生的呢？《繫辭》裏說：「古者庖羲氏之王天下也，仰則觀象於天，俯則觀法於地，觀鳥獸之文與地之宜，近取諸身，遠取諸物，於是乎始作八卦。」庖犧氏又作伏羲氏，是所謂三皇五帝的三皇之一，是發明畜牧業的遠古氏族的代稱，在原始社會中期，後世傳爲帝王，說八卦就是這個聖人創造的。他根據自己對天地萬物的觀察，創造了這八個符號來反映現實。☰象徵天，☷象徵地，☵象徵水，☲象徵火，☳象徵雷，☴象徵風，☶象徵山，☱象徵澤。卦字從卜圭聲，且圭形「上圜下方，法天地也」（《說文》「圭」字段注）。所以解「卦，象也」（《說卦》

注）。但這個象不是形象，而是意象，是反映、象徵的意思。漢代曾有人認爲八卦是古文字：「☰，古文天字。☷，古文地字。☲，古文火字。☵，古文水字。☴，古文風字。☳，古文雷字。☶，古文山字。☱，古文澤字。」（《易緯乾鑿度》）這是沒有多少根據的。但八卦可以說是另一體系的「文字」。中外學者都有人把八卦歸入結繩記事的範圍。四川阿壩地區藏族流傳的一種用牛毛繩八根打結進行占卜的風俗，也許就是古占的遺風。所以李鏡池先生說：「如以二繩合結一結子，與陽畫一相類，三結等於乾；以二繩各結三結，即等於坤。坎則上下分結，中間合結；離則上下，結合中間分結。餘類推。」（《周易探源》二八七頁）《繫辭》說：「上古結繩而治，後世聖人易之以書契。」由結繩而轉爲書契，便產生了卦畫，也可以說是「文字」。據報導，張政烺「經過長時期研究，揭示了商周甲骨文和金文中一種由數字構成的符號實際就是八卦」（見《中國史研究動態》西元一九七九年第三期《古文字學術討論會與古文字學的發展》一文）。先民結繩記事首先用於記物的數量，如捕獲野獸、所抓俘虜的多少等。周原等地出土的甲骨上刻有數圖形畫，被稱作數字卦，有三個數字組成的，也有六個數字組成的。與經卦由三爻組成，別卦由六爻組成相類。周族興盛後，由周原沿黃河東移，並取代殷族的統治。在文化上導致了殷周文化的融合，接受了比較發達的殷文字。而在占卦上保留了自己原有的「文字」。但這些「文字」後代已廢置不用，原義已不被人們所知。它只是作某一卦的標誌，標誌了揲蓍數策時所得出來的數目。這些標誌不便稱謂，因而又得給每一卦畫安個名目，☰叫乾，☷叫坤，☵叫坎，☲叫離，☳叫震，☴叫巽，☶叫艮，☱叫兌。因此，卦畫是舊文字，卦名是後人安的，用的是新

文字。新舊文字之間在意義上並不相應，分屬於兩個不同的系統。

八卦中有兩個基本符號：⚊和⚋，叫爻畫。八個經卦都各由三個爻畫組成。這兩個爻畫的原始意義標誌著什麼呢？《易》學家並沒有取得一致意見。多數認爲⚊代表陽，⚋代表陰；也有人認爲⚊表示占筮時一長蓍草，⚋表示兩短蓍草；或謂⚊象混一的天，⚋象水陸兩部分構成的地；或謂⚊代表繩之一大結，⚋代表兩小結；或謂⚊代表男陽，⚋代表女陰；或謂⚊代表奇數，⚋代表偶數，莫衷一是。正因爲莫衷一是，所以說什麼都是。只要世界上有兩種相對的東西，都可以由它們來代表。西周時期的伯陽父已明確地提出了陽陰二氣，並以之解釋地震現象。可見陽陰學說早已出現。這種學說與構成八卦的這兩個符號結合起來，⚊叫陽爻，⚋叫陰爻。其他如男女、奇偶、天地等等均可囊括其中。這對內涵無限豐富而又十分活躍的因子，使八卦的含義日新月異。

☰乾卦由三陽爻組成，屬純陽卦。☷坤卦由三陰爻組成，屬純陰卦。☳震、☵坎、☶艮三卦都由一陽爻二陰爻組成，一陰爻有兩短畫，每卦共有五畫。五是奇數，屬陽，故均爲陽卦；☴巽、☲離、☱兌三卦都由兩陽爻一陰爻組成，共四畫。四是偶數，屬陰，故均爲陰卦。陽卦象徵陽性、剛性的事物，陰卦象徵陰性、柔性的事物。天地萬物的一切性質、關係及其變化，幾乎都可以用陽卦與陰卦，陽爻與陰爻的性質、關係及其變化來象徵、概括。占筮人就用卦爻的變化去解說、推測事物的變化，哲學家們藉這一陰一陽相對、相關、相變的符號演繹出各種大道理。所以說「《易》以道陰陽」（《莊子．天下》）。

八卦不僅僅表示陰陽兩大類別的事物，其象徵意義可說是無窮無盡的。因爲它是庖羲氏「觀象於天，觀法於地」而產生的，所以首先象徵了自然界的八個方面，乾、坤、坎、離、巽、艮、兌分別象徵天、地、水、火、雷、風、山、澤。這是在《左傳》、《國語》中所看到的卦象，可以說是八卦的基本意義。此外還有在人倫上，分別爲父、母、夫、姑、兄、女、男（兌卦缺）；在社會地位上，乾爲君，坎爲衆，離爲公侯等。到了《象傳》和《說卦》，卦象的意義又被大大地發展了。論者以類相從，比之於禽獸，爲馬、牛、豕、雉、龍、雞、狗、羊；比之於人身，爲首、腹、耳、目、足、股、手、口；比之於方位，爲西北、西南、北、南、東、東南、東北、西；比之於季節，爲秋末冬初、夏末秋初、正冬、正夏、正春、春末夏初、冬末春初、正秋；比之於人倫，爲父、母、中男、中女、長男、長女、少男、少女；比之於行爲德性，爲剛健、柔順、險、明察、動、遜、止、悅；還有比之於器具、顏色、植物、政治、生物狀態等。幾個簡單的符號，居然可以包羅萬象，什麼都可以附會上去。這是巫術發展的產物，爲巫師們「施展才能」創造了廣闊天地。

不僅如此，八卦還可以自迭和互迭而構成六十四卦。原以三爻畫組成的八卦稱爲經卦，由兩經卦相迭、即以六爻畫組成的六十四卦稱爲別卦。六十四卦的卦畫與八卦一樣，只是爲了占卦時用以標記蓍筮之數而已，其中並無多少奧妙。西周末年所編撰的《易經》，把舊筮辭分別繫於各卦畫爻畫之下。卦爻畫與卦爻辭之間，並沒有必然的聯繫，如䷉履卦，卦辭說：「履虎尾，不咥人，亨。」所記爲夢占，夢見踩了虎尾而虎不咬人，覺得奇怪，故占卦，結果是吉利。這個意思與由下面是☱兌卦、上面是☰乾卦所組成的䷉履卦卦畫沒有必然聯繫。到了戰國漢初人所編撰的

《易傳》就不同了。《易傳》根據組成別卦的兩個經卦及其組合的關係大做文章。同是䷉履卦，《象傳》是這樣解說的：「上天下澤，履。君子以辯上下，定民志。」☰象天象君，☱象澤象民。君在上，民在下，合乎禮制等級，所以君子可以按這一卦象來辨明上下的關係，使民心安定。由此可見後人是如何從卦象向政治、倫理上引申的。

傳說筮占很靈驗，《左傳》所載如田氏代齊、三家分晉等都占中了。其實不是靈在卦上，而是靈在占卦的人。如果不是《左傳》作者後來所附會的話，那些所謂應驗當是占卦者善於觀察分析的結果。因爲「命占之要，本於聖人，其法有五：曰身、曰位、曰時、曰事、曰占。……故善占者，旣得卦矣，必察其人之素履（經歷），占居位（地位）之當否，遭時（處境）之險夷，又考所筮（所占的內容）之邪正，以定占之吉凶」（**趙汝楳《易雅．占釋》**）。占卦的巫師往往是一些智囊人物，八卦只是智囊們藉以迷惑人的工具。在先秦時代就有不少人不相信這一套。如《左傳．襄公九年》載穆姜占得䷳艮之䷐隨卦，隨卦有「元亨利貞，無咎」之詞，但穆姜不相信，說「我則取惡，能無咎乎」。她自知做了壞事，不會有好的結果。王充《論衡．卜筮》中還說到「武王伐紂，卜筮之逆，占曰大凶。太公推蓍蹈龜而曰：枯骨死草，何知吉凶！」太公和穆姜儘管賢佞殊異，但在對待占卦上都可算得是唯物主義的。

如上說來，八卦以及由它所砌成的迷宮是否就等於一堆廢物？此則不然。八卦、六十四卦乃至整部《周易》，原是祖先智慧的結晶，如果不是把它用於迷信行騙，而從哲學、社會學甚至自然科學的角度進行研究，它會給我們許多啓示。孔子解《易》雖然不切《易》意，但他不從占筮的角度而作爲古代文獻加以引用闡述，卻開了一條新的《易》學路線。漢儒經師、魏晉玄學家、宋儒理學家相繼對《易》卦進行闡發，形成了各自的哲學體系。近幾十年來，大陸的學者多從社會學的角度，探索了卦象爻辭的眞面目，用唯物論的觀點進行了較深入的分析（詳見聞一多、郭沫若、李鏡池、高亨等人的有關著作）；臺灣的學者較多地從天文、數學、醫學、物理學等自然科學的角度探索了《易》卦的基本原理及其應用。他們認爲量子力學原理在《周易》中就有所體現。對「奇偶性不滅定律」的懷疑，有得於《易》卦陰陽相對、消長之理；發明微積分和二進位數學的德國大數學家萊布尼滋在西元一七一三年就看到《易經》，他以二進位數學闡明六十四卦的奧義；八卦中⚊⚋兩個符號及其排列法，可以貫通等差級數、等比級數、二元式（二進位）、二項式定理、邏輯數學以及音響、電磁波、連鎖反應等原理。這些研究對於我們領悟《易》卦這份遺產的珍貴，提高民族自尊心與自信心，增進人們的智慧和想像力都是有好處的。但我們認爲，八卦原只是反映自然界的幾個符號，簡單、樸素而又隱括著一些通行於萬物的眞理。⚊⚋兩個基本爻畫，談哲學的可以說是陰陽，談人倫的可以說是男女，談自然的可以說是天地，談電子計算機的可以說是1與0。二爻、四象、八卦、六十四卦，千變萬化。萬物皆可寓於其中，這就是八卦的「秘密」。

漫話「干、支」

／徐莉莉

「干、支」，又稱「天干、地支」，是我國古代用以記錄時間的一套專門的序數系統。「干」指十干，依次爲：甲乙丙丁戊己庚辛壬癸。「支」指十二支，依次爲：子丑寅卯辰巳午未申酉戌亥。干支按順序兩兩相配，至六十次循環一周，稱爲一個「甲子」。下頁（圖一）是干支相配的具體順序。

據考古材料所見，早在殷商時代干支記日就已產生，至遲也有三、四千年的歷史。但把它命名爲「干支」，則是以後的事。殷墟甲骨卜辭中僅有干支記日的具體材料及干支相配表，而並未稱這套記時系統爲「干支」。秦漢史籍中記錄了當時對干支的認識和傳說，把干支稱爲「甲子」，形容它們爲母子相生。如《世本》「容成作歷，大橈作甲子」；《淮南子・天文訓》「數從甲子始，子母相求」；《史記・律書》「十母、十二子」。只是到了東漢，才出現了「干支」的名稱，但寫作「幹枝」。如《白虎通》：「甲乙者幹也，子丑者枝也。」《續漢書・律曆志》補注引蔡邕《月令章句》：「大橈採五行之情，占斗綱所建，於是始作甲乙以名日，善之幹；作子丑以名

甲子	乙丑	丙寅	丁卯	戊辰	己巳	庚午	辛未	壬申	癸酉
甲戌	乙亥	丙子	丁丑	戊寅	己卯	庚辰	辛巳	壬午	癸未
甲申	乙酉	丙戌	丁亥	戊子	己丑	庚寅	辛卯	壬辰	癸巳
甲午	乙未	丙申	丁酉	戊戌	己亥	庚子	辛丑	壬寅	癸卯
甲辰	乙巳	丙午	丁未	戊申	己酉	庚戌	辛亥	壬子	癸丑
甲寅	乙卯	丙辰	丁巳	戊午	己未	庚申	辛酉	壬戌	癸亥

月，善之枝。幹枝相配，以成六旬。」可知「干支」的命名本自「幹枝」，即以樹木枝幹縱橫扶疏的狀態來形容十干和十二支的相配。後來省作「干支」，逐漸被視爲抽象的名稱，而帶上了神秘的色彩。

干支的起源是什麼？爲什麼它們的數字分別是十與十二？這些問題，長期以來一直是學者們力圖解開的謎。先秦古書記載了黃帝的史官大橈發明干支的事，這自然是一種傳說。三十年代間，有些學者試圖從上古時代東西方文化的交流滲透來探索干支的起源。中國古代有以十二辰記月的做法，即以北極爲中心，把天穹的大圓周等分爲十二個區域，稱爲十二辰，分別以十二支命名之，然後根據北斗星的斗柄方向在人們視覺中每月移動一辰、每年轉動一周天的特點，以斗柄每月所指辰名來命名該月，稱爲「月建」，規定以冬至所在的農曆十一月爲「建子之月」，依次類推。這種把天空分爲十二個區域的做法與古代巴比倫人爲觀察太陽一年的運行路線而把星空劃分爲十二個區域、稱爲「黃道十二宮」的做法相似。由此推測中國古代的十二支是受巴比倫文化影響而產生的。但這種解釋由於依據不足，未能爲學術界接受。

近年來一些學者從中國古代神話、傳說中尋找線索，認爲十干和十二支分別是古人對太陽和月亮運行週期的描繪。十干的產生與「十個太陽」的傳說有關。《山海經・大荒南經》記述了帝俊（即帝嚳，五帝之一）的妻子羲和生了十個太陽的故事：「東南海之外，甘水之間，有羲和之國，有女子名曰羲和，方浴日於甘淵。羲和者，帝俊之妻，生十日。」這十個太陽住在一棵大樹上：「九日居下枝，一日居上枝。」（《海外東經》）所謂「九日居下枝，一日居上枝」指的是十個太陽輪流值日。十日輪值紊亂造成了災難：「堯之時，十日並出，焦禾稼，殺草木，而民無所食。」（《淮南子・本經訓》）這些神話與傳說間接地反映了十干的起源：古人想像天上有十個太陽輪流出沒，它們值日一周就是十天，稱爲一旬，「旬」的意思是「循」，即循環往復，以此爲階段來記日；爲區別起見，分別以甲乙丙丁戊己庚辛壬癸命名之，這就是十干。選擇「十」爲一旬之數，與十進位制密切相干。馬克思《數學手稿》摘錄了一段鮑波的《從最古到最新時代的數學史》中的話：「最古老的民族——沒有考慮中國和韃靼人——已經按十數數了。他們通過兩隻手的手指就一定會想到這一點。」上古的人們計算太陽出沒的週期也就自然採用了「十」這個數字。同樣，十二支是用以描述月亮運行週期的。月亮每月的盈虛變化，使人們把它看成一個從生到死的過程，也就想像每月初二、三出來的月牙兒是一個另外的新月亮。屈原《天問》：「夜光何德，死則又育？」正反映了這種看法。並且月亮也像太陽一樣輪流值宿，陰曆一年有十二個朔望月，正是天上的十二個月亮輪流值宿的一個週期。這種認識也在神話傳說中表現出來。《山海經・大荒西經》記載說：「大荒之中，有女子方浴月。帝俊妻常義，生月十有二，此始浴之。」「常義」與民間傳說中的月亮女神「嫦娥」古音相同，看來正是這位生了十二個月亮的「常羲」演變爲後來的「嫦娥」。由此，「十二」也就成爲另一種進位法來計算時間，子丑寅卯辰巳午未申酉戌亥的十二地支就這樣產生了。這種對干支起源的推測，亦可從干支稱爲「干支地支」得到證明：由於十干與十二支分別來自對日、月活動特點的認識；日、月一爲「太陽」，一爲「太陰」；古人以天爲陽、以地爲陰，因此也就自然以十干配天，十二支配地，而稱之爲「天干地支」了。

干支記時主要應用於以下幾個方面：

一、記日。這是六十甲子最早的用法。在殷商甲骨卜辭中，幾乎每一片甲骨都刻有干支記日，如：「癸酉卜，貞：旬亡禍？」「乙酉卜，貞：及茲二月有大雨？」先秦以來的古書中也多見干支記日，如：「五月辛丑，大叔出奔共。」（《左傳・隱公元年》）「惟元祀十有二月乙丑，伊尹祠於先王。」（《尙書・伊訓》）就是到了近代，在數字記日法已廣泛應用的情況下，對重大歷史事件還是以干支記日。

古人還有單用十干或十二支記日的。以十干記日的如甲骨卜辭：「今日壬亡大雨？」「自今辛至來辛亡大雨？」先秦古書中的例子如《楚辭・哀郢》：「甲之晁（朝）吾以行。」以十二支記日的如《禮記・檀弓》：「子、卯不樂。」又如《禮記・玉藻》：「朔日，少牢，五俎四簋；子卯，稷食菜羹。」

干支記日簡單而又準確，不論是大月、小月，閏年、平年，它總是以六十日循環一周的方法依次記下去。據董作賓考證，《尙書・伊訓》所載「惟元祀十有二月乙丑」的干支記日，合於西元前一七三八年殷曆的十二月乙丑朔日。至今已有三千七百多年不亂不叠的干支記日，這是連續使用時間最長的記日法。有這樣長的一段對日期的準確記載材料，對今天研究古代社會，推算歷史事件的確切日期具有重要價值。

二、記年。干支記年是從戰國時代的太歲記年法發展而來的。「太歲」又名「歲陰」、「太陰」，是人們設想中的一個理想的天體。它在天穹上自東向西均勻運行，與傳統的十二辰方向一致，每十二年運行一周天，每年恰好運行一辰，人們就以太歲所在的辰來記年，這就是太歲記年法。但太歲記年法又不直接用十二辰的十二支名來表年，而是另有一套歲名，它與十二辰的對應關係如下（圖二）：

以太歲記年，即記下太歲所在十二辰對應的歲名。例如屈原《離騷》：「攝提貞於孟陬兮，惟庚寅吾以降。」「攝提」即「攝提格」，即太歲

十二辰	子	丑	寅	卯	辰	巳	午	未	申	酉	戌	亥
十二歲名	赤奮若	困敦	大淵獻	閹茂	作噩	涒灘	協洽	敦牂	大荒落	摯徐	單閼	攝提格

歲陽	閼逢	旃蒙	柔兆	强圉	著雍	屠維	上章	重光	玄黓	昭陽
十干	甲	乙	丙	丁	戊	己	庚	辛	壬	癸

在寅之年。又如《呂氏春秋・序意篇》：「維秦八年，歲在涒灘。」即指太歲在申之年。到了西漢年間，曆法家們爲了記年的準確、便利，又以十干來配十二辰，也有十個名稱，稱爲「歲陽」。它與十干對應關係如下（圖三）：

歲陽與歲陰（歲名）相配，組成六十個年名，實即干支相配的六十甲子。剝掉「太歲」和「歲陽」的神秘名稱的外衣。就是純粹的干支記年。事實上直接用干支記年的做法早已出現。十年前出土的馬王堆帛書，證明在戰國時代就已有直接用干支記年的情況。到了東漢元和二年（西元八五年），干支記年以政府命名的形式頒行於全國。後世一些重大的歷史事件，諸如「戊戌變法」、「中日甲午戰爭」、「辛亥革命」等都以事件發生年份的干支來命名、反映了干支記年的重大影響。

三、記月。古人很早就有「月建」的觀念，即把子丑寅卯等十二支和十二個月份相配，以冬至所在的那個月爲子月，然後類推。這種將十二支與實際月份相配的做法，在春秋戰國時期很有實用價值。由於當時各大諸侯國都頒行自己的曆法，規定作歲首的月份各不相同：有以冬至所在的子月爲正月的，有以丑月爲正月的，也有以寅月爲正月的。同一個月份，在實行不同曆法的諸侯國中會有不同的記載。月建則使各種曆法的統一有了客觀依據。

除了以十二支與十二月份相對應的「月建」外，古時候還有與十干對應的「月陽」。關於「月陽」的記載，首見《爾雅・釋天》：「月在甲曰畢，在乙曰桔，在丙曰修，在丁曰圉，在戊曰厲，在己曰則，在庚曰窒，在辛曰塞，在壬曰終，在癸曰極。月陽。」但月陽的實際應用在古書中甚罕見。據考證，自漢代起便已用干支直接記月。六十甲子五年爲一循環，其中閏月不計干支。但干支記月法亦未普遍實行，而主要爲星命家推算陰陽八字所用。

四、記時辰。以干支記時辰自漢代已實行。主要做法是把一晝夜劃分爲十二個時段，再配以十二地支名。十二時辰與現代的時制對應關係如下（圖四）：

十二時辰	子	丑	寅	卯	辰	巳	午	未	申	酉	戌	亥
現代時制	23—1	1—3	3—5	5—7	7—9	9—11	11—13	13—15	15—17	17—19	19—21	21—23

以十干記時辰主要用於記錄夜間的時刻。《隋書・天文志》記述了古代漏刻把一晝夜分作十個時段：「晝：有朝，有禺，有中，有晡，有夕。夜：有甲、乙、丙、丁、戊。」以天干的前五位表示夜間的五個時段。這個十段制的夜間部分後來演變成「五更」的制度。

干支記時法作爲中華民族特有的一種準確實用的記時法，對我國人民的風俗習慣也有很大影響，不少民間傳統節日往往以干支爲依據來確定。如農家祭社神祈年（祈求豐收）的「社日」，定在立春後第五個戊日，稱爲春社，又把立秋後第五個戊日定爲秋社。「上巳節」原爲三月上旬的巳日，舊俗在此日臨水祓除不祥，稱爲「修禊」，後來自曹魏起，才將這個節日固定在三月初三。再如夏季伏天的起迄亦然：以夏至後第三個庚日爲「初伏」，第四個庚日爲「中伏」，立秋後第一個庚日爲末伏，總稱「三伏」。

干支在長期的流傳使用過程中，亦曾爲陰陽五行家、星占家所利用，成爲他們推算天象、運命的神秘符號，而帶上了濃重的迷信色彩。只是到了科學發達的近代，人們才逐漸看到了干支的本來面目。可以期待，隨著考古發現的擴大和科學方法的開拓，人們將很快揭示有關干支的一切奧秘。

中國的星占術

／詹鄞鑫

古代數術常常「醫卜星相」並提。其中「醫」包含了古代的相人測命術，「卜」是用龜甲占卜吉凶，「星」是觀天象辨吉凶，「相」是相地理選陽宅陰宅。這幾方面集中反映了古人對天、地和人的非科學認識。由於它們在傳統文化和科學發展中具有深遠的影響，所以不能簡單地全盤否定。本文擬就其中的星占術作一些介紹和評價。

一、星占術的起源和盛行

「星占」又叫「星氣占」，是通過觀察天象來預測人事的一種迷信術。古人對天象的觀察之所以表現出異乎尋常的重視，就其起源來說，是爲農牧業生產服務的。爲了確定生產的季節氣候而制訂曆法，最重要的依據就是天象，其次是物候。但另一方面，古人認爲天地萬物都有神，而且衆神對人類活動具有主宰的力量，由此認爲天象的任何變化都預示了人事的福禍吉凶。爲了預測人事，人們對許多與制訂曆法無關的天象如日月蝕、變星、彗星等倍加注意，稱之為「天變」。一旦發現「天變」，人們便十分驚恐，惶惶不安，要採取許多祭祀禳祓的活動以解除災難。星占術的思想基礎便是起源於原始社會、泛濫於戰國秦漢之際的天人感應思想。

我國最早的文獻資料甲骨文，已經出現對日月蝕、日中黑痣、新星、雲氣和四方風的占卜（詳下文），反映出商代已經出現星占了。但星占作為一種成熟的理論化的數術，則是戰國時代的產物。這一方面是由於人們通過長期的觀象授時實踐，到戰國時代已基本上摸清了天體視運動（即觀察者以自己為中心而感覺到的運動）的主要規律，另一方面則是由於戰國時代神學已進入理論化的階段。尤其是陰陽五行理論的推廣，使原先具有唯物因素的宇宙理論蒙上了玄妙的神學色彩。星占家和方士們找到了用來預測和解釋天人關係的陰陽五行理論，從而獲得了欺騙世人的有效武器，使星占術流傳一千多年，並始終成為由封建國家主持掌握的最重要的日常工作之一。在天文氣象學的發展史上，預測人事的星占術始終與觀象授時的曆法工作成為並駕齊驅的兩大目的。

二、古人怎樣占星

籠統地說，古代的星占術包括天文和氣象兩方面的觀測，這裏先介紹天文方面。

天文觀察，本有兩類不同的現象。一類是按正常軌道運行的日、月、五大行星和包括二十八宿在內的恒星，一類則是古人還沒有認識規律的非常變異，如日月蝕、彗星、新星、流星等。不管那一類現象，星占家都可以把它與人事相附會，而有常軌的天體運動與人事的附會，則更加富於玄虛複雜的理論解釋。

在古人看來，深邃的天體就像覆蓋在平地上的半球，而閃爍的星星則像綴在天球上的寶石。古人把位置相對不變的星星稱為「恒星」。處於北半球的中原人看來，自然是天球帶著所有的恒星以天北極為中心不息地旋轉著。由於北極星永遠居中不動，理所當然地被視為宇宙中的最高主宰「天帝」，道家稱之為「太一」，星占家則把它作為人間帝王的代表。「帝」座附近的星，自然地被封為「太子」、「后妃」之類，再旁邊的星就封為丞、宰、輔、弼、樞、衛等，形成兩道環衛「紫微帝宮」的墻垣。其餘衆星，便按其不同位置，委以不同的職官或機構。這樣，人間的國家機器和社會組織，就搬到天上去了。這便是恒星世界稱為「天官」的緣故。還有一些較早發現的星座，如北極附近的北斗、日月運行所經過的二十八宿等，本來是人們觀象授時的標誌，自然仍其舊名。

為了便於天人比附，星占家不僅把國家機器搬上天宮，還把天上衆星按十二次①分為十二星區，分別與地上十二個地域相配對，舊稱為「分野」。具體的配對如下頁②：

星分野的理論一旦建立，星占家就很容易將有關星象與地上的州國相比附了。由於恒星的相對位置不變，於是被作為觀察日月行星等運行的座標，並以座標星宿的分野作為預測人間有關地域禍福的依據。

在恒星座標上運行的天體是日月和五大行星。人們對日月的觀察最早。爲了準確地定年月，戰國以前人們已開始用恒星背景作標誌來觀測日月的運行，並把日月在恒星座標上的軌道確定下來。星占家用五行理論解釋天象，便稱日月的軌道爲「黃道」、「白道」。日行一年一周天，所以人們又把黃道分爲三百六十五又四分之一（一年天數）等分，每等分稱爲一度，每度正好代表一年中某一天太陽在恒星座標上的位置。假設某日黃道正處於恒星天官某個主司災喪的星座附近，星占家就認定這一天不吉。如《禮記·月令》說：

季春之月命國難。（難，通儺，義爲攆，是驅攆鬼疫的一種習俗。下文「難」同此。）

鄭玄注：

此難，難陰氣也。陰氣至此不止，害將及人。所以及人者，陰氣右行此月之中，日行歷昴，昴有大

次	宿	州	國
析木	尾箕	幽州	燕
大火	氐房心	豫州	宋
壽星	角亢	袞州	鄭
鶉尾	翼軫	荊州	楚
鶉火	柳星張	三河	周
鶉首	井鬼	雍州	秦
沈實	觜參	益州	晋
大梁	胃昴畢	冀州	趙
降婁	奎婁	徐州	魯
娵訾	室壁	并州	衛
玄枵	女虛危	青州	齊
星紀	斗牛	揚州	吳越

陵、積尸之氣。氣佚(逸)則厲鬼隨而出行。

所謂「陰氣」本指春季寒氣，這裏實際上指春季的黃道。這個月(季春三月)太陽運行(即黃道)正處在胃宿附近，並逐漸由胃宿移至昴宿，查天文圖胃宿附近北邊正好有星座名「大陵」(陵指陵墓)，「大陵」座中又有星名「積尸」。據星占書《石氏星經》說，「大陵八星在胃北，主死喪」，所以這個月是災凶之月，「積尸」的厲鬼逃逸出來，會危害世人。至於胃宿附近的星座爲什麼叫「大陵」、「積尸」，爲什麼它是「主死喪」，這些當然都是戰國星占家根據這個季節人間常流行病疫而總結出來的。不過，一時一地的局部經驗一旦被星占家納入常規理論，便成爲歷代星占家預測人事的理論依據了。後世所謂「黃道吉日(或凶日)」，其理論基礎即此。

五大行星與日月相似，也是在恒星座標上不斷運行。五星在先秦本稱爲歲星(木)、熒惑(火)、鎭星(土)、太白(金)、辰星(水)，由於五行理論的附會，才有了木火土金水的名稱。其中歲星由於被用於確定年歲，並由它孳生出「太歲」③，所以在星占中地位最重要。在星占家的理論中，五星各有所司，如木星司年歲，金星司甲兵死喪，火星司火旱，水星司大水，土星司五穀等。星占家根據五星的軌道是否失常、光度色澤、互相交會的情形，再根據當時它們所在恒星座標的分野，來判斷地上有關州國的人事吉凶。由於春秋以來「重德」思想的影響，這些吉凶還會由於該國統治者的「有德」或「無德」而發生調節，這就給星占家解釋人事附會一個靈活的餘地，更能夠蠱惑世人。

天象異常方面，主要有下面幾方面：

日月蝕　日月（特別是日）被「蝕」而消失，在古人看來是一種很嚴重的天變。早在甲骨文中就多次出現占卜日月蝕的卜辭。《漢書．五行志》記有董仲舒、劉向對歷史上日蝕的印驗說明，如魯莊公二十五年「六月辛未朔，日有食之」，「董仲舒以爲宿在畢，主邊兵夷狄象也，後狄滅邢、衛。劉向以爲五月二日魯、趙分」。

日中黑子　甲骨文有「日有戠」的占卜，「戠」即「痣」的古字，義爲黑點。《漢書．五行志》載成帝河平元年三月乙未「日出黃，有黑氣大如錢，居日中央」，並引《京房易傳》說：「祭天不順叫做逆，其異常表現爲日赤，其中黑；聞善行不獎賞叫做失知，其異常表現爲日黃。」還說日的「色不虛改，形不虛毀，觀日之五變，足以監矣」。

彗星見　《開元星占》卷一八引戰國《石氏星經》說：「凡彗有四名：一名孛星，二名拂星，三名掃星，四名彗星，其形狀不同。」馬王堆漢墓帛書有《彗星占圖》，描繪了二十九種不同形狀的彗星，每種圖下都有預兆說明。

變星見　變星也是恒星，但平時隱而不見，有時變亮則見。爆發性的變星有時在幾天之內亮度增至幾千幾萬倍，然後又漸消失，故古人或稱「新星」、「客星」。由於變星所在的星座不同，星占家也據以附會人事。如《後漢書．嚴光傳》記光武帝與嚴光同臥，嚴光把腳伸到光武帝腹上，第二天太史報告說「客星犯御坐（即「帝座」）甚急」。

隕石　《春秋．僖公十六年》載「正月戊申朔，隕石於宋，五」，董仲舒、劉向都以爲象徵

「宋襄公欲行伯道將自敗之戒也」。

三、古人怎樣占雲氣

廣義的「星占」包括氣象占。早期人們觀察氣象，本來是爲了預知風雨雷雹，爲生產服務的，帶有許多樸素的唯物主義因素，也是氣象學發展的正道。戰國秦漢之際，氣象觀察納入星氣占的範圍，被改造成充滿神秘主義的數術，原有的價值便被埋沒了。

氣象占中最主要的是占雲氣和占風。占雲氣即根據雲氣的形態色相判斷吉凶。《周禮》「保章氏」之職除了主管星占，還「以五雲之物（色）辨吉凶」。鄭司農注：「以二至二分（夏至冬至春分秋分四天）觀雲色：青爲蟲，白爲喪，赤爲兵荒、黑爲水，黃爲豐。」這顯然又是用五行理論爲指導來預測人事。雲氣占也見於甲骨，卜辭中有關於「雲」的占卜。《左傳・哀公六年》：「是歲也，有雲如衆赤鳥夾日以飛。三日，楚子使問諸周太史。周太史曰：『其當王身（指楚王）乎？若禜之，可移於令尹、司馬。』」周太史根據雲色預見楚王有災禍，並指示可以通過禜祭移禍於他人。

雲氣占還包括看日暈（古或稱爲「煇」）。《周禮》有「視祲」之職。「掌十煇之法，以觀妖祥，辨吉凶。」鄭司農注：「煇謂日光氣也。」《史記・天官書》說：「王朔所候，決於日旁。日旁雲氣，人主象，皆如其形以占。」

風占即察風向辨吉凶。據《天官書》介紹，漢初有魏鮮，著《正月朔旦八風占》。其法是在臘月明天、正月旦早觀八方之風決年成吉凶。「風從南方來，大旱；西南，小旱；西方，有兵；西北，戎菽為（大豆收成），小雨，趣（促）兵；北方，為中歲（收成一般）；東北，為上歲（大豐收）；東方，大水；東南，民有疾疫，歲惡。」

臘月占風決年成的風俗起源甚早。武丁時有卜辭云：

〔干支〕卜，㱿貞：王大令衆人曰：協，田其受年。十一月。（《殷虛書契》）卷七第三〇頁）

李學勤先生指出，此辭卜於十一月建亥，正是臘所在的月份。意思是說：商王武丁大令衆人說，時有協風（即東風，此據四方風卜辭可知），年歲將有好收成④。殷代的占風，似乎還含有科學的氣象觀，而魏鮮的占風，把風與兵災等相附會，就毫無科學性了。

氣象占方面，還有關於雷電霧虹的占候，見《天官書》，不備述。

四、星占術的歷史價值

我國歷代正史中常有關於司天監或太史根據天象預報人事的記載，如唐代天文學家瞿曇譔於上元二年（西元七六一年）七月就日蝕向皇帝奏報關於史思明叛亂一事（《舊唐書·天文志下》）。統治者也堅信可以從天象知人事，所以很重視司天監對天變的監視工作。北宋政府甚至在皇城之內還設立了天文機構，以考驗校核司天監的觀天報告。統治者一方面利用星占術為鞏固統治服務，另一方面又害怕別人用星占術來造反，因而又千方百計壟斷星占術，並嚴禁民間學習天文。西元九七八年宋太宗曾下令「召天下使術有能明天文者試隸司天臺，匿不以聞者罪論死」（《宋史·天文一》）。明代也有這類禁令。最可笑者，有的統治者迷信天命，企圖用星占術來挽救垂死命運。如王莽即將垮臺時，漢兵已攻入宣平門，王莽便穿禮服帶璽韍，由天文郎用觀天象定方位的栻盤對好方位時辰，王莽隨斗柄方向而坐，還說什麼「天生德於予，漢兵其如予何。」（《漢書·王莽傳》）

古代也有一些進步的思想家起來批判星占術。其中最著名的是荀子和王充。荀子在《天論》中指出「天行有常，不為堯存，不為桀亡。應之以治則吉，應之以亂則凶」；並指出「日月之有蝕，風雨之不時，怪星之覺見，是無世而不常有之」。王充在《論衡》的《譏日》、《難歲》等篇中，也駁斥了根據黃道太歲定吉凶的謬術。

星占術本身是毫無科學依據的騙術。但為著星占術的需要，歷代星占家對天文氣象作了十分細緻的觀察，積累了大量的寶貴科學資料。從對恒星的觀察方面看，戰國秦漢不同流派的星占家觀察到許多新的恒星，並分別作了命名。三國吳太史令陳卓把當時最重要的石氏、甘氏、巫咸三派所占的星官併同存異，綜合編成了一個具有二百八十三官一千四百六十四個恒星的星表，並繪成星圖。陳氏天文圖雖不傳，但被採於《晋書・天文志》，成爲我國一千多年天文曆法和星占家使用的天文圖基礎。至於歷代《五行志》中記載的日月蝕、太陽黑子、新星、彗星、流星雨、隕石等，更是今天研究天文學的極其寶貴的資料。如春秋以來哈雷彗星的出沒，在中國史籍中一次也沒漏掉，這在世界上是僅有的。又如近代天文學家在天關星附近發現的蟹狀星雲，經研究就是《宋會要》所記嘉祐元年（西元一〇八六年）三月「晨出東方守天關」的特大「客星」爆發後留下的遺跡。假如沒有古代司天監對它的觀察和記錄，這個蟹狀星雲的歷史就永遠無法知道，它的起源發展也就難以認識。可見星占術在客觀上爲天文學發展作出的貢獻是不能低估的。所以，我們在批判星占術神學思想的同時，對它的歷史價值也應予以應有的肯定。

注釋

①「十二次」即把太陽運行所經過的一周星空分爲十二等分，「星紀」等是「次」名。

②《史記・天官書》、《淮南子・天文訓》等爲了列國的對應，都有十三個分野，此表據鄭玄《周禮保章氏》注作十二分野，但州國名稱則參考了《天官書》、《天文訓》。

③關於太歲說參見本書徐莉莉《漫話「干、支」》。

④見李學勤《商代的四風與四時》，《中州學刊》一九八五年第五期第一〇一頁。

漫話「滄桑」

／陶世龍

「天若有情天亦老，人間正道是滄桑。」

「滄桑」即「滄海桑田」，在我國作爲一個語詞出現，已有一千多年了，其來源是晋人葛洪（西元二八四～三六三年）編造的神仙故事。

葛洪是道教的著名人物，好神仙導養之法，著有《抱朴子》、《神仙傳》等書。在《神仙傳》的《王遠傳》和《麻姑傳》中，都有這樣一段大同小異的對話。麻姑說：接侍以來，已見東海三爲桑田，向到蓬萊，水又淺於往者略半也，豈將復爲陵陸乎？王遠的回答是：聖人皆言海中行復揚塵也。

麻姑和王遠都是葛洪所宣揚的仙人，但在我國民間，大概很少有人知道王遠，而麻姑的名聲則很大。人都是希望長壽的，「麻姑獻壽圖」曾是流行的祝壽禮品。「夫海水揚塵，幾千年而可見。」（南朝陳徐陵）曾三見東海揚塵的麻姑，如此高壽，卻仍貌若十八、九歲的姑娘，她來祝壽，當然格外受人歡迎！「痲姑幾年歲，三見海成田。」（唐馬令）「青鳥更不來，痲姑斷書信。乃知東海水，清淺誰能問。」（唐鮑溶）這些詩句的出現，都說明滄海桑田這個概念，隨著痲姑廣爲流傳。

西元一九二二年，章鴻釗在《中國地質學會會誌》第一卷上發表《中國研究地質科學的歷史》，提出：「唐朝顏眞卿做的撫州南城痲姑仙壇記便有『海中揚塵』、『東海三爲桑田』的話，這因爲痲姑山東北石中有螺蚌殼，才推想到從前是海，現在變爲桑田的。」認爲這是地質思想的萌芽。顏眞卿根據《圖經》提供的情況，聯想到痲姑山東北「高石中猶有螺蚌殼，或以爲桑田所變」。這無疑是從神怪傳說走向科學認識的一大進步。

而在我國古代，像顏眞卿這樣有點科學眼光的知識分子是不多見的。因此，在《神仙傳》出現以後，引用「滄海桑田」的詩詞文章不少，如在《全唐詩》中，涉及滄海桑田的吟詠，可找到六十餘處，爲四十多人所引用，但其中百分之九十以上，不過是在那裏藉滄桑變遷來表達對時光流逝的感慨，發思古之幽情，嘆世事之興衰，哀人生之須臾，羨神仙之逍遙，常有看破紅塵之意，而並非對自然界的變化有所探索，實與科學或地質思想風馬牛不相及。

「佳氣日將歇，霸功誰與修，桑田東海變，麋鹿姑蘇遊。」張九齡（西元六七三～七四〇年）在《經江寧覽舊跡至玄武湖》這首詩中，從滄桑變遷聯想到稱霸一時的吳國，在夫差敗亡以後，繁華的都城姑蘇，變成了野獸出沒之地，形爲懷古，當在感今。再如李賀（西元七九〇～八一六年）的《古悠悠行》：「白景歸西山，碧華上迢迢。今古何處盡？千歲隨風飄。海沙變成石，魚沫吹秦橋。空光遠流浪，銅柱從年消。」其中講到海沙變成了岩石，是《神仙傳》裏沒有的，也合乎自然界的實際，但作者著力表達的，還是對秦皇之石橋、漢武之銅柱的感慨！千年歲月也如飄風迅速消逝。這種思想情緒在他的另一首詩《夢天》中表現得更爲清楚。詩中說：「黃塵清水三山下，更換千年如走馬。」亟言滄桑變遷之速；緊接著又說：「遙望齊州九點烟，一泓海水杯中瀉。」李賀是站在宏觀的高度上看時間和空間的變化，這和我們今天對宇宙的認識有相近之處，可惜古時候許多人並未從這方面去尋求眞知，而是就此展開了虛無縹緲的玄想，也就有了這樣的詩句：

碧海桑田何處在？笙歌一聽一逍遙。
——初唐·薛曜《送道士入天臺》

金堂玉闕朝羣仙，拍手東海成桑田。
——盛唐·孟雲卿《行路難》

滄海成塵等閑事，且乘龍鶴看花來。
——晚唐·曹唐《小遊仙詩》

但是，把滄桑變遷和神仙生活聯繫起來，並能有「笑看滄海欲成塵」這種興致的人，在現實世界中畢竟不多，更多的人還是從時光易逝，人生幾何，特別是經受了坎坷離亂之後，引起滄桑之感。

洛陽女兒好顏色，坐見落花長嘆息。
今年花落顏色改，明年花開復誰在。
已見松柏摧爲薪，更聞桑田變成海。

——初唐·劉希夷《白頭吟》

一向花前看白髮，幾回夢裏憶紅顏。
紅顏白髮雲泥收，何易桑田移碧海。

——盛唐·盧僎《十日梅花書贈》

勿嘆韶華子，俄成皤叟仙。
請看東海水，亦變作桑田。

——白居易（西元七七二～八四六年）《香山居士寫眞詩》

少年安得長少年，海波尚變爲桑田。

——李賀《嘲少年》

以上詩篇不過是藉滄海桑田，對青春逝去發表點一般性的感慨。像「一別蘇州十八載，時光人事隨年改。不論竹馬盡成人，亦恐桑田半爲海。」（白居易）「十年離亂後，長大一相逢。問姓驚初見，稱名憶舊容。別來滄海事，雨寄暮天鐘，明日巴陵道，秋山又幾重。」（李益）這裏的滄桑則包含有動亂、離愁等許多複雜的內容。

由此可見，在我國古代，滄海桑田見於詩文的雖不少，但多是談人事，並非記述自然界的變化。不過，也有些古人的詩文，或給滄海桑田一詞添加有科學上的內容，或描述記錄了某種海陸變遷的事實，還是具有一定科學價值的。值得一提的是白居易的兩首《浪淘沙》。

其一是：

一泊沙來一泊去，一重浪滅一重生。
相攪相淘無歇日，會教山海一時平。

其二是：

白浪茫茫與海連，平沙浩浩四無邊。
朝去暮來淘不住，遂令東海變桑田。

這裏的滄海桑田沒有神秘色彩，而是把海浪沖蝕，破壞海岸、搬運泥沙以及填平海底的作用都談到了。

白居易能夠跳出《神仙傳》的圈子，看來與他有實地觀察的感受有關。他做過杭州刺史，那時的海，迫近杭州城，他有機會目睹海浪淘沙的狀況。

不過如果僅僅是海浪沖蝕破壞海岸，產生的碎屑物量少，不足以給海陸變遷以重大影響，河流帶來的泥沙在海裏沉積，才是填海爲陸的主力。這一點白居易的《浪淘沙》中沒有反映；而宋朝的沈括（西元一〇二九～一〇九三年）在太行山觀察到「山崖之間，往往銜螺蚌殼及石子如鳥卵者，橫石壁如帶」，從而推論「此乃昔之海濱，今東距海已近千里，所謂大陸者，皆濁泥所湮耳」。並進一步指出：「凡大河、漳水、滹沱、涿水、桑乾之類，悉是濁流，今關陝以西，水行地中，不減百餘尺，其泥歲東流，皆爲大陸之土，此理必然。」（《夢溪筆談．校證》中華書局一九五九年版第七五六頁）這是我國古代難得的對滄桑變遷的科學解釋，雖然這裏並沒有滄海桑田的字樣。

大抵在近代地質科學傳入我國以前，對滄海變成桑田的科學認識，實無超過沈括者。泥沙的沉積，不僅在河流入海處發生，「悠悠清江水，水落沙嶼出」（孟浩然）。在湖泊裏以及河流中水流滯緩處，也都有泥沙淤積。沙洲生成後，變化還在繼續進行，可以進一步淤積擴大，某些部位也可能因受到流水的沖刷而坍塌。這種情況，古人也有注意到的。晚唐胡玢的《廬山桑落洲》，對此就有生動的描述：「莫問桑田事，但看桑落洲。數家新住處，昔日大江流。古岸崩欲盡，平沙長未休。想應百年後，人世更悠悠。」

如果不限於目睹的變動，根據歷史記載和今天的地理面貌對比，我們可以看出更多的滄桑之變。像今日長江口的崇明島，本是唐朝初年才出現的沙洲，以後「漸積高廣，漁樵者依之，遂成田廬」。到五代時已在島上設鎮，並有了崇明之名（《讀史方輿紀要》卷二四）。以後又經歷了許多變動，才發展成今天的樣子，而且變動還在進行。由於島北的江水流得緩慢，南邊的水流較急，因此島的北岸還在向江中擴展，而南岸則在退縮。

我國地勢西高東低，高低相差又很大，而許多河流的水中，泥沙含量很大，「涇水一石，其泥數斗」。早在漢武帝時就有這樣的民歌，那時的黃河，也有「一石水，六斗泥」之說（《漢書・溝洫志》），看來這並不誇張。據現代的觀測，涇水多年平均含沙量爲每立方米的水含有泥沙一百六十一千克（公斤），最高紀錄則有多達九百八十四千克的。即使古時候由於森林面積比今天大，水土流失不如今天嚴重，河流中的泥沙比今天少，但像黃河流域這種開墾很早的地區，由於人爲的破壞，水土流失也已相當嚴重；長江水比黃河水要清，但由於它的水量大，挾帶的泥沙總量仍然不少。因此，在我國，主要是在東部低平地區，原先被水長期淹沒的地方，後來塡成了陸地，這種情況是很多的，被記下來的滄海變成桑田的事例，僅是極小的一部分。

在唐朝前期，潮水對今天華東地區許多城市和田地都還是一個威脅，「揚州郭裏暮潮生」（「暮」一作「見」，開元進士李頎的詩句）。據李紳（元和進士）解釋，「潮水舊通揚州郭內」，是在大曆（西元七六六～七七八年）以後，潮信才不通的。對潮水的侵害，人們進行了鬥爭。稍晚於李頎的李承，在淮南作地方官時，向朝廷啓奏，在「楚州（今淮安）置常豐堰以禦海潮，屯田瘠鹵，歲收十倍」（《舊唐書・李承傳》）。開墾鹽土，產量十倍增加，這是多麼了不起的發展，當時應非個別現象，所以揚州能成爲唐王朝的主要經濟支柱。

看來，在東晉時出現滄海桑田的神仙故事；入唐以後，「滄桑」見於詩文的情況大大增多，實有它的物質基礎。實際上滄桑變遷這種認識，一定在人民中通過自己的感受早就產生，只是沒有用文字記載下來而已，而善於利用某些自然現象來編造謊言愚弄羣衆的道敎徒，將它塞入《神仙傳》，也就不是天上掉下來的了。因爲任何觀念，哪怕是虛幻的、錯亂的觀念，歸根到底都不是純粹主觀的創造，而是客觀實在的反映，儘管經過了歪曲。

不過，以上列舉的事實，多是從滄海變爲桑田，如僅接觸到這些事實，怎麼能產生滄桑互變的思想呢？

另一方面的事實也是有的，不過大多倒並不是眞變成海，而是成爲湖泊乃至水潭，範圍有限，但由於有時是突然發生，能使城郭田園在短時間內變成澤國，給人的印象深刻，因而影響仍是很大的。

「聞歷陽之都一宿沉而爲湖」。王充（西元二七～九七年）在《論衡・命義篇》中引述的這一滄桑之變，復見於《淮南子》，《淮南子》是由崇奉道家的劉安（西元前一七九～前一二二年）組織編寫的，不免也是給它加上了道家常玩弄的神秘色彩，但就這一事件本身而言，不會是虛構的。歷陽即今安徽和州，是一個地震比較多的地區，地下藏有尚在活動的斷裂，地震時某些部位沉陷的情況，是可以發生的；而且此處有河流經過，當初地震時，土石坍塌堵塞河道，也可以將河水壅高，淹沒一些地區成爲湖泊。這樣的事件，在歷史記載或現今的報導中，都是有的。

「邛都郊外問邛池，山色巃嵸影倒垂。神龍困厄泥蟠日，城郭分明水落時。」（明范守己）

邛池即今西昌附近的邛海。《後漢書．西南夷傳》記有，在漢武帝設邛都縣後不久，此處「地陷爲汙澤」，以後多次出現關於這一帶發生地震，湖盆擴大的記載；從這裏的地質構造來看，確有多次在地震中下沉的情況。

其實，沒有地震發生的地方，也有地面在升降的變動，而且範圍很大，對滄桑變遷起著重要影響，不過人的感官難以察覺，要經過科學的研究才能發現。這方面，在我國古代，缺少認識，不過關於「碣石入海」的說法，多少是這種變動的反映。一些人認爲原位於河北東北海邊陸地上的碣石山，現已變成位於海中，雖然還有爭議，但至少可以說明，陸地能變成滄海的認識，在我國古代，也有人從自然界的實際中去尋找根據。

因此，無論是滄海變桑田，還是桑田變滄海，在我國古代，都有產生正確認識的事實基礎。不過，在現實生活中，人們更多接觸到的是海水變成桑田，「借問蓬萊水，誰逢清淺年。傷心雲夢澤，歲歲作桑田」（唐李羣玉）。雲夢澤不斷乾涸縮小，演變成爲今天的洞庭湖及其附近的湖輩，這是事實。近幾千年來，我國東部總的趨勢也是滄海在被塡爲陸，直到現在，黃河三角洲和長江三角洲，都還在向海中推進。《神仙傳》中的「海中行復揚塵」，可能也就是面對這種事實作出的反映。

滄桑變遷的思想在我國很早就出現，並爲人們所廣泛接受，不是偶然的，顯然與我國有這方面明顯豐富的地質現象有關。但是這些萌芽的科學思想，後來並未發展成爲現代的科學理論，這裏面的原因，倒是很值得科技史研究者去探討的。

中國歌舞的起源

／常任俠

歌舞起源於勞動

藝術起源於勞動，由勞動創造了人本身，進而創造了人的藝術，這是恩格斯的科學論斷。人類在長期的勞動實踐中，大腦逐漸發達，肢體直立了，頸項的喉頭發聲器官也逐漸發達，由於人羣中之勞動需要，而產生了言語。隨著勞動方法的進步，語言與動作的變化也逐漸增多。歌舞的基礎，便由此建立。人類的文化在勞動中發展，繼續積累，更使語言與動作進步美化，盡其充分表達感情的任務，於是而成爲美麗的歌詠與舞蹈，《毛詩序》說：「情動於中，而形於言，言之不足，故嗟嘆之，嗟嘆之不足，故永歌之，永歌之不足，不知手之舞之，足之蹈之也。」這個說法與原始社會的情況相近，但還未能說出其主要的原因。在人類最初所作的一個簡單聲音，一個簡單舉動，都是與生活有關的，都是與勞動有關的，歌唱與舞蹈的初基，即由勞動生活中發展而來。

人類因勞動工具與生產方法的進步，使需要的生活資料增加，得到了足夠維持自己生活的物質，而增進快樂，於是由勞動所發展的歌舞形式，也多樣變化，成爲羣體祝賀娛樂的藝術形式。音樂與舞蹈的發展，是人類文化前進的具體形態之一。音樂與舞蹈的產生，最初即植基於人類的勞動生活中，最原始的樂器，也常常就是勞動用具。

使聲音與動作，合著有規律的節奏，這即是歌舞的基本形式。歌舞最初的功用之一，便是使羣衆的勞動協同一致，增加效能。並同時增加勞動的興趣，去調節勞動時所發生的疲困，以減輕工作中的辛苦。歌即起源於人類勞動工作時的呼聲，器樂也是起源於與呼聲並起的有規則的音響。例如中國古代相傳的「築城相杵」之歌，即以工人「邪許」的勞動呼聲，做爲基調。《宋書．樂志》說：「築城相杵者，出自梁孝王，孝王築睢陽城，造倡聲，以小鼓爲節，築者下杵以和之。」這個歌就是建築工人勞作的歌，這個杵，就是勞動用的工具，同時也是樂器。《周禮》鄭注說：「狀如漆筩，而弇大長五尺六寸，以革挽之，有兩紐，虛無底，舉以頓地，如舂杵，亦謂之頓。」頓地爲節，是勞動也是舞蹈的拍子。由勞動用具變成了樂器，使工作在律動中進行，在工作下杵時的節拍，遂成爲音樂的伴奏，而工人們「邪許」的呼聲，便成爲勞動的合唱，其一致的動作，也即是舞蹈形式的完成。歌與舞常是合一的動作，有舞即有歌，中國古代常以歌舞並舉。如《商書》說：「恆舞於宮，酣歌於室。」歌舞的一致，是自其發生就如此的，音樂的伴奏，也是如此。在勞動中創造了歌，創造了舞，並創造了樂器。

歌舞發展的幾個原因

勞動是原始社會表演歌舞的動因，從蒙昧時代人類文化逐漸向前發展，音樂與舞蹈也逐漸多樣的發展。起初表演者大率爲一部落之全體，無以此爲專業的。到氏族社會，人創造了神，溝通人神，於是才有了「巫」。發展了祀神的巫舞。到奴隸社會，階級發生，供上層的娛樂，於是才有了「倡優侏儒狎徒」，「爲奇偉之戲」。到封建社會，於是而有「俳優」，成爲貴族的娛樂品，同這個社會相終始。

早期人類歌舞的表演大概有以下各種動因。這些因素常常是互相關聯的，不可孤立地去看。這裏爲了便於說明問題，權作如下的分析。

一是對於勞動成功的慶祝。人類在勞動過程中本來就發動了歌舞，勞動而有了成果，更激起了無上的喜悅，於是用歌舞去加以表演。如讚美戰爭的勝利，狩獵的豐盛。畜牧時期的牲畜繁殖，農業時期的收穫完功，從古代都留下很多有關的樂章。古代的舞蹈分爲文舞與武舞，武舞更是從戰爭狩獵中發展而來的。

二是對於自然的崇拜。原始人與自然鬥爭，因爲尚未發見宇宙中的科學原理，不能控制自然。自然界能給人類以恩惠，也能給人以災禍，恐怖疑惑，因生畏敬，由於積久的生活經驗，誠恐自然破壞了畜牧農業的勞動成果，危害了人類的生存，於是崇拜自然的觀念隨之以起。將自然界的種種現象，都人格化，以爲可以有權力爲人禍福。人類不僅想求得善神的保護，而且想藉著善神的力量，以防範惡神之惡的行爲，於是而有祭神的歌舞。因崇拜而思獻媚，假歌舞以祈福佑，中國與歐洲相同。媚神歌舞成爲巫的專職，神成爲超人的階級。在奴隸社會中，奴隸主更用神權統治，使奴隸帖服，加强發展了宗教。到了後來封建制度形成，私有資產發達，於是產生了專業優人，從事神轉而事奉封建主。但演劇祀神祈福之風，猶未盡滅，我們看鄉村的賽會社戲，這原始的遺俗，還一直保存至今。

三是對於祖先的祭祀。祖先在原始人的信仰中，變爲後裔的保護神，以爲可使宗祚延長，事業興盛。故從氏族社會時代起，到奴隸社會和封建社會，都最重祭祀祖先的舞樂。或誇耀祖先的武功，或稱美祖先的盛德。尊祖敬宗成爲封建社會的重大事件。所以劉師培說：「上古之時，最崇祀祖之典，欲尊祖敬宗，不得不追溯往跡。故《周頌》三十一篇所載之辭，上自郊社明堂，下至籍田祈穀，旁及岳瀆星辰之祀，悉與祭祀相關。《魯頌》、《周頌》，莫不皆然。」大概崇拜自然與崇拜祖先並重，祖先也即是能福人的善神之一。如《詩經》中《烈父》、《有容》諸篇，因諸侯助祭而作，《憫予小子》爲朝廟之詩。至如《魯頌．閟宮》亦爲追祀先公而作。《商頌．常發》諸詩，則皆是祭祀的樂章。《周禮．大司樂》也說：「舞《雲門》以祀天神，舞《咸池》以祭地祇，舞《大磬》以祀四望，舞《大夏》以祭山川，舞《大濩》以享先妣，舞《大武》以享先祖。」祭天地山岳川澤與祭祖先並重，祖先崇拜與自然崇拜，同樣支配著古代人的心靈，就古籍中所載的這些樂章與舞蹈中，尚可考見一斑。

四是對於兩性的誘惑。性愛是人類的本能，人類必須藉兩性的生殖而延續。故原始人類，對於性生殖的崇拜，亦極富於神秘的意味。大概男性與女性雙方都想極力求得對方的喜悅，因以活潑的姿態、美麗的聲音，努力去表演，藉以引起對方的注意，遂導歌舞的先路。因此也更逐漸進步。原始社會的情況，在近代少數民族中，尚有遺留。在陸次雲的《跳月記》、田雯的《苗俗記》裏，都記述到苗民舞蹈的情況，說是每當春月，羣集未婚男女於草原上，吹著六笙，搖著鈴子，並肩舞蹈，男女相悅，夜間各擇愛侶以去。這與中國古禮（《周禮．地官．司徒下》）所記中春之月，於是時也奔者不禁，《詩經．國風》中所記溱、洧之間，採蘭贈芍，士女相謔的風俗，也正相同。至今廣西境內苗、猺民族的歌圩，春月集合青年男女，歌舞擇偶，尚存原始社會男女結合的古俗。

以上各動因，常常互相聯繫，也常常幾種同時存在。如崇拜社神，歌舞祭祀，爲中華最古的風俗。但社神即是土穀神，實與勞動收穫有關。社神又是祖先神、生殖神，則與祀祖戀愛，都有密切的聯繫。中國人民最早建立了農業文化，土地與勞動，爲一切發展的根源。樂舞的進步，即由生產進步，物資增多，人類由蒙昧而進於文明。社會向前發展，也促進了音樂舞蹈的發展，使其複雜而多樣。於是逐漸的改進了原始簡單的狀態。

中國原始的歌舞

從發展上看，歌唱是音樂中最古的形式，聲樂應先於器樂。先有歌舞，而後有樂器伴奏。頓足與擊掌爲節，便是最早的伴奏方法之一。因爲人類自身的官能肢體，由於勞動的發展，就能歌舞，無須假助於其他的工具。假助於工具而增加娛樂的藝術，使其更爲協和美善，這是人類文化更加進步的表現。但原始的歌曲是異常簡單的，在音調上，往往僅由兩三個高低不同的音律的組成，歌曲的內容也很貧乏，甚至有時毫無內容，一個歌曲中只有一兩個音繼續不斷的重複。如現今各地建築工人的打夯歌，嘉陵江上的船夫歌，都是如此。用一個「哦」的音，可以反覆唱得很久，配合的方法是有時提高而有時降低。就現今這些落後的歌唱中，還可推知其原始形式。其內容縱有時擴充，但仍不能超過原始的限度，只能悅耳和提高情緒，不能敍述任何事件。舞蹈的簡單形式，也是如此。其程度的幼稚，較之唐以後的歌舞劇，是距離得非常遙遠的。但這些都與勞動有直接關係，在勞動中創造出的音節，也爲後世進步的樂舞奠下初基。

中國是文化悠久的國家，樂舞藝術，已有久遠的歷史。在五千年前的新石器時代的彩陶上，我們發現了原始社會音樂舞蹈的歷史遺物。在甘肅省曾發現的彩陶塤，作魚形，與作葫蘆形的不同，可以吹出五個音階，至今還可以吹奏出《北京有個金太陽》的調子，從而證實我們民族音樂的五音音階，在五千年前就已建立。西元一九七三年秋，青海省大通縣上孫家寨的古墓葬中，曾發現一座馬家窟類型墓葬，在出土陶器中，有一件內壁繪有五人連臂踏歌圖案的彩陶盆，周圍共有三組，十五個舞人，這個彩陶盆引起人們的很大興趣。特別是研究音樂舞蹈者，在原始社會的舞蹈形象上，得到可貴的依據。與陶器件出的還有骨紡輪、海貝、穿孔蚌殼、骨珠和燒焦的人骨殘塊、木炭、紅燒土以及牛蹄、牛尾骨等，這些記錄了原始人生活的情況。他們有勞動工具、有裝飾用品、用火燒灼食物，並且可以狩獵大而有力的動物，他們是在開始控制自然、慶祝自己的勝利而歌舞的。

從這件文物上，我們可以確證，中國在新石器時代，已有這樣的集體舞。中國古舞是中國人民自己的藝術創造，是中國文化的一部分，是從中國古代勞動人民中發生發展的。它有中國特殊的藝術面貌，有自己的構圖與韻律。在世界古代文明諸國中，它是自具異彩的。從原始社會起，它已經在自己的土地上植基生根，開花結實。中國是一個多民族的國家，舞蹈的文明成就，繼續發展，可以說是各民族長期共同努力融匯的結果。

所以我們說，中國的舞蹈藝術，從其開始就是在自己的勞動人民中產生和發展的。有些來自國外的唯心論者，毫無根據的把中國的文明起源，說成是「外來傳播」或「外來信息所決定」的，這些謬論，就不值一駁了。

略說雅樂

／姚嗎冰

正如人類社會的歷史要追溯到洪荒時代一樣，音樂史是從神話和傳說的時代寫起的。我國古代史籍寫到了黃帝、堯、舜、禹和葛天氏、伊耆氏、朱襄氏、陰康氏……的歌舞，寫到了當時的土鼓、石磬、葦籥（笛子一類）等樂器。這些固然還不是確鑿的信史，但是無疑反映了最早的音樂創造：在我們的祖先開拓生活天地的同時，音樂和歌舞就互相伴隨著產生、發展起來，表達出他們的心聲，他們的信念、祝頌和祈求。

但是，音樂來到人世間，就不是無拘無束的。人類社會的各種力量都追求它、左右它。當巫術和神權威懾著我們的祖先的時候，音樂就在祭壇前奉獻給冥冥之中的神靈。當氏族貴族、奴隸主掌握了權力的時候，音樂也就不能不受他們支配。這樣，在音樂發展的長河裏，從一開始就蕩漾著社會政治的倒影。這裏，我們從歷史的角度，粗略地說說「雅樂」。

一、

西周是繼夏、商之後統治經驗更加成熟的奴隸制王朝。相傳西周武王以後，周公姬旦攝政，規定了鞏固統治所需的一套禮樂制度，這就是後代儒家稱頌的「制禮作樂」。「雅樂」就是在這時出現的。

西周雅樂有「六代之樂」，表現對傳說中或歷史上的英雄人物——黃帝、唐堯、虞舜、夏禹、商湯、周武王的歌頌；有「詩樂」，大體就是後來收進《詩經》的「風」、「雅」、「頌」的內容；還有襯托周朝政治影響的「四夷之樂」和敬神禮鬼的宗教性樂舞。我國的音樂，從上古直到北宋以前，主要是跟歌舞相結合而發展的。西周雅樂就是音樂、詩歌和舞蹈的結合。

當時的樂器，按製作材料分爲金、石、土、革、絲、木、匏、竹八類，即所謂「八音」。金指青銅的鐘、鈴等，石指石磬等，土指陶質的吹奏樂器塤和敲擊樂器缶等，革指皮革製的鼓等，絲指彈弦樂器琴、瑟等，木指木質的敲擊樂器柷、敔等，匏指用匏瓜（葫蘆）作座的簧管樂器笙、竽等，竹指管樂器簫等。種類已經不少，但是占多數的是敲擊樂器，總的說性能還相當單調。在雅樂樂隊中，最突出的是成系列懸掛在架上的鐘和磬——編鐘和編磬，它們奏出「金石之聲」，決定雅樂的調性和旋律。

雅樂的應用有嚴格的等級區別。王的樂隊排列東西南北四面，諸侯的排列三面，卿、大夫的兩面，士的只有一面。這叫作「正樂縣（懸）之位」（《周禮・春官・大司樂》）。王的舞隊八列，每列八人，全隊六十四人，叫作「八佾」；以下按等級遞減爲「六佾」、「四佾」、「二佾」（《左傳・隱公五年》）。如此等等。

還有比等級區別更重要的特色，那要通過雅樂的功能去透視。

按照儒家經典的論述，「樂」跟「禮」，跟「刑」、「政」，是緊密聯繫並且爲共同目的服務的。《禮記・樂記》不厭其煩地闡發禮樂刑政尤其是禮樂之間的關係和它們的作用：

「先王之制禮樂也，非以極口腹耳目之欲也，將以教民平好惡，而反人道之正也。」

「禮節民心，樂和民聲，政以行之，刑以防之，禮樂刑政四達而不悖，則王道備矣。」

簡言之，「樂」是進行倫理教育的手段，是實現「王道」的措施；「樂」要能節制人的感情，把人引向合乎禮制的崇高精神境界。

「樂」的靈魂是如此嚴肅，因此表現形式必須典雅、純正、莊重、肅穆。《禮記・樂記》點出一個「靜」字作爲雅樂的基本精神，所謂「樂由中出故靜」；後來北宋人陳暘在他的《樂書》裏發揮了「聲以靜爲本」的理論。這看來未免玄虛，然而是點破了雅樂的性格的。

在貴族宮廷、宗廟的朝會、宴饗、祭祀等典禮儀式上，按定制組成的樂隊奏出「以靜爲本」的樂曲；合著樂曲，按定制組成的歌舞隊伍一字一腔，一舉手一投足，無不合乎禮制的要求。音樂幾乎成了典禮上的聲響標誌。雅樂的形象大體就是這樣。

二

西周統治者規定雅樂，對當時的音樂文化有一定的綜合整理之功。但是他們力圖把所有音樂納入貴族禮制的規範，跟事物發展的法則格格不入。自從貴族有了雅樂，民間流布的音樂就成了「俗樂」。俗樂不像雅樂那樣典雅規範，但是它以現實生活爲源頭，有流不盡的活力。即使在貴族階級中，也有越來越多的人不能忍受雅樂的沈悶，而欣賞俗樂的清新優美。貴族階級的衛道者因此惴惴不安。維護雅樂，排抑俗樂，就成爲春秋時期儒家的神聖使命。當時鄭國、衛國一帶是俗樂發達的地方。儒家把「鄭衛之音」作爲俗樂的代稱，斥之爲「淫聲」、「奸聲」、「溺音」、「亂世之音」、「亡國之音」。儒家的創始人孔丘聽了雅樂中的《韶》，高興得「三月不知肉味」（《論語．述而》）；而對於俗樂，「子曰：『惡紫之奪朱也，惡鄭聲之亂雅樂也！』」（《論語．陽貨》）率先表示了鮮明的愛憎。

儒家的這個使命是艱難的。戰國前期，魏文侯問孔丘的弟子子夏：「吾端冕而聽古樂，則唯恐臥；聽鄭衛之音，則不知倦。敢問古樂之如彼，何也？新樂之如此，何也？」子夏把「奸聲」、「溺音」斥罵一陣之後，開導魏文侯：「君子之聽音，非聽其鏗鏘而已也。」（《禮記·樂記》）這種說教能有多大作用，是大可懷疑的。過了幾十年，魏惠王（梁惠王）在孟軻面前理直氣壯地表明自己的愛好。「王變乎色曰：『寡人非能好先王之樂也，直好世俗之樂耳。』」孟軻不愧爲一位識時務的大儒，他爲諸侯愛好俗樂找到了圓通的解釋，對惠王說：「今之樂猶古之樂也。……今王與百姓同樂，則王矣。」（《孟子·梁惠王》）顯然，孟軻承認雅樂的權威已經動搖了。差不多同時，齊宣王把雅樂正宗擻在一邊，陶醉於龐大樂隊的吹奏，「使人吹竽，必三百人」。就是在這樣的大樂隊裏，鬧出了南郭處士「濫竽充數」的笑話（《韓非子·內儲說上》）。

但是，雅樂作爲宮廷音樂儘管已經暴露出致命的弱點，作爲禮教的支柱卻有它繼續存在的理由，從奴隸主貴族到封建貴族都需要它，重視它。西周末年出現的「禮崩樂壞」的歷史潮流，一方面表現爲禮樂制度受到蔑視和踐踏，另一方面又表現爲「僭越」的增多，統治階級中不斷興起新的勢力，要把最高規格的禮樂旗幟抓在手裏，藉以證明政治等級的上升。因此，雅樂的尊貴地位又是不可動搖的。雅樂的主樂器編鐘常常出現在先秦時期的貴族墓葬中，正是雅樂備受重視的反映。西元一九七八年從湖北隨縣戰國曾侯乙墓出土的一大套編鐘，是最突出的一例。曾侯乙是戰國時期名不見經傳的一個小諸侯，竟有這樣一套蔚爲大觀的編鐘生死相隨，意義就更不尋常了。

三

春秋戰國時期音樂領域裏雅俗的分化和對立，在秦漢大一統局面形成之後不絕如縷，貫穿了整個封建社會。儒家的政治理論和倫理觀念在中國封建社會始終占據正統的地位，因此儒家的禮樂制度始終爲封建統治階級所維護。雅樂世代相傳，大同小異，象徵著封建統治的長期傳遞。翻開歷代「正史」中的《樂志》（或《禮樂志》、《音樂志》），連篇累牘都是關於雅樂的冗長煩瑣的記載，每一個朝代都不敢對雅樂稍有忽視。但在雅俗之爭中，雅樂已經再也不能造成有力的態勢。而俗樂的發展卻像春江潮水，灩波萬里。從平民百姓的市井閭巷到士大夫和帝王的「大雅之堂」，實際上都是俗樂的天下。

試以西漢的歷史爲例。漢武帝的煊赫功業有一個窗口：樂府。這是朝廷的音樂官署，掌管朝會、宴饗、巡行、祭祀等場合的音樂。它翻舊改新製作了一些雅樂，而更重要的貢獻是採集民間的歌謠、樂曲，加以整理、改編、配器，以應宮廷唱奏的需要。當時，「內有掖庭材人，外有上林樂府，皆以鄭聲施於朝廷」（《漢書·禮樂志》）樂府吸引俗樂直入宮廷廟堂，而且堂堂正正跟典禮結合起來，因而「裁音律之響，定郊丘之祭，頗雜謳謠，非全雅什」（《隋書·音樂志》）。「鼓吹」樂的興盛，很可以代表一時的風尚。

鼓吹樂原是秦漢之際北方游牧地區的音樂，跟它相近的還有源出西域的「橫吹」樂，合起來也統稱爲鼓吹。鼓吹樂使用鼓、胡笳、角、橫笛、排簫、鐃等樂器，一般配合歌唱，歌詞往往帶有濃厚的民歌意味。所以，這是融合了多民族的音樂、歌謠而形成的新的俗樂。這種新俗樂在西漢盛極一時，它是軍樂，是儀仗樂，是朝會之樂，也是帝王宴遊之樂。漢武帝就「常令宮女泛舟（昆明）池中，……作《棹歌》，雜以鼓吹」（《三輔黃圖．漢昆明池》）。有些現象看來簡直違背情理，充作軍樂的鼓吹樂曲，竟然包括大膽的愛情歌謠：「上邪！我欲與君相知，長命無絕衰。山無陵，江水爲竭，冬雷震震，夏雨雪，天地合，乃敢與君絕！」還竟然包括詛咒戰爭和勞役的悲憤之作：「戰城南，死郭北，野死不葬烏可食！」「十五從軍征，八十始得歸！」即使這只是西漢一個時期的現象，但是俗樂的滲透力給人的印象是夠深刻的了。

從南北朝到隋唐，民族融合和中西交通促進了音樂文化的新發展。俗樂進一步推陳出新，薈萃成爲隋唐宮廷的「燕樂」（宴樂），繁榮華美遠超前代。當時雅樂和燕樂的對比，我們援引白居易在《長慶集》中的一首《立部伎》詩就可見一斑：

太常部伎有等級，堂上者坐堂下立。……立部賤，坐部貴，坐部退爲立部伎，……立部又退何所任？始就樂懸操雅音。……圜丘后土郊祀時，言將此樂感神祇，欲望鳳來百獸舞，何異北將轅適楚！

太常指掌管禮樂祭祀的官署太常寺。所屬樂伎分坐立二部始自唐玄宗朝。坐部坐奏於堂上，位置高貴；立部立奏於堂下，位置相對低賤。坐部伎考察不合格的降級爲立部伎，立部伎不合格的再降級，才去操習鐘磬之類的「樂懸」，應付雅樂。因此詩人感慨繫之：如此雅樂，說要在儀式中感動神祇，收到「鳳凰來儀，百獸率舞」的效應，豈非南轅北轍！

至此，俗樂、雅樂優勝劣敗的歷史，不需要更多的筆墨來敍述了。雖然，雅樂繼續要爲以後的王朝服務，直到中國人民推翻封建帝制的時候，它的餘韻才最後消失。

四

雅樂留下了不少文物遺產。遠的如考古發現的先秦編鐘、編磬，近的如清故宮裏成套的雅樂器。而北宋末年的編鐘別有一種象徵的意味。

北宋對於雅樂的重視，在歷代封建王朝中顯得特別突出，從北宋開國到徽宗初年，一百四十多年間，宮廷樂律家反覆爭論樂律理論問題，音高標準就改變了六次，最後一次確定於崇寧四年（西元一一〇五年）。當時，北宋政權風雨飄搖，宋徽宗卻以「復三代之制」爲名，行「以太平爲娛」之實，稱新的雅樂爲「大晟樂」，設置了專司其事的「大晟府」，對宮廷雅樂著力整頓，製造了新的雅樂器。政和三年（西元一一一三年），下詔「行大晟新樂」（《宋大詔令集》卷一四九）。

僅僅十二年之後，宣和七年（西元一一二五年）底，金兵長驅南下，宋徽宗倉皇失措，「下詔罪己」，「罷大晟府」，宣告退位當「太上皇帝」（《宋史》本紀）。「大晟」雅樂成了絕響。又捱過了一年多，靖康二年（西元一一二七年）春，退了位的宋徽宗和即位不久的宋欽宗以及親王、后妃、內侍、僧道、百工、伎藝、醫卜、倡優，像羊羣一樣當了金兵的俘虜；宋朝的金銀絹帛、寶璽儀仗、天下州府圖籍，連同「大晟」樂器等等，都成爲金兵的戰利品，被押送北上。運到金朝控制下的燕京的「器物二千五十車，……點驗後，半解上京，半充分賞」（《靖康稗史》錄《呻吟語》）。從此「大晟」樂器分散三處：一部分在當時的燕京（後爲金中都，今北京）；一部分到了上京（金朝初期都城，今黑龍江阿城縣境）；一部分劫後殘餘，流散堙沒在北宋都城東京（今河南開封）一帶。

金朝統治者照樣需要儒家的禮樂制度，照樣需要用雅樂來裝點政權。他們把戰利品中的一部分「大晟」樂器搬上了自己的宮廷廟堂。皇統元年（西元一一四一年），「熙宗加尊號，始就用宋樂」。但是利用現成的雅樂器卻發現觸犯了封建禁忌：樂器上都有「大晟」二字刻銘，金太宗名晟，刻銘正好「犯太宗諱」。臨時只得「皆以黃紙封之」。後來則刮磨改刻「大晟」爲「大（太）和」，金朝的雅樂才名正言順（《金史．樂志》）。宋徽宗整飭禮樂、粉飾太平的雅樂器，就這樣隨著河山易幟，有的散失，有的爲敵對政權所用了。

宋金以後的文物遺產中，因此有一類編鐘，同樣的形制，卻有「大晟」、「大和」兩種刻銘。今天，有幾件爲故宮博物院和上海、天津等博物館所收藏；有的已經遠流海外，例如加拿大多倫多博物院就有一件；加上著錄於文物圖籍的，所知總數不過十多件。最後見於報導的有兩件：一件是「大晟」鐘，入藏遼寧省博物館；一件是「大和」鐘，曾藏熱河省博物館，後歸河北省博物館。考古工作者指出，後者的「大和」二字款帶有明顯的刮磨改刻痕跡，正是宋金之際滄桑變化的見證（參見《文物》一九六三年第五期，一九六四年第二期、第六期，一九八三年第十一期）。

女樂倡優

／孫景琛

女樂和倡優是我國歷史上最早出現的專業表演藝術家。在漫長的歲月中，他們以自己的智慧和勞動創造了燦爛多姿的藝術文化。我國現有的各種傳統藝術形式，如器樂、歌曲、舞蹈、戲曲、曲藝相聲、雜技等，大都可以從他們的藝術活動中尋見其淵源。

早在原始社會的後期，就出現了專以「歌舞事神」爲職業的「巫」，「巫」雖已帶有表演的性質，但其主要職責畢竟是娛神，而不是娛人。眞正的表演藝術的產生，是在人類進入階級社會以後。奴隸社會中的進一步分工，出現了以表演歌舞技藝供奴隸主消遣娛樂的樂舞奴隸，這就是後世女樂倡優的發端。傳說夏桀的宮中有「女樂三萬人」，《呂氏春秋．侈樂》云：「夏桀殷紂，作爲侈樂，大鼓鐘磬管簫之音，以巨爲美，以衆爲觀。」當是夏商奴隸社會中樂舞奴隸存在的反映。

女樂倡優之名，原是指藝人的不同專長。女樂，後又稱樂伎，樂是音樂、樂舞；伎即技，精通樂舞技能的演員就稱伎，可分爲樂伎、舞伎兩種，統稱樂舞伎。因樂舞伎以女性爲多，故伎又可寫作妓。倡與唱通，擅長歌唱的演員即為倡。優是雜戲藝人，以滑稽多辯見長，有時和俳（詼諧）並稱為俳優，或和伶聯稱為優伶；先秦優人多以矮小的侏儒充任，所以有時又叫俳（或倡）優侏儒。但是古代的表演藝術還沒有明確的劃分，當時的藝人有的有所側重，而一般都是通家，所以，這些名稱在使用上也並沒有嚴格的區別，往往混用，如《史記．滑稽列傳》：「優旃者，秦倡，朱儒也。」旃既是優，又是倡，又是侏儒。

女樂倡優出現之後，和樂舞藝術一起經歷了由興而盛，又由盛而衰的發展變化過程。總的來看，春秋戰國至兩晋南北朝，是伎樂倡優的成長發展時期，到唐代則達到繁盛的頂峯。史書記載，春秋戰國時諸侯們「右倡左優」，擁有衆多女樂倡伎，已成日常享樂及政治生活中的一項重要內容。秦始皇統一六國，集中了全國的樂舞，以致女樂倡優，充盈宮室。漢武帝宮庭中「設戲車，教馳逐，飾文采，叢珍怪；撞萬石之鐘，擊雷霆之鼓，作俳優，舞鄭女」（《漢書．東方朔傳》）。當時社會上「富者鐘鼓五樂，歌兒數曹。中者鳴竽調瑟，鄭舞趙謳……歌舞俳優，連笑伎戲」（《鹽鐵論．散不足》）。伎樂盛行一時。魏晋南北朝的連年戰亂，似乎也沒有阻礙伎樂的發展，相反還出現了畸形的繁榮，據《晋書》載：豪富石崇之家「後房百數，皆曳紈繡，珥金翠，絲竹盡當時之選」（《石苞列傳》）。權臣賈謐「室宇崇僭，器服珍麗。歌童舞女，選極一時」（《賈充列傳》）。葛洪在《抱朴子．崇敬》中揭露當時的「王孫公子，優遊貴樂，婆娑綺紈之間，不知稼穡之艱難，目倦於玄黃，耳疲於鄭衛」。這裏的「鄭衛」，就是伎樂的代稱。《洛陽伽藍記》記北魏宗室富陽王雍家有「伎女五百」，河間王琛有「伎女三百人，盡皆國色」。貴族之家，「出則鳴騶御道，文物成行，鐃吹響發，笳聲哀轉；入則歌姬舞女，擊筑吹笙，絲管迭奏，連宵盡日」。南朝的伎樂更盛，豪門富戶「每飲會，必盛設女伎雜樂，備盡羌胡之聲」（《陳書．章昭達列傳》）。蓄伎之風彌漫上下，「富伎之夫，無有等秩，雖復庶賤微人，皆盛姬姜」（《梁書．賀琛傳》）。到了隋唐，伎樂的發展更達到了它的鼎盛時期，隋煬帝大業二年（西元六○六年），在洛陽舉行過一次大規模演出，曾集中了樂舞伎三萬人，爲製作伎衣，竟將長安、洛陽的錦綢採購一空。唐時，皇室宮廷中有宮伎，軍隊中有營伎，地方政府部門有官伎，官僚富戶有家伎，即使是一般士人之家，也養有一定數量的樂伎，落魄如晚年的李白，還養有歌伎金陵子，白居易擁有名伎樊素、小蠻等多人，道學夫子韓愈，家有絳桃、柳枝，皆能歌舞。隋唐時期，湧現出了一大批出類拔萃的表演藝術家，其中的佼佼者，如精通樂律的大音樂家萬寶常，善舞劍器的公孫大娘，長於歌唱、又善羯鼓的李龜年，歌唱家米嘉榮、許和子（永新），精於笛的李謨、許雲封，琵琶演奏家康崑崙、雷海青，擅長滑稽諷刺的黃幡綽，辨慧工詩的薛濤，被後人尊爲「茶神」的陸羽……可謂才人輩出，燦若羣星。

安史亂後，强大的唐帝國盛極而衰，繁盛的倡優伎樂也開始走下坡路。正如杜甫在《觀公孫大娘弟子舞劍器行》一詩中所感嘆的：「梨園弟子散如煙，女樂餘姿映寒日。」「玳筵急管曲復終，樂極哀來月東出。」曲終筵散，進入了逐步衰落的階段。宋代以後，隨著市民文藝的發展，原來的伎樂倡優隊伍也進一步分化，除宮廷貴族間還有部分伎樂遺留外，大部轉向都市的瓦肆勾欄，成爲職業的戲曲、說唱、歌舞、雜技演員，今日的戲曲演員之所以還保留著優伶、俳優、梨園子弟等稱謂，就因爲是由古之優人演變而來的緣故；另有一些則淪落爲以色相賣笑爲業，倡伎也就成爲另一種意義上的娼妓，這也就是後世的娼妓仍需以彈唱歌舞侑客的由來。

倡優伎樂發端於奴隸社會的樂舞奴隸，而終封建社會之世，始終沒有擺脫家內奴隸的地位和命運。他們沒有人身自由，占有他們的奴隸主掌握著生殺予奪的大權，可以任意買賣、轉讓、蹂躪以至殺殉。《墨子·節葬》說：「今王公大人之葬埋……輿馬女樂皆具。」揭露了春秋戰國時期以女樂殉葬的陋習，這一事實已爲今天的考古研究所證實。《論語·微子》：「齊人歸女樂，季桓子受之，三日不朝，孔子行。」《左傳·襄公十一年》：「鄭人賂晉侯以師悝、師觸、師蠲……歌鐘二肆，女樂二八。晉侯以樂之半賜魏絳。」這些都是把女樂倡優當作物品一樣贈送、賞賜的實錄。白居易寫過一首《有感》：「莫養小馬駒，莫教小伎女。……馬肥快行走，伎長能歌舞，三年五歲間，已聞換一主。」把女伎和馬畜相提並論，三五年改換一主，可見女伎的買賣轉讓在唐代仍是司空見慣的事。直到淸代，這種情況依然沒有改變，《紅樓夢》中寫裝點大觀園時，提到賈薔到姑蘇採買了十二個女孩子，並聘了教習，教演女戲，就是例證。

伎樂倡優們的身世命運是悲慘的，但他們又不同於一般的家奴。由於統治者娛樂欣賞的要求，他們從小就得接受嚴格的專業訓練，因而有著較高的藝術文化素養，其中不少人多才多藝、身懷絕技。在一般情況下，過的也是錦衣美食、養尊處優的富貴生活。由於地位的特殊，有機會經常接觸上層人物，加以有精湛的技藝，他們很容易受到統治者的優寵，個別的人物，甚至飛黃騰達，靑雲直上。著名的如趙飛燕，以身輕如燕的舞技贏得了漢成帝的歡心，後來竟登上了皇后的寶座。又如漢宣帝的母親王翁須，貴爲太后，而其出身則是歌舞伎人。女樂倡優這種富有傳奇色彩的生涯和遭際，在漢賦、唐詩、宋詞、元曲以及歷代的筆記雜錄和小說中屢有反映。

女樂倡優在我國文化史上的主要貢獻，是創造了多種多樣、絢麗多彩的表演藝術。但由於種種原因，歷史上那些名優世倡的高超技藝今天已無從得見了。然而從某些古典文學作品中，尚能想見其彷彿。如張衡《西京賦》對漢代百戲的描寫：「總會仙倡，戲豹舞羆。白虎鼓瑟，蒼龍吹篪。女娥坐而長歌，聲清暢而蜲蛇；洪涯立而指麾，披羽毛而襳襹。度曲未終，雲起雪飛，初若飄飄，後遂霏霏。復陸重閣，轉石成雷。」這是多麼壯觀的演出場面。又如杜甫所形容的公孫大娘舞劍器的雄姿：「觀者如山色沮喪，天地爲之久低昂。爟如羿射九日落，矯如羣帝驂龍翔。來如雷霆收震怒，罷如江海凝清光。」（《觀公孫大娘弟子舞劍器行》）眞是神乎其技，難怪書聖張旭見後「草書大進」了。再如白居易的名篇《琵琶行》，描寫一位商女的琵琶演奏：「大弦嘈嘈如急雨，小弦切切如私語。嘈嘈切切錯雜彈，大珠小珠落玉盤……。銀瓶乍破水漿迸，鐵騎突出刀槍鳴。曲終收撥當心畫，四弦一聲如裂帛。」聲情交融，風采畢具，這位樂伎的彈奏技巧眞是達到了爐火純青的地步。此外，不少美術作品，如漢墓出土的畫像石（磚）和陶俑，敦煌等石窟壁畫，也還保留了當時的伎樂形象，可供我們觀賞。

中國古代的影戲

／王錦光 洪震寰

「有聲電影的來源，不能不崇拜中國影戲爲開山祖。」

上引的這句話，是渾司樓寫在他的《人們的劇場》一書中的①；它在一定意義上反映了我國古代影戲，在世界藝術史與科技史上的地位。

從古到今，不少人都把李少翁爲漢武帝召李夫人魂的事，看作是中國影戲的淵源，其實還可以追溯得更早。戰國時期，《墨經》裏已經記載了根據針孔成像原理的暗匣，這是大家所熟知的。《韓非子·外儲說左上》有一條十分有趣的記載：「客有爲周君畫筴者，三年而成。君觀之，與髹筴者同狀。周君大怒。畫筴者曰：『築十版之牆，鑿八尺之牖，而以日始出時，加之其上而觀。』周君爲之，望見其狀，盡成龍蛇禽獸車馬，萬物之狀備具。周君大悅。」據解釋，「筴」是指豆莢的內膜。呈半透明狀。在「筴」上畫一些景物，太陽始出，光線平射，透過畫筴，就能把所畫的景物映在屏壁之上，使人看了不免「大悅」。這是一個利用光學原理的映畫裝置，效果很好，可以看作是影戲的先導。

至於李少翁召李夫人魂的事，《史記》、《漢書》以及其他許多古籍，都有詳略不同的記載。《漢書．外戚列傳》云：「上思念李夫人不已，方士齊人李少翁言能致其神，迺（乃）夜張燈燭，設帳帷，陳酒肉，而令上居他帳而望，見好女如李夫人之貌，還帷坐而步，又不得熟視。」這裏還不曾說出李夫人的影像究竟是怎樣造成的。據東晉王嘉的《拾遺記》上說，那是利用一種色青質輕的「潛英之石」，「命工人依先圖刻作夫人形，刻成，置於輕紗幕裏」，在「燈燭」光線的照射之下，投影於「帳帷」之上，那影像不僅「宛如生時」，而且隨著石刻人形的動作，也能「還帷坐而步」。這在原理上是利用光線在屏幕上造成影像，作有目的之表演；在結構上有光源、形象、屏幕三個部分。所以，可以認爲是影戲的雛形。跟現代電影相比，兩者雖存在很大的差別，比如，前者看到的是「影」，後者是「像」；前者的「影」是連續的，後者的「像」是間斷的，靠著人的視覺殘留把它們連接起來。但在許多方面，與現代電影已很相近了。

這類光學裝置在成爲正式的「影戲」之前，往往被用來搞迷信活動。據唐代的《廣古今五行記》上記載，在隋煬帝大業九年，唐縣人宋子賢經常在壁上映出一些佛形或獸形的影像作某種表演，新奇引人，以致「遠近惑衆數千百人」。

「影戲」既然是「戲」，那表演要有一定的情節。北宋張耒的《明道雜志》上說：「京師有富家子……好看影戲，每弄至斬關羽，輒爲之泣下。」又據高承的《事物紀原》說：「宋朝仁宗時，市人有能說三國事者，或採其說，加緣飾作『影人』，始爲魏、蜀、吳三分戰爭之像。」可見在北宋時，影戲不僅用來表演歷史故事，而且十分逼眞、感人。由於要演「戲」，必須讓形象做出複雜的動作來，這就要提高「影人」的功能。「影人」的製作，原來只是用紙剪出來，這是很容易損壞的。後來用硝把獸皮洗淨以至極薄，塗上桐油，雕成人形，襯以色紙，塗上顏色，畫上臉譜，忠直善良者雕成正派面貌，奸佞邪惡的刻以醜惡的形象，其四肢、頭部都可以活動。這樣就構成了一個半透明的活動的彩色「影人」。藝人操縱「影人」在光源與屏幕之間，做出種種動作，屏幕上就見到了彩色的影像在作生動的表演。這就是所謂的「皮影戲」。在宋代是極其風行的，尤其受到孩子們的熱烈歡迎。據說每有放映，「兒童喧呼，終夕不絕」（周密《武林舊事》）。當時，影戲的種類很多，以此爲職業的人也不少，甚至出現了職業團體。從宋代開始，除了明代有一段時間稍顯衰落以外，大部分時間裏，在全國廣大地區都非常流行。各地影戲，各具特色，例如河北的「灤州影」、黃河兩岸的「驢皮影」、湖北的「皮影子戲」、湖南的「影子戲」、福建的「皮猴戲」、廣東的「紙影」、江浙的「波囡囡」等，都深受廣大羣衆的喜愛。清代初年尤稱興盛。康熙時，禮親王府還設有八位食五兩俸的官員專管影戲事業。即使在今天，「皮影戲」仍擁有不少的觀衆，農民把它叫作「土電影」。

我國古代的影戲在十三世紀的時候，隨著蒙古軍隊的行動傳到了中亞細亞一帶，後來又從波斯傳到埃及、土耳其。西元一七六七年，來華傳教的法國神甫把中國影戲帶回國去，在馬賽與巴黎作公開的表演；後來，凡爾賽的公園裏也放映中國影戲。西元一七七六年又傳入英國。德國大文豪歌德，十分喜愛中國影戲，熱心地加以宣傳。西元一七七四年，曾在一個展覽會上加以介紹。西元一七八一年，爲慶祝生日，歌德又公開放映了中國影戲。這樣，就大大地擴大了中國影戲在歐洲的影響，成爲世界性的藝術形式。據說，法國的雅各賓黨人還曾用它來放映政治新聞以爲宣傳。中國影戲在歐洲大陸的流行，不可避免地要給電影的發明以一定的啓發。無怪法國著名電影史家喬治·薩杜爾在他的巨著《電影通史》中，把皮影戲稱作爲「電影的前驅」。

注釋

①本文引自常任俠《東方藝術叢談》第八〇頁，新文藝出版社一九五六年版。

漢代的角抵百戲

／孫景琛

我國古代的表演藝術，經過春秋戰國時期「新樂」的興起，到漢代而蔚爲大觀，出現了一個新的高峯。兩漢盛行的「百戲」便是當時表演藝術水平的標誌。

百戲，原稱「角抵」。初步形成於戰國時期，至漢而大盛。關於它的起源，歷來有兩種說法，一說是源於軍中的「講武之禮」，即是在軍隊的武術操演和競技活動的基礎上發展起來的。《漢書．刑法志》：「春秋之後，滅弱吞小，併爲戰國。稍增講武之禮，以爲戲樂，用相誇視，而秦更名角抵。先王之禮沒於淫樂中矣。」《史記．李斯傳》裴駰集解引「文穎曰：秦名此樂爲角抵，兩兩相當，角力，角伎藝射御，故曰角抵也」。可見原來是比氣力，賽射箭御馬等武藝的軍事體育運動，一旦用以娛樂觀賞，就發展成了「戲樂」。另一種說法，認爲是起於民間的蚩尤戲。（梁）任昉《述異記》說：「秦漢間說，蚩尤氏耳鬢如劍戟，頭有角，與軒轅鬥，以角抵人，人不能向。今冀州有樂名蚩尤戲，其民兩兩三三，頭戴牛角而相抵。漢造角抵戲，蓋其遺制也。」蚩尤戲是流行於北方農村的民間藝術，帶有紀念蚩尤氏的祭祀內容，其形式則是模擬蚩尤戰鬥時以角抵人的模樣，可能也帶有角力競技（類似現在的摔跤、相撲）的性質。這兩種說法，都有一定的根據，從百戲的表演內容來看，軍中競技和民間表演藝術都是其主要的組成部分。作爲一種大型的綜合性表演形式，百戲的形成並不是單源而是多源的，所以這兩種說法並不矛盾，軍中之禮和民間雜戲都是百戲形成之源。它的產生和形成過程，也可以說是我國表演藝術自身發展規律的必然反映。

角抵戲自產生之後，到秦代有了明顯的發展。秦始皇平定諸侯，統一六國，在加强中央集權專制統治的同時，集中六國的伎樂倡優於咸陽，這就爲百戲的進一步發展準備了條件。《史記·李斯傳》載：秦二世在甘泉宮「作角抵俳優之觀」。角抵和俳優倡樂一起表演，增强了娛樂性，後來的百戲至此已經基本上成型了。

角抵在漢武帝時得到更大規模的發展。《漢書·西域傳贊》說武帝：「開玉門，通西域……設酒池肉林，以饗四夷之客，作巴渝、都盧、碭極、漫衍、魚龍、角抵之戲，以觀視之」。這說明百戲的繁榮、發展，是在當時中外經濟文化開始頻繁交流的歷史背景下出現的。漢武帝出於軍事和政治的需要，兩度派遣張騫出使西域，開拓了著名的「絲綢之路」，就在張騫第二次出使歸來後，大宛、安息、烏孫等西域各國相繼派遣使者來漢，並帶來了能「吞刀吐火，植瓜種樹，屠人截馬」的雜技藝人。元封三年（西元前一○八年）春天，各國使節雲集長安，武帝極力炫耀其國力的强盛富足，舉辦了聲勢浩大的「大角抵」演出，光怪陸離、千變萬化的奇戲異技，轟動了方圓三百里的羣衆，也使各國使臣大爲震驚，交口讚譽。演出收到了意想不到的政治效果，好大喜

山東沂南畫像石墓中的《樂舞百戲圖》

功的武帝十分得意，從此，一年一度官辦的「大角抵」就成爲定例。據當時曾躬逢其盛的司馬遷記載說：「角抵奇戲歲增變，其盛益興，自此始。」（《史記．大宛傳》）

「大角抵」集秦漢表演藝術之大成，包容了當時幾乎所有能羅致到的中外技藝，其中不僅保留和發展了原有的角力、比武等競技內容，還包括音樂、歌唱、舞蹈、雜技、馬戲、魔術，乃至原始戲劇等各種藝術形式，衆藝薈萃，故而盛稱百戲。

著名的山東沂南畫像石墓中有一幅《樂舞百戲圖》，爲後世留下了漢代百戲的生動形像：

一場盛大的演出正在進行。從左往右看，首先映入眼簾的是一位赤膊有鬚的壯漢，正在凝神拋接四把短劍，足旁還放著五顆彈丸。這就是「飛丸跳劍」，即張衡《西京賦》所說的「跳丸劍之揮霍」。這種技藝在今天的雜技表演中還常可看到。

接著表演的是「橦技」，漢代又叫「尋橦」或「都盧緣橦」，也是百戲中常見的節目。表演者額頂橦杆，肌肉隆起，顯得分外魁梧。橦木作十字形，兩側各有一少年作「跟掛」（用腳勾掛在橫杆上），杆頂有一圓盤，盤上也有一少年藝人正在表演「腹旋」（以腹承盤旋轉）。

下面一位藝人，長袖翻飛，身手矯健。地下有規律地排列著七盤一鼓，這就是有名的「七盤舞」了。「七盤舞」是兩漢盛行的「盤鼓舞」中的一個節目形式，這種舞蹈的共同特徵是以排列地上的盤和鼓作爲舞具，舞者踴鼓爲節，翻轉騰躍於鼓和盤之間，它要求表演者必須具有高度的技巧。卞蘭《許昌宮賦》有一段生動的描繪，可以幫助我們想像這個舞蹈的風采：「振華足以卻蹈，若捋絕而復連。鼓震動而不亂，足相續而不並。婉轉鼓側，蜲蛇丹庭。與七盤其遞奏，覲輕捷之翾翾。或遲或速，乍止乍旋。似飛鳧之迅疾，若翔龍之遊天。」

再往右看，是一組龐大的樂隊。樂器中有建鼓、拊鼓，有鐘、磬、塤、竽、瑟和排簫，八音俱全，不僅可以爲樂舞百戲伴奏，也可以獨立表演。尤其是那座巍然聳立的建鼓，「樹羽幢幢」，華美壯觀，伐鼓者雙臂高擧，孔武有力。建鼓也可以邊擊邊舞，也是漢代百戲中有代表性的節目。

擊磬者右側是「履索」，也就是今天雜技中的「走鋼絲」。索上有三個演員，中間一人倒立，兩端的人持短幢躍進。特別是索下豎立的四把刃尖向上的短劍，寒光閃閃，益增驚險之感。

「履索」右側的一組表演，作一人、一獸相鬥狀。獸作人立，前肢左持一曲棍、右擧一砍刀狀道具。鬥爭似已見勝負；人正從空跌下，獸則張牙舞爪，氣焰囂張。有人認爲這表演的是「豹戲」，周貽白先生考定爲「東海黃公」；從畫面看，似以周說爲近是。據《西京雜記》記載，東海黃公是秦時的術士，年輕時能「立興雲霧，坐成山河」，還能作法「制蛇御虎」。秦末東海出現白虎，黃公持刀去制虎，但因年老氣衰，加以飲酒過度，法術不靈，反而被虎所殺。三輔（今陝西中部）藝人把這件新聞編成了戲，「漢帝亦取以爲角抵之戲焉」。《西京賦》在刻畫百戲演出情景時也專門寫到了它：「東海黃公，赤刀粵祝，冀厭白虎，卒不能救。挾邪作蠱，於是不售。」可見「東海黃公」確是百戲中很受人喜愛的一個節目。同時，它也是我國較早出現的帶有故事情節的歌舞戲，因而受到藝術史家的重視。

下面一組是「象人」（專門扮演假形鳥獸的藝人）表演的「龍戲」、「魚戲」和「雀戲」，也就是百戲中的重要組成部分「魚龍漫衍」了。這些節目表演時不僅是一種形象逼眞的擬獸舞蹈，還帶有魔術成分，「奇幻倏忽，易貌分形」，變化萬端，引人入勝。《後漢書・孝安帝紀》注引《漢官典職》曰：「作九賓樂。舍利之獸從西方來，戲於庭，入前殿，激水化成比目魚，嗽水作霧，化成黃龍，長八丈，出水遨戲於庭，炫耀日光。」巨獸變化作魚，魚又化成長龍，噴霧激水，想來當時的演出場面一定是變幻莫測、非常壯觀的。

最後一組是「馬戲」和「戲車」。兩匹駿馬，相向急馳，馬上的藝人，一竦跱，一騰身飛躍，英姿颯爽，表現出深厚的功力。往下看，是由三匹飾爲龍形的馬駕著飛奔的戲車，車上坐著小型的樂隊，中間樹一建鼓，鼓上立橦杆，杆頂一方小平台上，演員正在拿頂下腰，看來眞是驚心動魄。《西京賦》形容「戲車」表演：「爾乃建戲車，樹修旃。侲童呈材，上下翩翻；突倒投而跟掛，譬隕絕而復聯。百馬同轡，騁足並馳。橦末之伎，態不可彌。」和這幅圖上的形象正相契合。

這幅《樂舞百戲圖》，是我們了解漢代百戲珍貴的形象史料。當然，它在有限的畫幅上，不可能把百戲的全部內容都表現出來，漢代百戲還有著更爲豐富的內容和表演形式。據《西京賦》所述，百戲中還有另一部分重要內容，那就是「總會仙倡」——扮作傳說中仙人的歌舞，如「女娥坐而長歌，聲清暢而蝼蛇；洪涯立而指麾，被毛羽之襳襹」。表演這種歌舞時，有特定的布景裝置：「華岳峨峨，岡巒參差，神木靈草，朱實離離。」也有和表演相配合的聲光效果：「度曲未終，雲起雪飛，初若飄飄，後遂霏霏。」「復陸重閣，轉石成雷。」賦中的描寫雖然有誇飾的成份，但也不是無中生有。從各方面史料看，兩千餘年前的漢代百戲所達到的表演水平之高，確實是相當驚人的。

百戲在我國表演藝術史上有著重要的地位。它不僅是我國雜技藝術的淵源所在，其中很多舞蹈形式一直流傳到今天，還有不少技藝保存在戲曲等藝術中，對我國傳統的表演藝術特色的形成，有著決定性的影響。

爲什麼說《玉樹後庭花》是亡國之音

／祁和暉

唐代詩人杜牧寫了一首著名的政治抒情詩《泊秦淮》，詩曰：

煙籠寒水月籠紗，夜泊秦淮近酒家。
商女不知亡國恨，隔江猶唱《後庭花》。

詩中的「寒水」指橫貫南京城的秦淮河。南京古稱金陵、秣陵、建業、建康、江寧，曾經是東吳、東晉及南朝宋、齊、梁、陳等六個朝代的首都，素以繁華豪奢聞名。秦淮河碧波如染，河中簫鼓樓船如織，兩岸酒館妓院如林，是貴官紈袴、富商狎客酣飲遊樂之處。杜牧生當衰世，唐室傾頹，危機四伏，已是「山雨欲來風滿樓」。而詩人泊舟秦淮河畔，見到的卻是燈紅酒綠、輕歌曼舞，一片醉生夢死的景象。他憂忿交集，寫下了膾炙人口的《泊秦淮》。

《泊秦淮》詩中提及的《後庭花》即《玉樹後庭花》，它是一首樂府吳聲歌曲。杜牧以這支歌曲作爲聲色亡國的象徵並非偶然，因爲它正誕生於這個「六朝金粉地」，其內容純係綺靡頹廢的亡國之音，其作者陳後主又是以聲色亡國的昏君。

陳後主姓陳名叔寶，字元秀，是南朝最後一個王朝——陳朝的末代皇帝。其人長於深宮，不諳民情，卻精通音律，喜作艷詞。他繼位之後，在政治上疾忠臣如仇敵，視小民似草芥，橫徵暴歛，刑罰苛重；生活上窮奢極欲，酷好聲色，終日遊宴，常在醉鄉。後宮姬妾成羣，珍玩無數，並用香木建臨春、結綺、望仙三閣，高數十丈，飾以金玉珠翠。連他的御馬也嬌貴無比，竟嫌豆粟過於粗糙，不肯下咽。更爲荒唐的是，他經常帶著江總一班文臣遊宴，甚至叫號稱「狎客」的無賴小臣，與自己的寵妾張貴妃（名麗華）、孔貴嬪等夾坐左右，歡飲嬉戲，賦詩高歌。這種在花天酒地中炮製出來的詩作，大都是些格調低下、輕薄靡麗的劣等貨色。陳後主卻以劣爲佳，取其尤爲艷麗者，或命樂工，或由自度，配曲編舞，選成百上千宮女排練，伴以大型樂隊，在宮中唱演不輟，有時他自己也操琴演奏，耽迷如醉。

據《陳書》、《隋書．音樂志》、《舊唐書．音樂志》記載，陳後主創作過六支淸商樂曲，皆取淸商樂中的吳聲歌調與西曲歌調，這兩種歌調原是民間情歌，經他一修改，面目全非，變成「其聲甚哀」的靡靡之音了。他所作的六支樂曲是：《玉樹後庭花》、《臨春樂》、《黃鸝留》、《金釵兩臂垂》、《春江花月夜》、《堂堂》。六曲的聲樂資料皆無存留，歌辭也僅存屬於吳聲歌調的《玉樹後庭花》一首，可在《樂府詩集》卷四七、《詩紀》卷九八和《先秦漢魏晉南北朝詩》第二五一一頁查到。其詞曰：

麗宇芳林對高閣，新妝艷質本傾城。
映戶凝嬌乍不進，出帷含態笑相迎。
妖姬臉似花含露，玉樹流光照後庭。

全詩純用白描手法，文字並不難懂，「大指所歸，皆美張貴妃、孔貴嬪之容色也」（《陳書・後主沈皇后附張貴妃傳》載魏徵語）。其意境之俗，技巧之拙，已是顯而易見，如與古代詩詞中描寫同類題材的名篇佳句《清平樂》、《長恨歌》相比，更能高下自分。

那麼，爲什麼要將此曲命名爲《玉樹後庭花》呢？從原詞看，陳後主意在以花喻人，讚美張、孔二妃像「後庭花」一樣亭亭玉立，光彩照人，便以花名曲。這「後庭花」並非泛指種植在後宮的花卉，而是實指。據宋人王灼《碧雞漫志》載，「後庭花」係生長在江南、四川的雞冠花的一種，花萼甚嬌小，有紅、白等色。其白色一種，遠看如玉樹扶風，搖曳多姿。因常栽庭院中，故名「後庭花」。陳朝首都地處江南，後宮當不乏此花，陳後主以後庭花喻寵妃、名歌曲，是很自然的事。

正當陳後主沉湎聲色、盡情行樂之際，虎視江南已久的隋文帝派遣大軍滅陳來了。儘管江北急報不斷傳來，陳後主恃長江之險，侈言「王氣在此」，「虜今來者必自敗」，仍然帶著他的文臣、狎客、寵妃淺斟低唱，細謳他的《玉樹後庭花》。告急表章飛遞進宮，他常在醉鄉，直至亡國被俘，有的表章尚未拆封。隋軍已經攻入宮門，文武降逃殆盡，這位風流皇帝還昏昏然宣稱：

「吾自有計。」什麼計？並非退敵之計，而是逃命之計，最愚笨可笑的逃命之計——帶著張、孔二妃躲進景陽殿前的一口水井裏。不用說，隋軍正好瓮中捉鱉。「軍人窺井而呼之，後主不應。欲下石，乃聞叫聲。以繩引之，驚其太重，及出，乃與張貴妃、孔貴人三人同乘而上。」（《南史·陳紀》）結果，張妃被斬，後主被俘，《玉樹後庭花》也作爲亡國之音的代名詞而入詩入史。陳後主在亡國之際的拙劣表演，堪稱千古笑柄。當時隋文帝聽說此事都大吃一驚，以其愚蠢出人意外。後世李白也曾譏刺此事：「天子龍沉景陽井，誰歌《玉樹後庭花》？」（《金陵歌送別范宣》）

不幸的是，後世歌《玉樹後庭花》者仍不乏其人，二百多年後的杜牧尚聞此曲，即是一例。原來此曲問世以後即成正式曲名，陳亡之前已傳入民間，入唐爲教坊曲，長期流播。但對其曲名還有不同說法。有人認爲，其詞只有「玉樹」、「後庭」字樣，並未直書「後庭花」，而《隋書·五行志》中載：「禎明初，後主作新歌，詞甚哀怨，令後宮美人習而歌之。其辭曰：『玉樹後庭花，花開不復久。』」因疑前引七言六句者應名《玉樹》，《隋書》所載才是《後庭花》。或徑以《玉樹》與《後庭花》本係一支大曲中的兩支小曲；或認爲原是一曲，後來在流傳中才分化爲兩支曲子的。到底如何，尚待進一步考察。

正因爲《玉樹後庭花》流傳甚廣，卻又被目爲亡國之音，自然會引起非同一般的關注。唐初的一次關於音樂問題的辯論中，就涉及《玉樹後庭花》。據《舊唐書·音樂志》載，貞觀中，唐太宗向羣臣問音樂與國家興亡的關係。御史大夫杜淹說：陳將亡而有《玉樹後庭花》，齊將亡而有《伴侶曲》，過路人聽了都悲泣不已，看來陳、齊之亡都是因爲製作了這種亡國之音的緣故。唐太宗反駁說：亡國的原因不能從音樂上去找，而要從朝政的得失上去找。同一種樂曲，不同心情的人聽了會感受各異，悲喜自先存於聽者心中，並非音樂引起悲喜的感情。陳、齊均是「將亡之政，其民必苦，然苦心所感，故聞之則悲耳」。「今《玉樹》、《伴侶》之曲，其聲具存，朕當爲公奏之，知公必不悲矣」。最後魏徵調和兩種意見，說音樂的力量在於幫助人調節心情，但人們心情的哀樂並不是由音樂決定的。唐太宗表示同意，才結束辯論。這可算是有關《玉樹後庭花》的一段有意思的評論。

至於辯論中所涉及的音樂的社會效果問題、音樂與感情的關係問題，都是音樂史、哲學史上的大題目，魏晋思想家早就圍繞「聲有無哀樂」的命題展開過激烈爭辯。音樂雖不能決定國家興亡，但能夠反映時代風貌，社會好尚，常是興亡的一種徵兆；作爲客觀存在的音樂，對作爲主觀意識的感情也並非沒有影響，不然就無法談論音樂的社會效果。所以有所作爲的政權和有識之士大多摒棄、批評以至禁止靡靡之音。從這個角度衡量《玉樹後庭花》，說它是亡國之音，是一點也不冤枉它的。中唐詩人張祜有一首詩，對評價此曲頗有啓發，引來作結束語：

輕車何草草，獨唱《後庭花》。
玉座誰爲主？徒悲張麗華！

中國木偶藝術的源流

／莊晏成　許在全　張敬尊

中國的木偶藝術，歷史悠久，源遠流長。千百年來，一直爲中國人民所喜聞樂見。

追溯歷史，中國木偶藝術究竟源於何時，傳說不一，史籍難稽。有的說源於漢，盛於唐；有的說源於唐，盛於宋。這些說法，大都有一定的道理，但似乎缺乏充分的依據。

主張「源於漢，盛於唐」說者較多，他們主要根據《樂府雜錄》、《都城記勝》等書的一些零星記載。相傳漢高祖劉邦被匈奴酋長冒頓困於平城，謀臣陳平爲求脫計，訪知冒頓有好色之心和其妻閼氏有嫉妒之意，便利用他們夫妻之間的矛盾，以絕色美女的形象雕塑木偶，安上機關，讓它在城頭上翩翩起舞。果然，閼氏擔心城破之後，冒頓進城會娶「美女」爲妻，於是引兵自退，劉邦遂解平城之圍。由於木偶退敵立下奇功，劉邦便將它珍藏於宮中，「後樂家翻爲戲具，即傀儡也」。又據《搜神記》云：「漢時京師賓婚嘉會，皆作傀儡。」漢代已有木偶藝術，這是可以肯定的。但是不是源於漢，恐有待於進一步的考證。

至於「盛於唐」說者，這方面的記載甚多。唐《通典》載曰：「作偶人以戲，善歌舞。」《封氏聞見記》中記載著唐大曆年間，藝人「刻木爲尉遲鄂公、突厥鬥將之戲，機關動作，不異於生」。《拾遺錄》云：「南陲之南，有扶婁之國，其人善機巧變化，或於掌中備百獸之樂，宛轉屈曲於指間，人形或長數分，或復數寸，神怪倏忽，玄麗於時……。」據此，可見唐時木偶藝術已比較普遍，連「南陲之南」也有此戲。同時還可以看出形式多樣，除傳統的提線木偶外，又出現掌中藝術，並「玄麗於時」，可謂盛矣。據說唐玄宗曾作詩讚曰：「刻木牽絲作老翁，雞皮鶴髮與眞同。須臾弄罷寂無事，還似人生一夢中。」（《全唐詩》）詩中形象而生動地描述了提線木偶精巧的製作技術和精湛的表演藝術。

由此看來，中國木偶藝術盛於唐的根據是比較可靠的。中國木偶「源於唐，盛於宋」的說法就值得推敲了。「源於唐」說的主要論據是認爲唐代佛教盛行，始出現木偶。這樣推論，未免牽强。不可否認，佛教自印度傳入中國，對中國木偶藝術有很大的影響。但是，它的影響不單是木偶，對其他方面的影響也很大。所以說，它只是起一種影響作用而已，不能作爲「源」。中國的木偶藝術之源，完全是植根於自己民族的沃土之中的。

據我們所掌握的史料，中國木偶藝術的起源，有可能早於漢唐，甚至可能遠至西周。《閩南唐賦》一書中載有唐人林滋所撰的《木人賦》，文中說：「周穆王時有進斯（木人）戲」，「既有亂於眞宰，寧笑於周穆」。說明周代就有木偶戲了，而且其木偶的表演藝術栩栩如生，達到以假亂眞的程度，周穆王看後甚爲讚賞。林滋的《木人賦》，是目前我們所看到的對古代木偶藝術記述最爲完整的文章。在這篇賦中，林滋雖然是藉「木人」諷刺假手他人、受操縱以呈百態者，但是他從木偶的開始製作，到造型的精巧完美，以及表演藝術的高超和逼眞，收到良好的戲劇效果等等，都作了詳細的描述。這無疑是一篇對中國木偶藝術研究頗有價值的文章。照林滋所說，「周穆王時有進斯戲」，那麼中國的木偶藝術早在西元前八百多年，就已經登上藝術舞臺了。

中國的木偶藝術，是不是起源於周朝，恐怕不少人存有疑問。

恩格斯說：「文字的發明及其應用於文獻記錄，是文明時代來臨的基本標誌之一。」這樣看來，殷墟發現的青銅器、宮殿基址和甲骨文，可以表明殷商已有文字「應用於文獻記錄」。那麼，從殷商到周朝，中國的文明史已經出現和延續千年以上了。這一時期是處於奴隸制的發展和鼎盛的時代，是華夏文化的發育期。隨著社會的發達，經濟的發展，文明的演進，在這樣的土壤中生長出中國的木偶藝術之花不是不可能的。從文化自身發展的歷史來看，早在西元前四千年，中華大地已經出現仰韶文化（彩陶文化）。無疑地，這是中國一大文明標誌。黑格爾在比較各個文明古國之後說：「只有黃河、長江流過的那個中華帝國是世界上唯一持久的國家。」正因爲中國文化具有綿延不斷的特點，從新石器時代發展到西周時代這三千來年之間，中國的文化寶庫之中增添了木偶藝術奇葩也是不奇怪的。再從周穆王的時代來看，他是一代比較有作爲的「天子」。根據史書有關記載，他曾西擊犬戎，東攻徐戎，會合諸侯，周遊天下。說明他當時的國力是比較强大，對於發展文化的條件也是比較有利的。《列子．湯問》有這樣一段記載：「周穆王西巡狩，越昆侖下至弇山，反還未及中國。道有獻工，人名偃師，穆師荐之，問曰：若有何能？偃師曰：臣唯命所試。然臣已有所造，願王先觀之。穆王曰：日與俱來，吾與若俱觀之。越日，偃師謁見王，王荐之曰：若與偕來者何人？對曰：臣之所造能倡者。穆王驚視之，趨步俯仰，信人也。巧夫欽其頤，則歌合律；捧其手，則舞應節；千變萬化，唯意所適。王以為實人也，與盛姬內御並觀之。技將終，倡者瞬其目，而招王之左右侍妾。王大怒，立欲誅偃師。偃師大懾，立剖散倡者以示王，皆傅會草木膠漆白黑丹青之所為。王諦料之，內則肝膽心肺脾腎腸胃，外則筋骨肢節皮毛齒髮，皆假物也，而無不畢具者，合會復如初見。王試廢其心，則口不能言，廢其肝，則目不能視，廢其腎，則足不能步。穆王始悅而嘆曰：人之巧，乃可與造化同工乎！詔貳車載之以歸。」根據這段記載，可以說明林滋《木人賦》所說的「周穆王時有進斯戲」是有根據的。中國木偶藝術起源於周，不妨可存此說。又據《戰國策・燕策》：「宋王無道，為木人以寫寡人。」《史記・蘇秦傳》亦引「宋王無道」之語。再據《史記・孟嘗君傳》有「木偶人與土偶人相與語」之事。所以說，中國的木偶藝術至少起源於漢代之前。可否成立，不妨可以提出來探討，以求教於學者、專家，共同對中國木偶藝術源流得出更為確切的結論。

歷史悠久的中國木偶藝術流傳至今，在泉州、漳州等閩南地區尤為盛行不衰。中國泉州的木偶藝術，取材廣泛，內容豐富，無怪乎民間說它「三十六尊加禮，可當百萬兵」，文人學士也驚嘆它的表現能力：「頃刻驅馳千里外，古今事業一宵中。」同時泉州的木偶藝術又以形象生動、製作精美著稱於世，而且以線位布局合理，線規程序嚴謹，表演準確、細膩、傳神、逼真，富有獨特的藝術魅力。我們應該繼承發揚中國木偶豐富的藝術傳統，為新時代木偶藝術事業的繁榮發展作出積極的貢獻！

唐代的三大舞

／王賽時

中國古代舞蹈經過漫長時期的發展和演變，到唐代已臻於完善。周、隋以來的舊樂舞，散於民間的俚曲俗舞，周邊少數民族及外國傳入的樂舞，都在這時期第一次由官方正式搜集、改編、補充，並排演於太常和宮廷。在中國封建社會裏，由官方大規模地整理編創舞蹈藝術，並頒典於朝堂，是在唐朝。唐朝不但吸取了前代舊舞和外來舞，還大力編創本時代本民族的舞蹈。作品很多，其中最著名的就是唐朝三大舞。

《新唐書・禮樂志》記載：「唐之自制樂凡三：一曰《七德舞》，二曰《九功舞》，三曰《上元舞》。」三大舞即指此。當時由朝廷頒典的大型樂舞，不止這三種，如高宗初期的《一戎大定樂》，武后時期的《聖壽樂》的規模並不遠遜於三大舞。然而三大舞之所以能夠鼎立在唐代舞壇並冠壓羣芳，主要是在於它從當時的特殊環境中產生、發展起來，充分體現了那個時代的精神面貌。

《新唐書．禮樂志》載：「《七德舞》者，本名《秦王破陣樂》。太宗爲秦王，破劉武周，軍中相與作《秦王破陣樂》曲。及即位，宴會必奏之。」

《舊唐書．音樂志》載：「太宗爲秦王時，征伐四方，人間歌謠《秦王破陣樂》之曲。」

《太平廣記》卷二〇三《唐太宗》條載：「太宗之平劉武周，河東士庶歌舞於道。軍人相與作《秦王破陣樂》之曲，後編樂府云。」

《貞觀政要》卷七《禮樂》載：「太宗曰：『朕當四方未定，因爲天下救焚拯溺，故不獲已，乃行戰伐之事，所以人間遂有此舞，國家因茲亦制此曲。』」

從上面資料可以看出，《秦王破陣樂》產生於武德三年（西元六二〇年）唐太宗平定劉武周時，樂曲首先由軍隊創編並流傳出來。古代軍隊行軍打仗，大多攜帶一定數量的鼓、鐃、鈸、號等樂器，將領們通過鼓音號聲來保持陣伍間的聯繫，使之前後呼應，進退一致。《淮南子》就說「鼓正三軍之衆」。戰鬥結束後，勝利的一方必然要唱歌奏樂以示慶賀，這也就是人們常說的「凱歌」。《秦王破陣樂》在當時也就是這樣一種新創編出來的凱歌軍樂。軍隊奏樂時，戰士們趁節合拍，衆起呼應，同時隨樂起舞，又自然形成獨特形式的軍舞。早在北齊時，軍隊中就出現過這種樂舞，《舊唐書．音樂志》載：「北齊蘭陵王長恭，才武而美，常著假面以對敵。嘗擊周師金墉城下，勇冠三軍，齊人壯之，爲此舞以效其指麾擊刺之容，謂之《蘭陵王入陣曲》。」《秦王破陣樂》可以說是前者的繼續和發展。

唐太宗即位之後，立即把原先流行於軍隊中的《秦王破陣樂》正式頒典爲皇家禮樂，並「更名《七德舞》，增舞者至百二十人」（《舊唐書・音樂志》），他對臣下說：「雖發揚蹈厲，異乎文容，然功業由之，被於樂章，示不忘本也。」（《新唐書・禮樂志》）貞觀七年（西元六三四年），又「制《破陣舞圖》，左圓右方，先偏後伍，魚麗鵝貫，箕張翼舒，交錯屈伸，首尾回互，以象戰陣之形。令呂才依圖教樂工百二十人，被甲執戟而習之。……觀者見其抑揚蹈厲，莫不扼腕踴躍，凜然震竦。武臣列將咸上壽云：『此舞皆是陛下百戰百勝之形容。』」（《舊唐書・音樂志》）此時，《破陣舞》已脫離了軍樂，改由樂工伶人演奏，它即成爲皇家廟堂雅樂，也是宮廷娛樂舞蹈。但不管怎樣變遷，體現尚武精神，表現作戰攻陣的主題並無改動。

唐太宗之所以重視《七德舞》，不是偶然的。唐太宗十九歲隨唐高祖起兵於太原。他在創業過程中，親臨沙場，衝鋒陷陣，歷經百戰，所以即位後，始終不忘武備，再創《破陣舞》也正是他自己所說的「示不忘本也」。終太宗一朝，北滅東突厥、薛延陀，西平吐谷渾，東征高麗，從未中斷軍事行動。唐太宗自己就說：「中國雖安，忘戰則民殆。……故農隙講武，習威儀也；三年治兵，辨等列也。……弧矢之威，以利天下。」（《貞觀政要》卷九）正是因爲唐太宗倡民習武，太平之日亦不忘「弧矢之威」，所以貞觀一朝，《破陣樂舞》演奏不衰，並且達到了極盛。

二

《九功舞》本名《功成慶善樂》。慶善宮是唐太宗的誕生地，他當皇帝後，還經常到那裏去，念念不忘舊地。貞觀六年（西元六三三年），太宗宴羣臣於慶善宮，並親自賦詩十韻，以示羣下，「於是起居郎呂才以御制詩等於樂府，被之管弦，名爲《功成慶善樂》之曲，令童兒八佾，皆進德冠，紫袴褶，爲《九功》之舞。冬至享宴，及國有大慶，與《七德》之舞偕奏於庭」（《舊唐書．音樂志》）。從此，《九功舞》就成了僅次於《七德舞》的唐初第二大舞。

按唐代史家的觀點，《破陣兵》象徵武，《慶善樂》象徵文，文武二舞，體現了統治階級不同的統治方式，也反映了一定時代的要求。唐太宗就說：「雖以武功定天下，終當以文德綏海內。文武之道，各隨其時。」（《唐會要》卷三三）因爲貞觀時期天下已定，民心思安，尤其是經過幾年的治國安民，唐朝開始呈現出初步繁榮的景象，軍事戰爭已不再是社會生活的唯一內容，《七德舞》在藝壇上也不能一花獨艷，壟斷舞壇，也就是說，需要更多的藝術形式來滿足統治者生活上的奢望，《九功舞》正是適應這種需要而產生的。

《九功舞》所體現的中心思想和表演方式，與《七德舞》是不同的。《舊唐書．音樂志》記載：「舞者六十四人，衣紫大袖裙襦，漆髻皮履。舞蹈安徐，以象文德洽而天下安樂也。」《唐會要》卷三三也說：「唯《慶善樂》獨用西涼樂，最爲閑雅。」當然，無論從人員數量、樂器配備、演奏次數，還是從唐朝統治者的注重程度上看，貞觀一朝，《九功舞》終究遜色於《七德舞》。

三

唐高宗生長於宮廷的錦繡繁華之中，從小並未受到戰火的冶煉和戎伍的薰陶，因而與他父親的氣質和好尚就大不相同了。高宗生性懦弱，即位不過兩年有餘，就下令：「《破陣樂舞》者，情畫不忍觀，所司更不宜設」，並且「言畢，慘愴久之」（《舊唐書·音樂志》）。上元三年（西元六七六年），又下令：「《神功破陣樂》不入雅善樂，《功成慶善樂》不可降神，亦皆罷」（《新唐書·禮樂志》）。就這樣，唐初二大舞一度被廢止。

唐高宗根據自己的喜好，創編了《上元舞》，用以點綴宮廷。據《新唐書·禮樂志》載：「《上元舞》者，高宗所作也。舞者百八十人，衣云五色衣，以象元氣。」全舞分十二個樂段，即《上元》、《二儀》、《三才》、《四時》、《五行》、《六律》、《七政》、《八風》、《九宮》、《十洲》、《得一》、《慶雲》。從參加演出的人數上看，《上元舞》算是唐舞的冠冕，其場面之宏偉，氣勢之碩大超過《七德》、《九功》二舞。但有唐一代，《上元舞》並不如《七德舞》那樣深入人心。《七德舞》從軍事生活中創作出來，又藝術地反映了鐵馬金戈時代的精神面貌和戰鬥氣息，是唐太宗時期武功軍容的眞實寫照，所以久獲人們的歡迎。有唐一代，它始終不衰，唐後期各藩鎮的春冬犒軍，元和時期與吐蕃會盟，以致百戲散樂的演出，都要搬出《破陣樂舞》。《上元舞》只是統治階級粉飾太平，消遣解閑之作，它缺乏生活基礎，純粹是一種遠離現實的藝術虛構。這可看一下《上元舞》中包含的塗抹上了道家玄門虛無色彩的樂曲名稱就得到說明，但由於在高宗、武后、中宗、睿宗四朝，受到統治者的重視，《上元舞》一直占據著宮廷舞臺，並且進入了廟堂雅樂之列。然而，由於它缺乏生命力，因此只能在太常寺風行一時，影響遠不及《七德舞》。

健舞《柘枝》和軟舞《屈柘枝》

／王克芬

山雞臨清鏡，石燕赴遙津。
何如上客會，長袖入華茵。
體輕似無骨，觀者皆聳神。
曲盡回身處，層波猶注人。

這體態輕盈、秋波流轉的藝人正在表演什麼舞蹈，以致使「觀者皆聳神」，不暇他顧？原來，她所表演的就是風靡唐代的《柘枝舞》，這首詩就是唐代大詩人劉禹錫觀看舞蹈後所寫的《觀柘枝舞》。詩中沒有具體描寫舞蹈的細節，卻寫出了那舞蹈賞心悅目、攝人心魄的藝術魅力。

《柘枝舞》後來還演化出《屈柘枝》，前者屬於「健舞」類，後者屬於「軟舞」類。通過那技藝超羣的舞蹈藝人的表演，它曾經一次次激發了詩人們的靈感。今天我們雖然無緣目睹，但是那一首首描寫《柘枝舞》的佳作，眞切地勾畫出當年歌舞伎人表演《柘枝舞》的美妙舞姿，仍然可以使我們從中窺測到一千年前舞蹈表演的情形。

《柘枝舞》的演出主要用鼓伴奏，並間有歌唱。章孝標《柘枝》詩「柘枝初出鼓聲招」，張祜《觀楊媛柘枝》「緩遮檀口唱新詞」，說到了這個特點。「音樂是舞蹈的靈魂」，伴奏既以打擊樂器鼓爲主，其舞蹈必然具有節奏鮮明、氣氛熱烈、風格健朗的特點，與中原地區傳統的舞蹈有著顯著的區別。

舞蹈者的服飾也是獨具特色，從唐詩的描寫中可以看到：她身穿柔軟貼身、質地輕簿的繡花窄袖羅衫，纖細的腰身，束垂著花帶和珠翠飾品。頭上戴著綴有珍珠的帽子或垂帶的卷檐虛帽，或梳著鸞鳳髮髻（這可能是後來的變化），腳穿紅錦軟靴。這身舞服，明顯地帶有兄弟民族的服裝特點。

表演《柘枝舞》的藝人有著良好的舞蹈素養，那纖細柔軟的腰身（「細腰偏能舞柘枝」）、輕盈的體態（「體輕似無骨」），引人注目。跳起舞來，眼波流轉，脈脈傳情，「鷩顧兮若嚴，進退兮若愼」，「旁睨兮如慵，俯視兮如引」①，更是十分動人。那舞姿也是變幻多端，有手臂的舞動，拖曳著窄長的衣袖時而低拂、時而飛翹。「翹袖中繁鼓」，「長袖入華茵」②；有雙腳的踏舞，帶動帽上的金鈴叮噹作響，「旁收拍拍金鈴擺，卻踏聲聲錦袎摧」③；有別致的蹲跪動作和背身的美妙舞姿，如「紫羅衫宛蹲身處」④，「背面差人鳳影嬌」⑤；還有偃身扭轉的腰部舞動，如「亞身踏節鸞形轉」⑥，那深深的下腰動作則常用在舞蹈將結束時（劉禹錫「鼓催殘拍腰身軟」）。舞蹈的最後，「急破催搖曳」⑦，以加快的節奏推向高潮，結束時，「斜斂輕身拜玉郎」⑧，行禮後退場。

這些詩賦，恍惚使我們欣賞了一場《柘枝舞》的精采表演：急促的鼓聲引出了美麗的舞人，那新穎多變的舞姿，既剛健明快，又婀娜優美。她展臂如飛，巾裙飄揚，窄長的舞袖，時而應著鼓聲翻起，時而低垂拂著華美的地毯。那穿著錦靴的雙腳，隨著快速複雜的節奏踏舞，金鈴隨拍響動。時而亞身偃臥，身隨節轉，有如跪蹲「涮腰」，時而背轉身去，現出嬌美的身影。入破以後，鼓聲緊催，舞姿急劇變化。動作的幅度很大，致使寬領的舞衫脫出半肩。舞動十分激烈，汗水浸透了衣衫。那靈活、妖媚的眼神，十分動人。那深深的下腰動作，似無骨般柔軟，令人驚嘆不已。

此外，唐代還流行著一種具有「對舞」特點的《雙柘枝》，她們雙雙出場，「始再拜以離之，俄側身而相望」⑨，舞踏時動作整齊一致，「鸞影乍回頭並舉，風聲初歇翅齊張」⑩，講究對稱、協調之美。李羣玉曾作《傷柘枝妓》一詩，哀嘆兩個柘枝舞伎中一個已經去世：

曾見雙鸞舞鏡中，聯飛接影對春風。
今來獨在花筵散（一作上），月滿秋天一半空。

《柘枝舞》傳入中原以後，在廣泛、長期的流傳中已逐漸發展變化，從保持原有民族風格的單人《柘枝舞》，到由二人表演的《雙柘枝》，此外還有兒童舞蹈《屈柘枝》（或作《屈枝》）。可能由於表演風格不同，《屈柘枝》不屬「健舞」類，而屬「軟舞」類。據《樂府詩集》引《樂苑》曰：「羽調有柘枝曲，商調有屈柘枝。此舞因曲為名。用二女童，帽施金鈴，抃轉有聲，其來也於二蓮花中藏，花坼而後見，對舞相占，實舞中雅妙者也。」「健舞」《柘枝》與「軟舞」《屈柘枝》，一為羽調，一為商調。實際是舞蹈伴奏樂曲採用了不同的調式，看來其主旋律還是同出一源的。由此可知，《屈柘枝》是從《柘枝》發展變化而來。舞蹈表演形式變化較大，「健舞」《柘枝》是比較地道的西域民族民間舞，「軟舞」《屈柘枝》則與漢族傳統舞蹈相融合，表演時用兩個女童，先藏蓮花中，花瓣慢慢張開，女童從花中鑽出來舞蹈，它的特點不是矯捷明快，婀娜多姿，而是「雅妙」。從舞蹈到布景裝置都按中原人民的審美要求，作了較多的藝術加工。

現藏於西安博物館的唐興福寺殘碑，兩側刻有連弧蔓草獅子人物花紋，在圖案中部，有二舞童，穿長袖舞衣，頭上戴著繫有飄帶的帽子，一腳直立踏在蓮花上，一腳盤於膝部，稍傾身，正拂袖相對而舞，特別引人注目的是兩側花紋完全一樣，舞人姿態也完全相同，只是舞人臉型卻差異很大，一側是個眉目清秀的漢族兒童，另一側則是捲髮、高鼻深目的西域人像。聰明的古代雕刻家，用這種表現手法告訴人們：唐代，西域人與中原漢族人都在跳著同樣的舞蹈。敦煌莫高窟第二一七窟的盛唐壁畫，有兩個站在蓮花上舞蹈的伎樂天，這一對被神化了的舞人形象，也啓發我們去推想唐代《柘枝舞》的風貌。

唐代許多歌舞伎人都要學會表演《柘枝舞》，並有專門跳《柘枝舞》的藝人叫「柘枝伎」。可見表演這個舞蹈，需要掌握某些特殊高難的技巧和相應的表演才能。沒有較深的功底是表演不了的。當時出現了一些著名的舞《柘枝》的藝人，如盛唐玄宗時《西元七一二——七五六年）那胡表演的《柘枝舞》誰也超不過。晚唐，《柘枝舞》仍盛行不衰。唐德宗貞元初年（西元七八五年），有個姓蕭的女伎，原是梨園藝人，後出家當了道士，人稱蕭煉師。她在宮中時，以善舞《柘枝》著名。還有錦城（今四川成都）官伎灼灼，也是舞柘枝的能手。盧肇作《湖南觀雙柘枝舞賦》開篇有「瀟湘二姬，桃花玉姿。獻柘枝之妙舞，佐清宴於良時」句。桃花、玉姿當是兩個舞《雙柘枝》伎人的名字。當然，以上這些，僅僅是唐代少數幾個留下姓名傳之後世的《柘枝》舞伎而已。

《柘枝舞》流傳很廣，京都長安、同州（今陝西境內）、常州（今江蘇境內）、杭州、潭州（今湖南長沙）、四川等地均有人表演《柘枝舞》。流傳時間也很長，唐以後，宋代還很盛行，宮廷隊舞「小兒隊」中有集體舞《柘枝隊》，舞人穿繡羅寬袍，戴胡帽，是漢、胡結合的服裝。貴族家宴也常有人表演《柘枝舞》。宋代名臣寇萊公（寇準）非常喜歡欣賞《柘枝舞》，他「會客每舞必盡日」，時人謂之「柘枝顛」。直至明、淸之際，還有伎人朗圓舞時穿《柘枝》服裝的記載。可見影響多麼深遠。

《柘枝舞》在中原的流傳發展中形成的多種表演形式，證實了藝術發展的一條規律：一個民族、一個地區的舞蹈，傳入另一民族另一地區時，必然會相互影響，無論是藝術風格和表演形式，都會按照流傳地區人民的傳統藝術形式及欣賞習慣發展變化，並加以創新。

《柘枝舞》是什麼地方的民間舞？歷來有不同看法，唐人盧肇認爲《柘枝舞》是鄯支（今中亞江布爾）地方的舞蹈。宋人郭茂倩則認爲《柘枝舞》可能出自「南蠻諸國」，《續文獻通考》引《鎖碎錄》說《柘枝舞》本是北魏鮮卑族拓拔部的舞蹈。向達先生在《柘枝舞小考》一文中肯定《柘枝舞》是石國即今中亞塔什干一帶的舞蹈。從多方面記載及詩、賦對舞蹈、服裝、化妝等描寫看，《柘枝舞》應是西域中亞一帶的民間舞。至今新疆一帶的傳統舞蹈，還保存了某些與《柘枝舞》相同的特點。

對《柘枝舞》伴奏所用之鼓的探求，也支持這一看法。據歐陽修《歸田錄》所載：燕龍圖「有巧思」。寇萊公極喜《柘枝舞》，有一鼓他十分珍惜，忽然鼓上的環脫落了。寇萊公問了許多工匠，都不知怎麼才能安上去，最後還是聰明的燕龍圖想法給安好了。這一記載表明《柘枝舞》在宋代雖仍流行，但已不十分普遍了，伴奏用的鼓壞了，沒有多少人會修理；同時也證明《柘枝舞》用的鼓是有環的。鈴鼓鼓邊上裝著中間有孔的圓銅片，而不是環，只有新疆手鼓才裝環。新疆克孜爾千佛洞第三十八窟伎樂壁畫中就有這種鼓形，可見手鼓的歷史是十分悠久的。以手鼓伴舞，是維族傳統。《手鼓舞》，舞人迎著鼓聲出場，隨著手鼓輕重緩急的敲擊聲，或展臂欲飛，或折旋踏舞，有時擊鼓者跪地，把鼓放得很低擊鼓，舞者反身下腰，繞腕向鼓，或俯身亞地，跪地涮腰等等，與唐代詩賦中描寫的《柘枝》舞態非常相似。

綜上所述，大致可以肯定：《柘枝舞》伴奏用的類今手鼓，新疆至今流行的《手鼓舞》與古《柘枝舞》是有某些淵源關係的。

《柘枝舞》是從中亞一帶傳入中原的民間舞，唐代曾風行一時。經過歌舞伎人的加工創造，形成了幾種不同表演形式、不同風格的《柘枝舞》，深受中原人民的歡迎，是我國歷史上頗有影響的舞蹈。

注釋

①盧肇《湖南觀雙柘枝舞賦》。
②劉禹錫《觀柘枝舞》。
③張祜《觀杭州柘枝》。
④張祜《觀楊瑗柘枝》。
⑤⑥章孝標《柘枝》。
⑦薛能《柘枝詞》。
⑧張祜《周員外席上觀柘枝》。
⑨張祜《周員外席上觀柘枝》。
⑩盧肇《湖南觀雙柘枝舞賦》。

公孫大娘《劍器舞》的來龍去脈

／王克芬

「昔有佳人公孫氏，一舞劍器動四方。觀者如山色沮喪，天地爲之久低昂。㸌如羿射九日落，矯如羣帝驂龍翔。來如雷霆收震怒，罷如江海凝清光。」這是唐大曆二年（西元七六七年），杜甫在四川夔府別駕（郡太守輔助官）元持家看到公孫大娘的徒弟李十二娘表演《劍器舞》，回憶五十二年前自己年幼時在河南郾城看公孫大娘表演《劍器舞》的情景，感慨叢生，寫了這一首《觀公孫大娘弟子舞劍器行》。詩中把《劍器舞》雄健、奔放的氣勢，高難度、快節奏的連續舞動，突然靜止的「亮相」，沈毅穩健的造型以及鼓聲如雷鳴，劍光似閃電的演出效果都生動、眞切地表現出來了。

《劍器舞》是唐代十分著名的舞蹈。相傳唐代著名草書家張旭、懷素都曾因觀看了公孫氏舞《劍器》頓挫之勢，因而草書大進。杜甫詩序說：玄宗在位時期，高手雲集的宮廷樂舞機構梨園、教坊、宜春院的「內人」（住在宮中宜春院，常在皇帝面前表演，技藝最高的樂舞人）和宮外供奉（類宮外「特約演員」）中，只有公孫大娘一人善舞《劍器》，幼年在郾城（河南境內）曾觀看公孫氏舞《劍器渾脫》。詩中又說：「先帝侍女八千人，公孫劍器初第一。」《明皇雜錄》載：「上（玄宗）素曉音律，時有公孫大娘者，善舞劍，能為鄰里曲、裴將軍滿堂勢、西河劍器渾脫，遺妍妙，皆冠絕於時。」從這些記載中我們得知，公孫氏的舞技很高，當時無人能及。同時也得知公孫大娘善舞多套《劍器舞》，有《西河劍器》、《劍器渾脫》、《裴將軍滿堂勢》、《鄰里曲》等。

裴旻舞劍被譽為唐代「三絕」之一絕。開元年間裴旻喪母，特請名畫家吳道子在天宮寺畫幾幅壁畫，以度亡母。吳道子說：常聽說將軍善舞劍，請為我舞劍一曲，觀其豪壯氣概，可助我作畫。裴旻立即脫去孝服，欣然起舞，舞中有極精采的特技表演：他突然擲劍入雲，高達數十丈，接著，劍像一道電光一樣從空中投射下來，裴旻手執劍鞘接劍，劍準確地插入鞘中。數千觀衆驚嘆不已。吳道子奮筆作畫，當即而成，「為天下之壯觀」，是吳道子得意之作。飛劍入鞘，並非古代文人的誇張描寫。通過刻苦的練習，這種高難的技巧是可以掌握的。裴旻的劍舞如此神奇，難怪皇帝下詔，羣衆傳頌，封為唐代「三絕」之一絕。

公孫大娘擅長的《裴將軍滿堂勢》，想必是吸收了裴旻劍舞的猛勵氣勢和某些特技編創而成的舞蹈。所謂「滿堂勢」，可能是一種地位調度很大，舞時充滿整個表演場地，動作豪邁、矯健、靈活，技巧艱深的舞蹈。

《劍器渾脫》又是怎樣的一種舞蹈呢？《渾脫》是從西域傳來的風俗性舞蹈。《劍器》與《渾脫》本是兩種不同民族的傳統樂舞。所謂《劍器渾脫》，可能是兩種樂舞相互吸收融合而成的。據陳暘《樂書》載：「樂府諸曲自古不用犯聲……唐天后末年，劍氣（器）入渾脫，始為犯聲之始，劍氣宮調，渾脫角調，以臣犯君……。」可見這兩種調式不同的樂曲糅合在一起，在當時也是個大膽的創新。可以想見在類似潑水節中跳的《渾脫舞》，其伴奏音樂是相當雄壯熱烈的。而《劍器舞》的伴奏樂曲正需要這種氣氛。杜甫詩中所描寫的，正是公孫氏舞《劍器渾脫》的情景。這次表演深深地留在幼年杜甫的心中，使他終身難忘，成爲他老年時寫這不朽詩篇的生活依據。

《西河劍器》可能是一種具有特定地方色彩的劍舞。西河，史上有二，一在今甘肅西北部；一在今河南安陽東南。《西河劍器》可能在一定程度上吸收了某一西河地區的民間舞蹈和武術。

《鄰里曲》可能是用樂曲《鄰里曲》編的一套劍舞。正如梅蘭芳在《霸王別姬》中舞劍用《夜深沉》樂曲伴奏一樣。《鄰里曲》是以曲名爲舞名的。

《劍器舞》舞者手上拿的是什麼舞具？史家有不同看法，其中有兩說否定了《劍器舞》舞的是劍。

一、《劍器舞》舞的是綢子，這種說法的依據是清代人桂馥在《札樸》一書中記述：姜元君在甘肅看見一女子用一丈多長的綢子，兩頭挽結，執綢而舞，有如流星。姜問舞者跳的是什麼舞？答道：「《劍器舞》。」由此斷言唐代公孫大娘的《劍器舞》，是執綢而舞的。

二、《劍器舞》是空手而舞的。此說的依據是淸人胡鳴玉在《訂僞雜錄》的記載：《劍器》「其舞用女伎，雄裝空手而舞」。他根據什麼說《劍器》是空手而舞卻並未說明。淸代離盛唐千年之久，一種舞蹈在長期的流傳中，其表演形式可能發生變化，也可能有某些繼承關係。要判斷某一時期，某一舞蹈的表演形式、風格特點，更重要的是要依據當時人的記載。

前面所列舉唐人關於《劍器舞》的記載，可以肯定如下幾點：

一、公孫大娘善舞劍。

二、公孫大娘擅長多套劍舞，即《西河劍器》、《劍器渾脫》、《裴將軍滿堂勢》等。裴將軍是唐代舞劍名手，被譽爲「三絕」之一，《裴將軍滿堂勢》必然執劍而舞。

三、唐人描寫的《劍器舞》，氣勢磅礴，舞姿雄健。舞時有閃閃發光的器物，這分明是武器——劍。

此外，唐人姚合《劍器詞》三首，描寫的是一場模擬戰陣生活、熾熱、激烈、人數衆多的《劍器舞》。它很可能是一種歌頌勝利的集體舞蹈，《劍器詞》可能是它的歌詞：

聖朝能用將，破陣速如神。
掉劍龍纏臂，開旗火滿身。
積尸川沒岸，流血野無塵。
今日當場舞，應知是戰人。
晝(一作夜)渡黃河水，將軍險用師。
雪光偏著甲，風力不禁旗。
陣變龍蛇活，軍雄鼓角知。
今朝重起舞，記得戰酣時。

破虜行千里，　三軍意氣粗。
展旗遮日黑，　驅馬飲河枯。
鄰境求兵略，　皇恩索陣圖。
元和太平樂，　自古恐應無。

姚合是元和（西元八〇六～八二〇年）年間進士。詩中有「元和太平樂」句，表明所寫是元和年間的《劍器舞》。這個由武士或扮成武士演的大型《劍器舞》與公孫大娘獨舞《劍器》相距近百年。經過近百年的發展，由舞蹈性很强的女子獨舞，變成實戰氣息很濃，規模宏大的男子羣舞；由舞者執劍而舞變爲舞者除執劍等武器外，還有旗幟、火炬等，藉以烘托氣氛。伴奏音樂有軍樂的鼓角聲。舞蹈隊形變化，有如蜿蜒的龍蛇（可能是「龍擺尾」一類，曲折行進變化的隊式）。詩人認爲舞蹈所表現出來的英雄氣概是所向無敵，感人至深的。詩人還點明，這形象逼眞的表演來源於生活：「今日當場舞，應知是戰人。」「今日重起舞，記得戰酣時。」

唐代將一些著名獨舞改編成羣舞的例子是屢見不鮮的。如《霓裳羽衣舞》原由一、二人表演，晚唐文宗時就改編爲三百少年舞者表演的大型集體舞。《劍器舞》也是由獨舞改編成羣舞的。

敦煌寫卷也有《劍器詞》三首，其中一首：

排備白旗舞，　先自有由來。

合如花焰秀，　散若電光開。
喊聲天地裂，　騰踏山岳摧。
劍器呈多少，　渾脫向前來。

與姚合描寫的一樣，這裏有旗舞，隊形層層合攏美如花焰，突然間，用急速的動作散開，如道道閃動的電光。除伴奏音樂外，還有舞者的吶喊聲，眞是驚天動地，山嶽欲摧。如此逼眞地表現戰爭生活的舞蹈，舞者手上不執劍一類的武器，而是舞綢或空手而舞，實在是令人難以置信的。綜上所述，唐代的《劍器舞》，無論是獨舞或羣舞，舞者手上都是執劍的。有時還會加上別的舞具，如旗幟、火炬等等。

舞劍，在我國有古遠的傳統，早在春秋戰國時代，孔子的學生子路，戎裝見孔子，曾拔劍起舞。學生拜見老師舞劍，當然不是擊刺，而是表演舞劍技藝。另據湖北隨縣戰國初期曾侯乙大墓出土的鴛鴦盒上的樂舞圖案，建鼓旁的舞者腰間掛著短劍，可能劍舞是當時頗爲流行的一種舞蹈形式。楚漢相爭時，劉邦、項羽宴於鴻門，項莊說：「君王與沛公飲，軍中無以爲樂，請以劍舞。」項羽表示同意，於是項莊拔劍起舞、想借機殺死劉邦，在場的項伯也拔劍起舞，保護劉邦不被項莊殺害。這個歷史故事表明：項莊本意雖是想藉舞劍之機殺劉邦，但他是以軍中沒有別的娛樂爲由而請求舞劍助興的。由此可見當時筵宴中有舞劍作爲餘興表演的風俗。從春秋至漢代，武將、知識分子和伎人都舞劍。「劍舞」是很普遍的。

劍器舞（朝鮮《進饌儀軌》插圖）

唐代，武官舞劍是常有的事，上述裴旻舞劍是最突出的例證。其他如李白作《司馬將軍歌》，有「將軍自起舞長劍」句；岑參作《酒泉太守席上醉後作》，有「酒泉太守能劍舞」句；杜甫作《故武衛將軍挽歌三首》，有「舞劍過人絕」句等等。可見當時許多人會舞劍，各有絕招。著名舞伎公孫大娘可能是在研究、掌握了當時一些有代表性的舞劍技藝以後，發展創造了一種舞蹈性很强的《劍器舞》。由於有了詩人的詠嘆，使她名傳千古，成爲我國歷史上有名的舞蹈家。

宋代宮廷隊舞小兒隊中有《劍器隊》，宋代大曲中有《劍舞》名目，在一定程度上繼承、發展了唐代的《劍器舞》。

由我國宋代傳入朝鮮的樂舞中，也有《劍器舞》名目。雖然它在長期的流傳中，已逐漸朝鮮民族化，但仍是我們研究古代舞蹈的重要參考資料。特別是十九世紀李朝儀軌廳刻印的《進饌儀軌》有許多珍貴的舞蹈畫面。其中有《劍器舞》圖，四女伎頭戴尖頂笠帽，身穿窄袖短衣和長裙，是地道的朝鮮民族服裝。手執兩把形如刀的武器，兩兩相對揮舞對擊。書中所說《劍器舞》來源於鴻門宴的故事，充分證明朝鮮《劍器舞》傳自唐、宋中原地區。

唐、宋的《劍器舞》雖然早已失傳，可是「劍舞」這種舞蹈形式卻流傳至今，戲曲中優美雄健的「劍舞」和民間武術裏多種多樣的劍術，都是繼承和發展了我國古代劍舞的優秀傳統，才使它具有今天這樣高度的技巧和完美的藝術形式的。

元代雜劇是怎樣演出的

／徐扶明

各種文學藝術，都具有不同的體制，我們要了解元代雜劇，就應知其體制。首先，元雜劇屬於「連場戲」，用不著一會兒開幕，一會兒閉幕。整個情節發展，大致分爲起（開頭）、承（小高潮）、轉（大高潮）、合（結尾）四個大的段落，每個段落，各有一個套曲爲核心。明代戲曲家，按照這四個大的段落，分成四「折」。所謂折，相當於現在的「幕」。大都一折包括幾場，也有一折就是一場，所以，「場」是基本組織單位。不少元雜劇劇本，在四折之外，有一段甚至兩段楔入的戲。它們都比較短小，一般只用一支或兩支單曲，個別用三支單曲，算是多的了。通常用的曲牌，有〔仙呂・端正好〕、〔仙呂・賞花時〕，或者連〔么篇〕。明代戲曲家，把這種楔入的戲，分爲具有相對獨立性的部分，命名爲「楔子」，或者叫做「楔兒」。所謂楔子，本來是木工用以楔入木器裂縫的小木片。元雜劇楔子，不外兩種，一種安排在戲開頭，起著開場的「序幕」作用；一種安排在戲中間，起著承前啓後的「過場」作用。元雜劇的戲劇結構，往往是四折一楔子。

第二折

（正旦便扶正末上了。）（夫人、小旦云了。）（孤云了。）（店家云了。）（正末臥地做住了。）（正旦云。）呵！從生來誰曾受他這般煩惱！（做嘆科。唱：）

【南呂】【一枝花】干戈動地來，橫禍事從天降。爺娘三不歸，家國一時亡。龍鬥來魚傷，情願受消疏況。怎生般不應當，脫著衣裳，感得這些天行好纏仗。

【梁州第七】恰似悒悒的錐挑太陽，忽忽的火燎胸膛，身沈體重難回項，口乾舌澀，聲重言狂。可又別無使數，難倩街坊，則我獨自一個婆娘，與他無明夜過藥煎湯。呵！早是俺兩口兒背井離鄉，噫！則快他一路上湯風打浪，嗨！誰想他百忙裡臥枕著牀。內傷？外傷？怕不待傾心吐膽，盡筋截力把個牙推請，則怕小處盡是打當。只願的依本分傷家沒變症，慢慢的傳授陰陽。

見《新校元刋雜劇三十種》關漢卿《閨怨佳人拜月亭》

請看元代戲曲家關漢卿的《閨怨佳人拜月亭》，簡名《拜月亭》雜劇，敷演金代蔣世隆與王瑞蘭的婚姻變故，藉以反對封建門第婚姻，讚美自由堅貞的愛情。此劇元刊本，就是連場戲，不分楔子和折數。後人把它分爲四折一楔子，並分別標出名目。楔子《離亂》：蒙古兵進攻金國都城中都，金國兵部尚書王鎭奉命到前線視察軍情；第一折《搶傘》：在兵亂中，王鎭的女兒瑞蘭與書生蔣世隆相遇，假裝作夫妻，一同逃難；第二折《分飛》：蔣世隆與王瑞蘭在旅店成親，而蔣世隆又生了病，偏遇王鎭經過其地，强把這對夫妻拆散了；第三折《拜月》：王瑞蘭回家後，經常想念丈夫，對父親强烈不滿；第四折《團圓》：蔣世隆中了狀元，與王瑞蘭重圓。有的折包括幾場。如第二折「夫人、小旦云了」，相當於《幽閨記》第二十一齣《子母途窮》；第二場「孤云了」，相當於《幽閨記》第二十三齣《和寇還朝》。後面一場爲正場戲，以〔南呂・一枝花〕套曲爲核心，而第二場王鎭還朝過場，乃是先爲第三場王鎭在旅店拆散蔣、王兩人婚姻作了鋪墊。應該說明，元刊本可能是當時藝人學唱用的「掌記」，比較詳細地記錄了有唱詞的正場戲，而對於全用賓白的場子，卻都省略了，僅僅寫作某某「云了」一筆帶過。

大家知道，戲曲的角色分行，是戲曲演員創造舞臺形象的基礎。用各行角色扮演劇中人物，是我國戲曲藝術的特點之一。元雜劇角色，由開始較雜，漸趨於正規化。一般說來，大致可以分爲五個行當，末行有正末、沖末、副末、小末，旦行有正旦、旦兒、外旦、貼旦、花旦、小旦、搽旦、老旦，外行，淨行有淨、副淨，雜行有孤（妝官）、駕（妝皇帝）、孛老（妝老年人）、卜兒（妝老婦人）等。可是，「末」與「外」，在扮男性老年或中年的正面人物上，有相近之處，所以，外行基本上可歸入末行。雜行名稱，大都是當時社會流行的俗稱，並非固定的角色名稱，往往可以由其他角色扮演。由此說來，實際上，只有末、旦、淨三大行當。末扮男角，旦扮女角，淨扮滑稽或者凶惡之類的人物，男女皆可。這是我國古代戲曲角色的基本類型。

我們看，在元刊本《拜月亭》裏，正式角色名稱，有正旦、正末、小旦、外末。元雜劇角色，以正末、正旦爲主，扮演正派的主要人物，這裏正旦扮王瑞蘭（王鎮之女），正末扮蔣世隆（王瑞蘭之夫）。小旦專扮青年未出嫁的女子，這裏扮蔣瑞蓮（蔣世隆之妹）。外末是正末之外的補充角色（一說即沖末），這裏扮陀滿興福（蔣瑞蓮之夫）。此外，還有孤扮王鎮（王瑞蘭之父），夫人扮王夫人（王瑞蘭之母），以及梅香、哨馬（探馬）、店家、大夫、媒人等。至於第二折和第四折，都有「老孤」，即扮老年官吏，這裏與「孤」同，扮王鎮。由此可見，元刊本角色，確實分工較粗，除重要人物標明正式角色名稱外，其他次要人物，就直寫作夫人、梅香等，因爲扮演這類人物的，角色尚不固定。這正是元雜劇初期角色的特點。

元雜劇，由「唱」、「云」、「科」三者，組成藝術核心。一般說法，元雜劇一本戲，從頭到尾，一人主唱。其實，應當說是大都用一種角色主唱。正末主唱的，叫做「末本」；正旦主唱的，叫做「旦本」。僅此兩種。其他角色，只有賓白，而不歌唱。元雜劇用北曲，故稱爲北曲雜劇，簡名北雜劇。每折各有一個由同一宮調的曲牌聯合成套的套曲。每個套曲，選用同一宮調的曲牌，可以免得宮調紊亂。所謂宮調，即曲調的名稱，類於現在樂曲的「A調」、「B調」、「C調」等。元雜劇僅用五宮四調，即正宮、中呂宮、南呂宮、仙呂宮、黃鐘宮、大石調、雙調、商調、越調，各自表現不同感情。每個套曲所聯的曲牌，可多可少，根據劇情需要而定，但必須按照曲牌的旋律，依次銜接，從而具有一定的聯貫性，可以有層次而又有變化地推進戲劇情節的發展。每個套曲，開頭一支或者兩支曲子，結尾一支曲子，往往比較固定，而中間曲牌的安排，卻比較靈活。曲詞，按照曲牌塡寫。每一折所有的曲詞，都押同一個韻腳，不可換韻。

再看元刊本《拜月亭》，由正旦王瑞蘭主唱，係「旦本」。全劇四折，第一折用〔仙呂〕套曲，第二折用〔南呂〕套曲，第三折用〔正宮〕套曲，第四折用〔雙調〕套曲。每個套曲，各有所屬的若干曲牌。如第二折用〔南呂〕套曲，聯有十一支曲子，〔一支花〕、〔梁州第七〕、〔牧羊關〕、〔賀新郎〕等等。按照〔南呂〕套曲規律，開頭常用〔一枝花〕、〔梁州第七〕，而〔牧羊關〕，可放在〔賀新郎〕前，也可放在〔賀新郎〕後，比較靈活。根據燕南芝庵《論曲》的說法，〔南呂〕宮適於表現「感嘆傷悲」的感情。這裏第二折，敷演王瑞蘭和蔣世隆被迫分離而無比悲痛，所以，就用了〔南呂〕套曲。可見，每折套曲的運用，乃是根據劇情需要而選定的。此劇每折曲詞，也是各用同一個韻腳。如第二折十一支曲子的曲詞，都押「江陽」韻，如「降」、「亡」、「陽」等。

其次，元雜劇的「云」（賓白），大致可以分爲韻白和散白兩種。韻白，屬於韻文體的語言，包括上場對、下場對、上場詩、下場詩等。它和唱詞不同之處，僅僅在於演出時，是用念，而不是用唱。散白，即散語的賓白。就其形式而言，大約有獨白、對白、分白、同白、重白、帶白（帶云）、插白（插話）、旁白（背云、背拱）、內白（內云）等。顯然，元雜劇賓白形式，多種多樣，較之一人主唱的歌唱形式，豐富得多。元雜劇的「科」，包括五個方面，做工、武功、歌舞、檢場、效果。前三者，都有表演動作；元雜劇檢場，並非專職，而是由劇中人物兼任，也有表演動作，如《東堂老》中揚州奴「做掇桌兒科」，所以，它們均列入「科」內。至於效果，如《漢宮秋》中「雁叫科」之類，不屬於表演藝術範圍，卻也包括在「科」內。總之，元雜劇的「科」，主要是做工和武功，前者著重在表情動作，後者如筋斗、搶背、刀對刀、槍對槍之類。

再看元刊本《拜月亭》，只記錄了主唱人物正旦王瑞蘭的賓白，寥寥數語，其他人物的賓白，都用「云了」省略掉，所以，無從考察是否有韻白。王瑞蘭的賓白，都是散白，有獨白，如第二折「（正旦云）呵！從生來誰曾受他這般煩惱！」王瑞蘭對自己的不幸遭遇，抑不住感嘆悲傷。有對白，如第二折「（孤云了），（正旦）是個秀才」。王鎮問王瑞蘭，蔣世隆何許人；王瑞蘭回答，是個秀才。有帶白，如第二折「（帶云）常言道，相逐百步，尚有徘徊」。所謂帶云，就是主唱角色自己在歌唱中帶入說白。這裏王瑞蘭的帶云，正是夾在〔哭皇天〕唱詞之中。其他角色有白無唱，自然不會有唱中帶白。至於「科」，比如第二折有「正旦做害羞科」，「正旦做慌打慘打悲的科」，就是王瑞蘭做出害羞、吃驚（打慘）、悲傷的表情動作。第三折有「正旦做燒香科」，「做拜月科」，就是王瑞蘭做出燒香、拜月的行動。此劇是文戲，沒有表演武功的「科」。

由此看來，元代雜劇的興起和繁榮，標誌著我國戲曲藝術已經達到成熟階段。它以比較精練的獨特的雜劇形式，概括地反映了豐富複雜的社會生活，具有強烈的時代精神。不僅在當時受到觀衆歡迎，起了一定的社會作用，而且爲後世戲曲的發展，奠定了堅實的基礎。比如，元雜劇現實主義傳統，爲後世戲曲繼承和發揚；多種賓白形式，後世戲曲大都採用；本色語言，對後世戲曲影響也比較大。可是，元雜劇畢竟是一定歷史階段的產物，不可避免地存在著這些或那些缺陷。比如，不管劇情是否需要，四折都要唱套曲，未免太死板；一人主唱，使對其他人物的塑造不夠豐滿。爲了更好地再現生活，適應當時羣衆新的要求，元雜劇體制，並非一成不變，而是不斷地有所創新，有所發展。比如，不限於四折的篇幅，一人主唱的突破，南北合套的運用，等等。及至後來，元雜劇漸漸保守因襲，固步自封，脫離現實，脫離羣衆，也就必然要衰落了。

南戲、雜劇、傳奇的區別

／錢南揚　俞爲民

南戲、雜劇和傳奇，是我國古代戲曲史上三種各具特色的戲曲藝術形式。

南戲，北宋末年產生於浙江溫州一帶，是我國戲曲史上第一種較成熟的戲曲形式。南戲又有戲文、溫州雜劇、永嘉雜劇、南曲戲文等名稱。戲文是其本名，因它最早產生於溫州一帶，溫州又稱永嘉，故又有溫州雜劇和永嘉雜劇之稱。但溫州雜劇和永嘉雜劇之稱是戲文流傳到外地以後才有的。外地人爲了將這種來自溫州的新的表演伎藝與當地原有的表演伎藝相區別，才稱之爲溫州或永嘉雜劇。而南戲這一名稱最晚，元滅南宋後，北曲雜劇隨著元朝統治者政治和軍事勢力的南下，也南移到杭州一帶，這時爲了與北曲雜劇相區別，才將戲文稱爲南曲戲文，簡稱南戲。

南戲的劇本形式比北曲雜劇自由，每一場戲爲一齣，一本南戲長的可達五十多齣，短的則爲二、三十齣。如《永樂大典戲文三種》中，《張協狀元》長達五十三齣，《宦門子弟錯立身》最短，只有十四齣，《小孫屠》也只有二十一齣。在第一齣前有四句「題目」，概括介紹劇情大意，這是寫在招子上，作廣告用的，與正戲的演出無關。第一齣照例是副末開場，即在正戲演出前，先由副末上場報告演唱宗旨和劇情大意，並同後臺即將出場的角色互相問答，以引出正戲。一般念誦兩首詞，但也有例外，如《張協狀元》的開場，副末在念誦了兩首詞後，又說唱了一段諸宮調。

南戲所唱的曲調，全爲南曲，到了後期，南戲受北曲雜劇的影響，才吸收了一些北曲曲調，出現了南北合套的形式，但仍以南曲爲主。南戲的曲韻，因受南方土音的影響，有平上去入四聲。

南戲的角色主要有生、旦、淨、末、丑、外、貼等七種，演唱的方式較爲自由，各種上場的角色皆可唱，而且還可獨唱、接唱、合唱。這種演唱方式比北曲雜劇由一人主唱的形式要合理得多，更利於表達複雜的故事內容和人物性格。

雜劇之名在不同時代有著不同的含義。雜劇一名，最早見於唐李德裕《李文饒文集》，謂唐大和三年（西元八二九年），南詔攻掠成都，擄去五萬多人，其中有「雜劇丈夫二人」。當時其意與漢代百戲、唐代戲弄等名稱相同，泛指各種伎藝。到宋代，則稱一種兼有歌舞、科白，且表演故事的短劇。到了元代，則專指十三世紀後半葉在我國北方河北眞定、山西平陽等地產生的一種戲曲形式。

元代雜劇全用北曲曲調，故又稱北曲雜劇。因它形成於北方，受北方語言的影響，故曲韻只有平、上、去三聲，無入聲韻。

元雜劇的劇本形式，通常爲一本四折，每折戲用一套曲子。有時可加一至二個楔子，或放在第一折之前，用以交代人物和故事的前因，以引出正戲，相當於開場戲。或放在折與折之間，起承上啓下的作用，相當於過場戲。楔子一般只用一兩支曲子。元雜劇一本四折的結構好處是比較嚴謹和完整，但要在這固定的四折戲中表現一個完整的故事，確實限制了劇情的充分展開。因此，有的雜劇作家爲了適應劇情的需要，突破了一本四折的限制，如劉唐卿的《降桑椹》、紀君祥的《趙氏孤兒》皆爲五折，王實甫的《西廂記》合五本爲一劇。不過這些只是一種例外。

元雜劇也有題目正名，但放在劇本的最後。

元雜劇的角色與南戲大致相同，南戲中的生，元雜劇中則稱正末。南戲凡上場角色皆可唱，而雜劇一本戲只能由一個角色唱，或正末，或正旦，由正末唱的則稱末本，由正旦唱的則稱旦本。

到了明代以後，雜劇的體制有了很大的變化，在結構上，打破了一本四折的限制，安全按劇情的需要來決定劇本的長短，長的可達十多折，短的則可一本一折。在演唱形式上，也打破了一人主唱的限制，與南戲一樣，凡上場角色皆可唱。所用的曲調也不一定全爲北曲，也可用南北合套，如賈仲明的《升仙夢》、朱有燉的《神仙會》等劇；也可全用南曲，如王驥德的《離魂》、《救友》、《雙環》等劇。因此，在明清時期，雜劇與傳奇在曲調、角色、演唱方式上已沒有什麼區別，只是在篇幅上，一爲短篇，一爲長篇。

傳奇之名，起於唐代，但當時僅指短篇小說，因其情節奇特神異，故有此名。在宋元時期，因南戲、雜劇、諸宮調等所演唱的故事中，多取材於唐人傳奇，故也有稱南戲、雜劇、諸宮調等爲傳奇的。到了明代以後，則專指在南戲基礎上發展起來的長篇戲曲。

傳奇的體制是在南戲的基礎上發展而成的，它保持了南戲原有的一些基本體制和格律，同時又有了新的發展和提高。這主要表現在以下幾點上：一是劇本分出（齣）並加上齣目。南戲雖有齣數可分，但在劇本上沒有明確地標明齣數，而傳奇都分齣，而且每齣都有齣目。另外，由於有了齣目，故南戲原有的題目就失去了作用，在傳奇裏，就把這四句題目搬到第一齣的最後，成為副末開場以後所念的下場詩。二是南北曲合套的形式普遍運用，在後期的南戲作品中，雖已開始運用南北曲合套的形式，如《小孫屠》，但運用得還不多，而且形式不多。在傳奇裏，南北曲合套的形式不僅得到了普遍運用，而且合套的形式也多樣化了，如有一南一北交替使用的，也有南北混用的，即在一套曲子裏，一半用南曲，一半用北曲，或先南後北，或先北後南。三是曲律更為嚴格，在南戲中，有的曲調如〔福馬郎〕、〔四邊靜〕、〔光光乍〕、〔吳小四〕等既可用作淨丑的沖場曲，也可用作聯套曲，而且生旦也可以唱。但在傳奇裏，這些曲調只能用作淨丑的沖場曲，不能聯套，更不能由生旦唱。五是角色體制有了較大的發展，分工愈細。如明王驥德《曲律·論部色》云：「今之南戲（即傳奇），則有正生、貼生（或小生）、正旦、貼旦、老旦、外末、淨、丑（即中淨）、小丑（即小淨）。共十二人，或十一人，與古小異。」由宋元南戲的七個基本角色，發展為十二個角色，即當時所謂的「江湖十二角色」（見李斗《揚州畫舫錄》）。

太平天國的文化藝術

／羅爾綱

太平天國革命建立農民政權，把農民起義推進到最高峯。太平天國的政權掌握在勞動人民之手，「滿朝文武，三百六行全」①。雖然外國資本主義侵略者鄙視天王洪秀全爲「苦力王」②，譏笑天京爲「苦力王們的城市」③。而生活在太平天國的人們卻創造了光輝燦爛的革命文化藝術。

一、天曆

太平天國頒行的曆法稱爲天曆。天曆，是一種以二十四節氣爲原理的四季曆法。二十四節氣表示一年中天時和氣候變化的時期。天文學上，用太陽的黃經度來計算，分黃道爲三百六十度，取「春分點」爲零度，由此起算，每十五度爲一個節氣，六個節氣爲一季。合四季而得二十四節氣。每一節氣約爲十五日。我國勞動人民遠在春秋時代已通過農業生產實踐，定出春分、夏至、秋分、冬至四大節氣；在秦、漢間，二十四節氣已完全確立，成爲農業活動的主要依據。

天曆就是以二十四節氣定歲時的。把每年三百六十六日分爲十二個月，單月（正、三、五、七、九、十一）大，三十一日，雙月（二、四、六、八、十、十二）小，三十日。節氣放在月首，從初一日開始，大月十六日（立春、菁明、芒種、立秋、寒露、大雪），小月十五日（驚蟄、立夏、小暑、白露、立冬、小寒）。中氣置於月中，大月從十七日開始（雨水、穀雨、夏至、處暑、霜降、冬至），小月從十六日開始（春分、小滿、大暑、秋分、小雪、大寒），俱十五日。每年正月初一日元旦立春，爲一年春季的第一日，四月初一日立夏，爲一年夏季的第一日，七月初一日立秋，爲一年秋季的第一日，十月初一日立冬，爲一年冬季的第一日。以干支紀日，以二十八宿記星期，每逢房、虛、昴、星四宿日爲禮拜日，與舊制夏曆相同，但施行以後，天曆的干支和禮拜日卻比夏曆的干支和公曆的星期日提早了一天。太平天國己未九年（西元一八五九年）改四十年爲一斡年，逢斡之年每月二十八日，節氣俱十四日平均，於是每年平均爲三六五·二五日，與回歸年大略相等。

天曆以節氣爲造曆的基本曆理，採用太陽曆，其特點約有五項：第一，以四季成歲，曆年與四季完全吻合，反映時令很精確，是一種最合自然規律的曆法。第二，「百歲難遇歲朝春」，以立春爲歲首，符合我國人民的理想，在氣象上具有它的重大意義，就是在天文學上也有一定的意義。第三，劃分整齊，最易於記憶而便使用。第四，掃除舊曆書上的迷信思想，把我國兩千年來地主階級在曆書上所傳播的封建迷信思想一舉而廓清之。第五，爲農業生產服務並向人民傳播科學常識。所以天曆是一個富於革命精神又頗符合理想標準的新曆法。

天曆不僅在中國曆法史上有它的特殊地位，而且在當時世界曆法上也具有進步的意義。今天世界通行的陽曆，冬季跨在前後兩年，割斷了四季與歲時的關係，使「歲」的含義失掉了它最顯著的一面意義。陽曆以冬至後十日爲歲首，實受耶穌誕日的影響，無論在天文上或氣象上都沒有意義。陽曆以一、三、五、七、八、十、十二月爲大月，每月三十一日，四、六、九、十一月爲小月，每月三十日，二月平年二十八日，閏年二十九日，參差不齊，難於記憶。所以陽曆缺點尚多，西元一九二二年國際天文學會會議曾討論曆法改革問題，並在西元一九二三年設立了改良曆法的國際專門委員會。它研究和發表了由各種不同機構和以個人名義所提出的將近二百種新曆設計，認爲最值得注意的有兩種，其中一種便是四季曆法，被稱爲國際新曆。而我國早在西元一八五二年已由太平天國頒行這種曆法，在全國廣大地區施行了十八年之久（西元一八五二——一八六九年）。因此，天曆對今後世界曆法的改革，具有現實的意義。

很顯然，天曆的頒行，是針對孔丘，針對「尊聖法古」的中國封建社會的，清朝反動統治者嚇破了膽，驚呼「行夏之時，聖人之訓」，「竟至更張時憲，此尤黃巾、赤眉所不爲，黃巢、闖、獻所不敢」，是「亘古所無」，「亦亘古所未見」④。由此可見天曆對於當時反封建革命所起的巨大政治意義。

二、反孔

孔丘的社會等級學說和宗法倫理觀念，乃是封建制度的理論基礎，爲地主階級用來統治農民的精神武器。毛主席在《湖南農民運動考察報告》裏指出：「這四種權力——政權、族權、神權、夫權，代表了全部封建宗法的思想和制度，是束縛中國人民特別是農民的四條極大的繩索。」⑤太平天國革命正是要推翻這四種權力，砍斷束縛在農民身上的這四條極大的繩索。因此，就必須對孔丘進行批判和聲討，對封建「聖道」進行猛烈的衝擊，在思想上把廣大人民羣衆動員起來爲推翻清朝反動封建統治而鬥爭。

太平天國的反孔鬥爭，一開始就明確地把推翻封建制度同摧毀封建統治的精神支柱——孔丘思想緊密地結合在一起。

早在西元一八四三年（清道光二十三年）夏天，太平天國領袖洪秀全受了鴉片戰爭的大教育，決心走上革命的道路，當他開始創立革命組織拜上帝會的時候，就立即以大無畏的革命精神，把他在廣東花縣蓮花塘村任教的書塾裏所立的孔丘牌位打倒。恰似一聲春雷向孔丘宣戰，向封建社會宣戰，揭開了太平天國反孔鬥爭的序幕。

西元一八四八年（清道光二十八年）冬天，時在金田起義前三年，洪秀全寫了第一部太平天國起義史，叫做《太平天日》，以加緊革命宣傳。在這部書中，爲著啓發農民羣衆衝破封建傳統觀念的束縛，編了一個生動的故事，說「皇上帝」推勘妖魔作怪之由，總追究孔丘教人之書多錯」，命天使鞭撻孔丘。孔丘跪下哀求，「皇上帝」罰他種菜園。這個「皇上帝」正是爭取解放的革命農民的化身，「皇上帝」對孔丘的譴責和鞭撻，就是革命農民對孔丘的批判和聲討。這個故事在積極準備武裝起義的時候，起著動員羣衆參加革命、鼓舞羣衆鬥志的巨大作用⑥。

太平天國壬子二年（西元一八五二年）正月初一日元旦，建國後第一個立春日，就頒行以節氣定歲時的天曆，廢除陰曆，施行陽曆，革了孔丘「行夏之時」⑦、法古守舊的命，表達了農民階級離儒家之經，叛孔丘之道的豪情壯志，向封建社會發出了討孔運動的第一聲大炮。

太平天國壬子二年八月，克湖南郴州，就焚燒孔廟，毀孔丘木主，把廟中排列的孔丘門徒什麼「十哲」的牌位盡行掃除。明年春，克復南京，建爲首都，派軍北伐西征。凡克復的地方，孔丘廟有像的搗毀像，立木主的搗毀木主，把中國封建社會的「至聖」踏在腳下。孔廟有的改爲軍火貯藏所，有的改爲馬厩，南京孔廟改爲宰夫衙（管理屠宰的單位）。在急行軍中經過的州縣，則採取緊急措施。把燒孔廟與開監獄、毀衙門同時進行。如北伐軍經河南涉縣、直隸武安、任縣等州縣，都把孔廟燒光，把孔丘像燒成「焦土」。

封建統治者極力提倡尊孔讀經，用孔孟之道毒害人民，維持它的統治。太平天國在廣西永安州時就鞭撻孔像，把儒家書丟到糞坑裏去，反革命分子遂咒詛洪秀全爲秦始皇。到建都天京後，更採取嚴厲的措施，宣布《四書》、《五經》爲「妖書」（反革命的書），「盡行焚除」，「不准買賣藏讀」，「凡一切妖書，如有敢念誦教習者，一概皆斬」。凡搜到孔孟書就焚燒。有一個反革命分子記天京焚燒孔孟書的情況道：「敢將孔、孟橫稱妖，經史文章盡日燒。」⑧又有一個反革命分子記道：「孔、孟於爾亦何病，搜得藏書論擔挑，行過廁溷隨手抛，抛之不及以火燒，燒之不及以水澆。讀者斬，收者斬，買者賣者一同斬。」⑨太平天國掀起一場羣衆性反孔的大運動。

正當天京反孔運動如火如荼展開之後，東王楊秀清卻被他那些出身儒生的下屬所包圍，出來阻止，他假托天父下凡宣布：「孔、孟之書不必廢，其中有合於天情道理亦多。」⑩洪秀全被迫屈從，於是把焚燒儒書改爲删改。這些删改過的《四書》、《五經》於癸好三年曾印過，據張汝南記：「《周易》不用。他書涉鬼神喪祭者削去。《中庸·鬼神爲德章》、《書·金縢》、《禮·喪服》諸篇、《左傳》石言、神降俱删。」⑪汪士鐸論述說，太平天國「删《論語》，去祭祀及大而無當不可行於後世語」，「改《四書》、《五經》，删鬼神、祭祀、吉禮等類」，一再盛讚「此功德不在禹下」，「此功不在聖人下」⑫。洪秀全深知儒書不論如何删改，是不可能爲農民革命政權服務的，所以直到太平天國辛酉十一年（西元一八六一年）的《士階條例》裏，還說「眞聖主御筆改正《四書》、《五經》各項，待鐫頒後再行誦讀」的話，這分明是緩和士子的反抗，實際是不願印行。癸好三年那一次印刷當是出自楊秀清的主意。

由於階級和時代的局限，太平天國不可能用科學的革命理論來進行反孔鬥爭。反孔這個任務，只有無產階級才能完成。但是，太平天國反孔鬥爭在當時卻已經極大地震撼了封建統治者，致使曾國藩發出了「舉中國數千年禮義人倫詩書典則一旦掃地盪盡，此豈獨我大清之變，乃開闢以來，名教之奇變，我孔子、孟子之所痛哭於九原」⑬的驚呼哀嚎，它對摧毀封建統治的精神支杜的功績卻是不朽的。

三、文體改革

中國古代的文體，很早就有古文（文言文）和語體文之分。古文深奧難學，只有極少數經過專門學習的人才能掌握，而絕大多數的人民卻看不懂、聽不懂。封建統治者正是利用古文來爲自己服務，用它來推行「民可使由之，不可使知之」的愚民政策。

太平天國革命反對封建統治，必然反對爲封建統治服務的封建古文，而提倡富有生命力的語體文。癸好三年建都天京後，就頒布了禁止封建古文、提倡語體文的命令。太平天國這些重要文獻今天已經看不見了。當時有一個叫張汝南的，記載了他在天京親見天王所寫教育羣衆的詔旨、太平天國嚴禁封建古文的布告與推行語體文的實踐情況，「其批示皆以韻句，或四言數句如箴頌，或五言數句如歌謠，或七言數句，短者如絕句，長者如古風。惟純以俗語，不用故實；故實謂之妖語，悉禁之」。又記所見太平天國編寫的革命史說：「敍事如閑書，用『話說起』及『話分兩頭』、『按下不提』等語。」⑭從張汝南的記事中，可以看出太平天國反對封建古文的明確主張與提倡語體文的實踐。張汝南說太平天國「故實謂之妖語，悉禁之」，案「妖」，是太平天國指斥反革命的說法，「故實謂之妖語」，就是說將「古典之言」即封建古文視爲反革命的東西，必須把它禁絕。這就可見太平天國打倒封建古文主張的明確與立場的堅決。張汝南說天王的詔旨

「純以俗語，不用故實」，就是說天王的詔旨是用語體文寫的。又說太平天國編寫的革命史「敍事如閑書」，就是說太平天國的史書是用白話演義小說的文體來寫的，所以其中用「話說起」及「話分兩頭」、「按下不提」等說書的口語來敍述事實。這又可見太平天國提倡語體文，不僅見於主張，而且已經是實踐了的。封建皇朝用古文寫的詔書律令只是給官吏士子看的，它是特意要勞動人民看不懂聽不懂的；而太平天國的文書卻「純以俗語」，使國家的方針政策得以下達到廣大人民中間去。封建皇朝編寫的「實錄」，用的是典雅古文，或用金匱石室藏於宗廟，或藏於皇史宬；而太平天國編寫的革命史，卻用白話演義小說文體，用它向廣大人民作教育宣傳。這就可見太平天國為什麼要提倡語體文和提倡語體文是為誰服務了。

太平天國這種主張，據頒行的書籍看來，在金田起義後，就開始實行了。而作為一種革命政策來提出與推行，則是在初建都天京的時候。封建古文有它根深蒂固的社會基礎，太平天國反對封建古文，也正同反對其他的反革命勢力而進行的鬥爭一樣，表現出鬥爭的尖銳性與長期性。因此，天王洪秀全要親自領導這一鬥爭。現存的太平天國辛酉十一年（西元一八六一年）用幹王洪仁玕等名義頒布的《戒浮文巧言諭》，便是天王領導這一鬥爭的許多有關文獻裏面的一篇。在這道文告裏，重申對文體革命的指示：在形式方面，提倡使用人民語言的語體文，提出「使人一目了然」的目標，反對「古典之言」，使勞動人民都能讀能寫。在內容方面，提倡人民紀實文學，提出「言貴從心」、「文以紀實」的目標，反對封建貴族文學。在形式和內容上，都確定了革命的對象和革命的方向。

我們翻開太平天國的出版物，確實是達到了「明白曉暢，以便人人易解」和「切實明透，使人一目了然」的標準。而在新的文體形式裏面，又包涵著掀天動地的反封建、反侵略的革命內容。天王洪秀全的文告、詩歌和東王楊秀清讚揚將士的頌詩，如戰鼓，似號角，鼓舞了千千萬萬革命英雄的鬥志，是我國文學遺產中的瑰寶。

固然，太平天國的文體改革還在草創階段，還存在著不少缺點。但是，它在中國歷史上第一次站在人民立場提出反對封建古文，提倡語體文；提出反對浮文巧言的封建文學，提倡「文以紀實」的人民文學的革命主張。這無論在語文的形式方面，或思想內容方面，都反映了人民的要求。尤其可貴的是，天國把這種主張付諸實踐，從而給後來的新文學運動開了先河，成爲近代中國白話文學的先導。

四、壁畫

太平天國現存的美術作品，約有壁畫、彩畫、板畫、雕刻、刺繡、刻絲六種，而以壁畫爲最輝煌。

太平天國壁畫，是承繼中國古代壁畫的傳統，起宋、元、明、清四代之衰，而遠紹隋、唐、五代之盛。它是有悠久的歷史傳統和廣闊深厚的羣衆基礎的。

中國自周、秦以來，宮苑寺廟的堵壁多繪以壁畫，輝煌裔（意爲美盛）麗，成爲中國古代的美術珍品。宋以後地主階級注重卷軸畫，把壁畫看作「匠藝」，於是壁畫乃衰，只能在寺院、廟宇、社壇、宗祠、支祠等的繪壁上見到它了。寺院、廟宇、社壇是屬於鬼神系統，宗祠、支祠是屬於家族系統。這些地方，多有五光十色的壁畫，勞動人民可以不用任何代價，盡情觀賞一番，以滿足人生好美的欲望。他們對壁畫接觸愈多，興趣愈濃，經過積年累月地耳濡目染，所以壁畫就成爲中國老百姓所喜聞樂見的美術形式。

太平天國是農民建立的政權，爲廣大勞動人民謀福利，因此，對他們喜愛的壁畫就特地加以提倡，規定「不准繪人物」，專畫山水花鳥、翎毛走獸，擷取中國壁畫裏最富於自然美的一種題材，以此作爲宮室住宅的裝飾。天國對當時的畫家——不論是被地主階級瞧不起的「畫匠」也好，或者是文人出身的「畫士」也好，一樣的尊重，都組織起來。在天京土街口成立了一個繡錦衙來管理繡畫和刺繪事業，以天國第三級官階的職同指揮大員爲領導人，使畫家們互相學習，交流經驗，以集體從事壁畫創作。於是從宋以後就分道揚鑣了的壁畫與卷軸畫到此復有合流的趨勢，已經中衰了的中國壁畫得到了重視和發展，從而取得了輝煌的成就。

當時在天京城裏，自天朝宮殿以至各王府、各衙、各館，都繪有丹漆輝煌的山水花鳥、翎毛走獸壁畫，天京宛如一座壁畫城。天京失陷後，清軍放火大燒七天，灰燼之餘，還殘存壁畫一千多處。天京以外，在太平天國領域內的許多建築物上，也繪有壁畫，蔚爲大觀。後來太平天國失敗，清朝統治者和地主階級把太平天國的壁畫摧殘毀滅，使已經復興的壁畫創作再度消沉。

直到解放後，太平天國的壁畫在黨的保護革命文物政策之下，經過人民羣衆對革命文物的愛護，才得把燼餘殘存的發掘了出來，復顯於世，並引起世人的高度重視。其中最爲人們所讚賞的是西元一九五二年在南京堂子街發現的某王府壁畫。著名山水畫家傅抱石在《南京堂子街太平天國壁畫的藝術成就及其在中國近代繪畫史上的重要性》⑮一文中指出：中國幾百年來，整個山水畫陷入形式主義的深淵和現實遠離，造成中國近代繪畫史的腐朽和空虛。「可是這堂子街太平天國壁畫的輝煌成就，首先在藝術上便提供了至堪珍貴的業跡」。「就太平天國壁畫在中國近代繪畫史上的重要性看，首先應該重視《望樓》一壁採取了現實主義的創作方法」，「這是應該大書特書的一件事情」。所以他論斷說：「這些壁畫的發現，不只是中國革命歷史上極其重要的發現，對於人民藝術的傳統（今天說來，它們已是祖國文化遺產中重要的優良的一部分）來說，這一發現也具有頭等的重要性。」國畫家俞劍華在《中國壁畫》一書中也評論說：「中國繪畫自元代以來，不論卷軸壁畫，不論山水花鳥，都不免日趨於萎靡不振，空疏薄弱，毫無生氣。其中雖亦有傑出人才，思欲打破藩籬，爲中國繪畫開一新機運，究以社會環境壓力過大，終不能有推陳出新的大成就。到了清代末葉，繪畫的衰頹已達到極點。興亡繼絕的責任落在太平天國的畫家身上，而太平天國的畫家也確乎具有偉大的魄力與高超的技巧，反映了民族復興的氣象，製作了傑出不朽的作品。以筆墨、色彩、構圖各種技巧來講，也都是上乘。以雄厚偉大、蓬勃發揚的氣魄來講，也超過了一千年來許多有名的大作家，直可以上繼敦煌初盛唐的壁畫而無愧。藝術性之高，是令人驚嘆的！」太平天國壁畫被著名畫家高度評價一至於此。它的歷史意義與藝術價值將永遠記載在中國的繪畫史上。

注釋

①這是地主階級分子譏笑太平天國對聯的後半聯，見蔣恩琴《兵災紀略》。
②據王維周譯哈咧《太平天國革命親歷記》第二章。
③據同上書第十九章。
④見張德堅總纂《賊情匯纂》卷六《偽時憲書》。
⑤《毛澤東選集》第一卷，人民出版社一九六七年版，第三一頁。
⑥《太平天日》封面記明：「此書詔明於戊申年冬，今於天父天兄天王太平天國壬戌十二年欽遵旨准刷印銅板頒行。」案戊申年就是清道光二十八年，所謂「詔明」，就是寫成和把這些革命歷史向羣衆宣傳。
⑦見《論語．衛靈公》。
⑧見《山曲寄人題壁．禁孔孟書》。
⑨見馬壽齡《金陵癸甲新樂府五十首．禁妖書》。
⑩據黃期升等撰《勸戒士子文》，見《士階條例》，並參據張德堅《賊情匯纂》卷一二錄程奉璜說。
⑪見張汝南《金陵省難紀略．洪賊改字删書》。
⑫見汪士鐸《乙丙日記》卷二。
⑬曾國藩《討粤匪檄》語，見《曾文正公文集》卷二。

⑭見張汝南《金陵省難紀略》。
⑮此文載一九五三年七月十六日《光明日報》。

義和團的旗幟

／陳振江

八十多年前，在中國北方的大地上爆發了一場以農民爲主體的義和團反帝愛國運動。在這場震撼世界的運動中，義和團以其「扶清滅洋」、「替天行道」之類的大旗，激勵著中國人民進行艱苦卓絕的反帝鬥爭，並在中國近代歷史上留下了光輝燦爛的篇章。至今，人們或在北京等地的博物館裏，或從有關的照片和圖譜中仍可看到當年曾經指引義和團同强敵進行浴血奮戰的各種旗幟；在不少史籍裏，對各地義和團旗幟的款式、種類及其用途的記述更是層出不窮。這些五顏六色、款式繁多的旗幟，標誌著義和團運動有著一番極不尋常的來歷，亦有著極其輝煌而又悲壯的戰鬥歷程。

本來，義和團的前身義和拳、大刀會、神拳、紅拳等具有神秘色彩的民間武術團體和秘密結社，大都以練拳自衛爲宗旨，「各就村落，練習拳棒」①，並無自己的旗幟；只是當他們發動起義時才豎立旗幟，稱作「樹（豎）旗起事」②，或稱「豎旗爲團」③。例如，西元一八九八年十月，著名拳師趙三多、閻書琴在山東冠縣蔣家莊聚衆起義時，豎起了「助清滅洋」的大旗，成爲義和團運動的發端。隨後，與冠縣鄰近的高唐、恩縣、茌平、平原等地的義和拳，相繼豎旗起事，鋒芒直指教會和外國侵略勢力。其中，活躍在平原、茌平一帶的著名拳師朱紅燈，大張「天下義和拳」的旗幟，並建「保清滅洋」旗④。有的記載說：「先是，山東有義和拳會名目樹旗起事，以『扶清滅洋』爲名。」⑤這些記述都說明義和拳只是在起事時才獨樹一幟，有自己的旗幟。

當時，不少官紳憎惡橫行霸道的教會勢力和外國侵略者，同情以「殺洋滅教」爲己任的義和拳、大刀會，而力主持平辦理教案，解散或「安撫」義和拳等團體。西元一八九八年六月，山東巡撫張汝梅還明確提出「將拳民列諸鄉團之內，聽其自衛身家，守望相助」⑥。清政府爲了擺脫統治危機，接受了這一派的意見，曾飭令各州縣舉辦團練「以靖地方」。於是「辦團令下，便樹旗曰義合團，或又曰義和團。有奉旨團練之旗，有替天行道之旗，有助清滅洋之旗」⑦。從此，山東等地的義和拳更加活躍起來。次年初夏，新任山東巡撫毓賢正式改義和拳爲義和團。

西元一九〇〇年一月和四月，清政府又兩次發布上諭基本上承認義和團爲合法的羣衆自衛團體。於是，山東、直隸等地的拳會、刀會等武術團體和秘密宗教的一些支派，以及許多地方的團練，都紛紛打出了義和團的旗幟，形成了轟轟烈烈的義和團運動。各地義和團紛紛在村鎮城鄉各自設立壇場（義和團的基本單位），「每一壇豎大旗一對，上書『天兵天將，扶清滅洋』」⑧；有的旗上大書「奉旨義民，保清滅洋」⑨；此外還有「奉旨團練」、「奉旨神團，奉天承運」等旗幟。這些不同的旗號表明了義和團各壇團的宗旨，顯示了他們的力量。但在義和團運動中，以「扶清滅洋」、「保清滅洋」的旗幟最爲普遍，成爲義和團的各地主要旗幟和象徵。

所謂「扶清」、「保清」之類的旗號，對一部分義和團來說只是迫於鬥爭形勢而採取的權宜之計，其目的「一以號召人民，一以抵塞官府」⑩；對另一部分義和團來說，則是保衛中國或保衛中華的意思。可見，「扶清」，並不意味著無條件地接受官府的控制，而是有利於「滅洋」則扶，否則就自行其事。因此，地主官僚痛詆義和團說：「既懸『扶清滅洋』之旗，而又燒焚公家之物，是直與國家爲難，非亂民而何。」⑪

一部分帶有「奉旨」字樣旗幟的義和團，其情況有所不同。他們的旗幟上以醒目的「奉旨」二字表明接受清政府的領導和約束，有的還按照清政府的規定到莊王府報到註册，叫做「掛號」。這類「奉旨」旗幟，大都出現在義和團運動高潮時期。

至於那些打著「奉旨團練」旗幟的義和團，情況更爲複雜。「團練」本是清政府飭令各省州縣官紳舉辦的，是仿照古代「寓兵於農」和保甲之法以維護其統治的措施。清政府要求各地按戶抽丁，由當地官紳出面組織訓練技藝，並在當地官府報到註册。這種團練稱爲「官團」或「公團」，大都成爲鎮壓人民的工具，但是，各地團練並不都聽官府的控制。與此相反，歷來都有一些團練「藐視官長」、「聚衆抗糧」、「甚至謀爲不軌，踞城戕官……至有尾大不掉之勢」⑫，成爲官府難以控制的力量。這種情況在山東、直隸、河南等地更爲普遍。

各地還普遍存在著村民自動組成的團練，以「自衛身家」爲目的，他們從不申報官府批准，更不聽官府調遣，多被官方稱爲「私團」或「黑團」而屢遭「勸散」和取締。不少官團與私團大都打出「奉旨團練」的旗幟，表面上表示接受官府的約束，而實際上卻投入了打擊教會勢力和反對洋人侵略的鬥爭行列，成爲義和團的組成部分。

由此可見，各個壇團所打出的不同的旗幟，在一定程度上反映出他們不同的成分及其和清政府的關係。

除了上述常見的上書文字的義和團旗幟外，還有一些義和團旗幟只有圖案而無文字。例如，有的旗幟只飾著陰陽八卦圖和四個白圓點。這幅圖案象徵著義和團好像天地、日月和羣星那樣光明、永恒和正大，或者表示義和團受天地日月星辰的保佑。還有的旗幟上既有圖案，又有文字。例如，有的義和團旗幟上圖飾有「紅色白邊、中嵌白圓心，大書『保甲義和團練』字樣」。白圓心象徵太陽或光明。還有的旗幟上飾著☵或☲等八卦圖徽和十幾個白圓點，圓點內書有某處義和團等文字，眞是花樣繁多，不一而足。這在一定程度上反映了一部分義和團的宗教思想。

義和團始終沒有形成統一的組織和統一的領導，而是每壇各自爲政、互不統屬，連他們的團號、旗幟和服飾的顏色都各不相同。義和團以八卦名目自立團號，即以乾、坎、艮、震、巽、離、坤、兌八個字自立團號，故有乾字團、坎字團……等名稱。各團壇「均在旗上分八卦爲八色」⑬。大體說來，乾字團尚黃，他們的旗幟和服飾（指包頭布、腰帶和行纏）爲黃色；坎字團尚紅，其旗幟和服飾爲紅色。其餘諸團號的旗幟，或黑、或藍、或白、或花、或黃而鑲黑，很不一致。

義和團旗幟的形狀有三角旗、小尖角旗、長方旗和方形旗；各種旗幟大都鑲有鋸齒邊、帶狀邊或花邊；有的旗面上飾有「茨菰葉、絨球者，兩邊垂二彩球），同戲場也」⑭。可見，一些旗幟的形狀是直接從戲劇中模仿而來的。

義和團旗幟的類別和用途大體有五種：

一、**壇旗（或稱團旗）**。插在各壇場的門前，出行或臨陣時打在最前列。如乾字旗、坎字旗、扶清滅洋旗、奉旨團練旗……，又如「某縣某村義和團替天行道，保清滅洋」⑮等團（壇）旗高懸壇場或隊前，以表明他們的團號、宗旨和地域。

二、**帥旗**。義和團著名首領的旗幟。如靜海著名義和團首領曹福田在天津「整隊赴前敵」時，「紅旗大書『曹』字，側書『扶清滅洋天兵天將義和團』⑯。又如著名紅燈照首領黃蓮聖母「有大旗一對，上書『黃蓮聖母保護團』七字」⑰。

三、**指揮旗**。臨陣對敵時，頭目執旗指揮進退。如朱紅燈與清軍打仗時，「頭目各執兩紅旗」⑱；又如有的義和團抵抗袁世凱軍隊進攻時，「其頭目手執黃旗」⑲。

四、**令旗**、**清道旗**。義和團行進時以令旗或清道旗喝令行人讓路，或以令旗傳達指令。有的記載說：「黃令旗招展，人皆讓路⑳。」京郊艮鄉義和團「有清道旗一面，復有十餘旗，皆大書『義和團』，又有『守望相助』字樣」㉑。

五、**儀仗旗**。義和團出行或投謁拜訪（義和團稱「拜爐」）時，盛張旗幟，以團（壇）旗打頭，後有彩旗數面；有的還有清道旗、龍鳳旗；有的則有前哨旗、後哨旗、令旗等等，好不威風。時人有詩曰：「有約拜爐連隊過，甲村乙鋪大旗高。」㉒有的出征時打出「大旗數十面，上書『保清滅洋，替天行道』八字」㉓以壯聲威。

隨著義和團運動遭到八國聯軍和清政府的殘酷鎮壓，廣大團民在血的教訓中清醒了！他們決然拋掉「扶清」、「保清」之類的旗幟，重新挺起胸膛，高舉「掃清滅洋」的大旗，勇猛地向帝國主義和封建勢力衝殺過去，從而把反帝反封建鬥爭推向了新階段。

注釋

①《義和團檔案史料》上冊，第二〇二頁。
②《義和團史料》上冊第二二二頁稱「樹旗起事」；《玉山文集》卷二稱「豎旗起事」。
③仲芳氏《庚子日記》第一六頁。
④《義和團史料》下冊，第七六〇頁。
⑤《義和團史料》上冊，第二二二頁。
⑥《義和團檔案史料》上冊，第一五～一六頁。
⑦《義和團》（叢刊本，下同）第一冊，第三四五頁。
⑧《義和團》第二冊，第七頁。
⑨《庚子記事》第二〇頁。
⑩《義和團》第三冊，第三七三頁。
⑪《庚子記事》第七九頁。

⑫《清朝續文獻通考》卷二一六，第九六二九頁。
⑬《拳時雜錄》第一函，第七三頁。
⑭《義和團》第四冊，第四二七頁。
⑮《庚子記事》第一六頁。
⑯《庚子國變記》第二九頁。
⑰《義和團》第二冊，第三七頁。
⑱《義和團》第一冊，第三五六頁。
⑲《養壽園奏議》四。
⑳《義和團史料》下冊，第五六五頁。
㉑《庚子記事》第一九〇頁。
㉒《庚子詩鑒》卷一。
㉓《拳時雜錄》卷一六。

國家圖書館出版品預行編目資料

古代禮制風俗漫談 3／史蘇苑等著. --初版.
--臺北市：萬卷樓, 民 86
冊； 公分
ISBN 957-739-166-4(第 3 冊：平裝)

1. 禮俗-中國

530.92　　86014932

古代禮制風俗漫談 3

著　　者：史蘇苑等
發 行 人：許錟輝
總 編 輯：許錟輝
責任編輯：李冀燕
發 行 所：萬卷樓圖書有限公司
台北市和平東路一段 67 號 14 樓之 1
電話(02)3216565・3952992
FAX(02)3944113
劃撥帳號 15624015
承印廠商：晟齊實業有限公司
定　　價：300 元
出版日期：民國 87 年 1 月初版
出版登記證：新聞局局版臺業字第伍陸伍伍號

ISBN 957-739-166-4

請貼
郵票

萬卷樓圖書有限公司
「業務部」 收

106　台北市和平東路 1 段 67 號 14 樓之 1

萬卷樓圖書有限公司 讀者服務卡

謝謝您購買這本書！爲加强對您的服務並使往後的出書更臻完善，請您詳細填寫本卡各欄，寄回給我們，即可收到本公司最新的出版資訊，及享受我們提供各種的優待。

書籍名稱：E005　古代禮制風俗漫談 3

姓名：____________________

年齡：__________　性別：□男　□女

地址：____________________

聯絡電話：（O）__________　（H）__________

學歷：□高中（職）　□專科　□大學　□研究所以上

職業：□學生　□教職員　□公務員　□研究職　□上班族
□家庭主婦　□自由業　□軍警　□資訊業　□銷售業
□工商業　□服務業　□其他__________

購買本書的方式：

□__________　市（縣）__________書店　□劃撥　□本公司
□贈送　□書展、演講活動，名稱__________
□其他__________

您從何處得知本書的消息

□逛書店　□報紙廣告　□國文天地雜誌　□親友推薦
□廣告 DM　□其他__________

您是否爲《國文天地》雜誌的訂戶？

□是，編號：__________　□否

您是否曾購買本公司的其他書籍？

□是，書名（舉一）：__________　□否

對我們的建議：